代

作

家

论

格非论

中国当代作家论

谢有顺 主编

陈斯拉/著

格非论

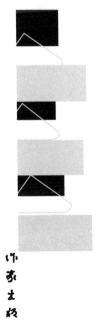

作家出版社

陈斯拉

■ 1980年出生，广东河源人，华南师范大学文学博士。现任华南师范大学文学院副教授、硕士生导师。曾在《文艺争鸣》《当代文坛》《文艺评论》《华南师范大学学报》等学术刊物发表学术论文近三十篇，其中被《中国社会科学文摘》转载两次。主持省级课题一项，参与省部级课题多项。参编著作、教材三部。

主编说明

自从到大学工作以后，就不时会有出版社约我写文学史。很多文学教授，都把写一部好的文学史当作毕生志业。我至今没有写，以后是否会写，也难说。不久前就有一份高等教育出版社的文学史合同在我案头，我犹豫了几天，最终还是没有签。曾有写文学史的学者说，他们对具体作家作品的研究，是以一个时代的文学批评成果为基础的，如果不参考这些成果，文学史就没办法写。

何以如此？因为很多学问做得好的学者，未必有艺术感觉，未必懂得鉴赏小说和诗歌。学问和审美不是一回事。举大家熟悉的胡适来说，他写了不少权威的考证《红楼梦》的文章，但对《红楼梦》的文学价值几乎没有感觉。胡适甚至认为，《红楼梦》的文学价值不如《儒林外史》，也不如《海上花列传》。胡适对知识的兴趣远大于他对审美的兴趣。

《文学理论》的作者韦勒克也认为，文学研究接近科学，更多是概念上的认识。但我觉得，审美的体验、"一个灵魂唤醒另一个灵魂"的精神创造同等重要。巴塔耶说，文学写作"意味着把人的思想、语言、幻想、情欲、探险、追求快乐、探索奥秘等等，推到极限"，这种灵魂的赤裸呈现，若没有审美理解，没有深层次的精神对话，你根本无法真正把握它。

可现在很多文学研究，其实缺少对作家的整体性把握。仅评一个作家的一部作品，或者是某一个阶段的作品，都不足以看出这个作家的重要特点。比如，很多人都做贾平凹小说的评论，但是很少涉及他的散文，这对于一个作家的理解就是不完整的。贾平凹的散文和他的小说一样重要。不久前阿来出了一本诗集，如果研究阿来的人不读他的诗，可能就不能有效理解他小说里面一些特殊的表达方式。于坚也是一个典型的例子。很多人只关注他的诗，其实他的散文、文论也独树一帜。许多批评家会写诗，他写批评文章的方式就会与人不同，因为他是一个诗人，诗歌与评论必然相互影响。

如果没有整体性理解一个作家的能力，就不可能把文学研究真正做好。

基于这一点，我觉得应该重识作家论的意义。无论是文学史书写，还是批评与创作之间的对话，重新强调作家论的意义都是有必要的。事实上，作家论始终是中国现代文学的一个宝贵传统，在1920—1930年代，作家论就已经卓有成就了。比如茅盾写的作家论，影响广泛。沈从文写的作家论，主要收在《沫沫集》里面，也非常好，甚至被认为是一种实验。中国现代文学研究界的许多著名学者都以作家论写作闻名。当代文学史上很多影响巨大的批评文章，也是作家论。只是，近年来在重知识过于重审美、重史论过于重个论的风习影响下，有越来越忽略作家论意义的趋势。

一个好作家就是一个广阔的世界，甚至他本身就构成一部简易的文学小史。当代文学作为一种正在发生的语言事实，要想真正理解它，必须建基于坚实的个案研究之上；离开了这个逻辑起点，任何的定论都是可疑的。

认真、细致的个案研究极富价值。

为此，作家出版社邀请我主编了这套规模宏大的作家论丛书。经过多次专家讨论，并广泛征求意见，选取了五十位左右最具代表性的作家作为研究对象，又分别邀约了五十位左右对这些作家素有研究的批评家作为丛书作者，分辑陆续推出。这些作者普遍年轻、锐利，常有新见，他们是以个案研究的方式介入当代文学现场，以作家论的形式为当代文学写史、立传。

我相信，以作家为主体的文学研究永远是有生命力的。

谢有顺

2018 年 4 月 3 日，广州

目录

引言 作为意念核心的"存在"

一、理解中国当代文学

在中国的文化传统中，文学一直占据着重要的位置，这自然与我们"学而优则仕"的情结有关。回看历史，从先秦儒家的"兴观群怨"说到宋代理学的"文以载道"观，文学不仅承担了对社会伦理道德的教化功能，更肩负起了安邦定国之使命。而文学真正成为社会生活中重要的普遍意义上的精神现象，那则是现代性的产物。当社会的重心转移到经济建设与物质财富创造时，消费文化的盛行与市民阶层的壮大则成了自然而然的社会现象，这些都促使文化呈现多元化的发展格局。于是，文学的社会地位与社会功用也开始变化，文学开始不再被意识形态填满，不再充当社会的旗帜和意识形态的号角，文学开始退回到生活的边界，退回到人本身，也就是退回到文学本身。

由此，必须提及二十世纪八十年代后期先锋派的形式主义探索。二十世纪八十年代中期，一批年轻激进的小说家，以强烈的反叛精神与浓郁的现代气息，经由语言和形式的突破口，对传统现实主义小说进行了彻底的颠覆与叛离。这个勇敢的写作群体，多师法西方现代小说，具有高度的语言自觉和强烈的文体意识，他们的探索，极大地拓展了小说的叙事功能和语言表现力，丰富了小说的艺术形式，扩展了文学的边界，从而被人称为一场"无边的挑战"。从这个意义上说，他们是文学革命的先行者，是先锋派，在艺术上代表着一种前卫的姿态。这也意味着对传统写作范式的一种背离，小说不再突出"写什么"而在乎"怎么写"，不再突出文学的社会功用及价值，而强调小说自身的艺术探索问题，这一时成为文学的新风尚。

在这场勇敢而激烈的文学实验中，这种独立自主的"文学"观念被推向了极限。当然，当年这种看似纯粹的艺术实验与技术演练并不是"为艺术而艺术"的体现，二十世纪八十年代后期的先锋派也不是"为艺术而艺术"的文学派别，只是在特定的历史境遇中，年轻作家选取了一种隐晦的，或者安全的写作方式，从社会现实与意识形态的藩篱中逃脱，转向语言和形式实验。这可谓"积极的逃逸"，这种逃逸既显示了他们在现实中的无奈，也显现出他们在艺术上的敏感与自觉，客观上也确实回归了文学艺术自身。格非曾谈到文学的叙事问题，他认为："我发现叙事问题不仅仅是一个技术问题，或者是一个修辞的问题，它当中反映了社会意识形态的一个变革。……为什么一个作家会采取这个叙事方式，这背后有很多的政治、社会的原因，不仅仅是一个技术手段。"[1]这也就是说，大部分人对先锋派作品仅仅是着眼于单向度的形式探索与实验，其实是一种狭隘的理解与认识。

归根结底，社会与时代的变化影响了思想观念与意识形态。进入二十世纪八十年代，中国文学一直处于不安定的状态中，呈现出由内部生发出来的躁动不安、蓬勃向上的生命力，并逐渐打破了昔日固步自封、老气横秋的沉闷状态。显然，这与改革开放的大环境有关，是现实的一种自然反映。它的自我裂变和大胆革新给读者群体、文学研究群体、文学创作群体带来"震惊"的体验与复杂的情

---

[1] 张学昕、格非：《文学叙事是对生命和存在的超越》，《当代作家评论》2009 年第 5 期，第 58—73 页。

绪反应。在八十年代，中国文学在跌跌撞撞的摸索与实践中逐步走向成熟。

然而，进入九十年代后，这种文学状况发生了变化，而且每况愈下，令人担忧。由于图书的市场化趋向，文学也大规模地走向市场，文学不得不考虑市场与受众的问题。这对整体的文学艺术水平与艺术创新是一个沉重的打击。

事实上，我们看到，当代文学作品的数量和质量并没有缩减与降低，我们感叹的是文学地位的今非昔比，即主要指向文学的意识形态功能和社会功用。但某种意义上说，文学的社会功能并不由文学自身决定，在很大程度上它是由历史决定的。因此，中国文学在当代社会生活中的作用及意义以另一种方式显现出来，它变得更为隐蔽，更为内在，也更触及人的灵魂。文学以其更加灵活、自由、柔软的方式存在于当代社会，文学也比任何时候都更广泛、更深入地渗透进当代生活。

其实，尽管文学的复兴时期已经逝去，文学褪去了意识形态的宏大外衣，但是，文学却以更本真的方式与社会、与人类发生勾连，文学写作也成为个人精神的延展。因此，我以为，对于中国文学而言，现今时代正是正常、恰当的时代，文字可以与生活联系在一起，可以与生命联系在一起，可以与个体的精神际遇联系在一起。文学始终有着一种内在的力量，可以坚韧地、沉静地以它自己的方式存在，存在于文本中，存在于书写中，存在于真诚的阅读中。

从整体上看，走过了二十世纪的中国文学，依然步履艰难，所幸文学之光一直在指引向前，文学始终在发声，始终在场。

二、先锋视野里的格非

时隔多年，我们现在回看二十世纪中国文学，尤其是八十年代中后期的那场轰动一时的"先锋"小说潮流，可以更理性、清晰地把握它的价值与意义。其中，格非及其同时代的作家无疑是最富有生机与活力、最富有反叛精神的一代。甚至，学术界有一种声音认为，在某种意义上先锋派文学是对"五四"新文学精神的继承、接续与重演。尽管两代文学前后相差半个多世纪，然而，两者在面对西方现代文学与中国传统文化的迎拒立场上却十分相似。我们知道，在二十世纪八十年代，西方人历时性的旷日持久的文学实验与理论成果，中国人共时性地接受了，并在强烈的"追赶""创新""走向世界""与世界接轨"这一连串强劲的欲望驱动下，用短促的时间、急切的心情、匮乏的经验将西方近百年的现代文学历史全部实验了一遍，但我们要明确一点，这些令人目不暇接的各种理论与思潮，在进入中国本土之后，扎根于中国现实，结出独一无二的具有中国风情的果实。当然，我们不是否定他者的影响——中国文学受到外来文化的濡染从而发生了变化。因此，二十世纪八十年代后期的文学转向从根本上说还是文学自身选择与发展的结果。因为对一个民族而言，文学自我的寻找与建构是一个迫切的天然使命，这一使命既不可能完全脱离外部影响，但也不可能始终笼罩在他者的阴影之下。

从这个角度来看格非这一代作家，他们的价值与意义更为清晰明了。在上世纪八十年代，他们凭借那充溢着"异质性"色彩与现代气息的作品，在中国文坛掀起了一场风暴。他们在创造中既揭露了生存体验，又展开了先锋形式探索，努力践行文学的一种理想。虽然人们对于先锋小说的玄奥性、前卫性、内倾性有着各种的争议与质疑，但是从文学自身的角度来看，当时这些作品的出现符合文学内部发展规律，并直接影响了中国文学的发展走向。实际上，"先锋"虽然外表前卫叛逆，但其精神内核却是与文学主潮并行不悖的。

评论家洪治纲曾对先锋作家的文学实践表达了充分肯定："我

们的文学之所以呈现出当今这样丰富复杂、多元共存的审美格局，并产生了一批又一批足以经受历史检阅的经典性作品，从某种程度上说，也离不开无数先锋作家在不断反叛传统的过程中所进行的艰辛探索。"①文学的发展是一个曲折而复杂的历史过程。格非及其同时代作家那特殊而重要的历史意义是毋庸置疑的。然而，历史注定了他们是过渡的一代、转折的一代，他们的出现可谓承前启后，既接续了自"五四"时期开始的二十世纪中国文学历史，从而形成一个完整的历史进程，并得以汇入浩浩荡荡的世界文学之流，从此以后，中国当代作家的"西方情结"得以暂时缓解或者消除。先锋作家们对西方这一宏大"他者"尽情模仿甚至戏仿，最终有效地稀释了那曾经无所不在的"影响的焦虑"，而之后几代作家的写作便几乎全部站在他们这一代人的肩膀上，不仅拥有了更高的起点与更宽的视野，也不必再重蹈覆辙。

我们知道，作为一个在二十世纪八十年代红极一时的文学思潮，先锋文学早已于九十年代后随着众多先锋作家的转向而销声匿迹。当然，细究起来，先锋的转型还是有着不同的方向和性质的，有的选择了遁入市场的漩涡，有的选择了坚守写作的初心，有的皈依了宗教，有的回归了传统，都是试图在自己的文本中重建新的世界图景作为精神家园。凡此种种，无论是选择哪一条道路，先锋作家们已经不能重回往昔的辉煌。但那一段"先锋的岁月"却是意义非凡，并且影响深远的。

然而，历史的发展是不以个人意志为转移的。历史赋予了马原、格非、余华这一代人以历史的重担与荣耀，也宣告了他们"历史中间物"的命运。大多数作家似乎被动地接受了历史强加给他们的这一命运：他们中的某些人意气风发地完成了历史使命后，便心安理得地载入史册了；他们中的另外一些人或者以徒劳无功的突围

---

① 洪治纲：《守望先锋：兼论中国当代先锋文学的发展》，广西师范大学出版社，2005 年 10 月第 1 版，第 1 页。

方式，或者以拒不退场的顽固留恋方式，而使自己成了令人可悲可叹的不合时宜的存在。

应当说，还有一些"众人皆醉我独醒"的作家，他们拒绝接受历史的角色安排，试图摆脱历史的局限，独辟蹊径、勇往直前地开辟自己的文学天地，在喧闹浮躁的市场化时代始终坚守文学的诗性与初心。这些异质者可谓时代的精神先锋，他们的意义远不止于技术层面与文学层面。在这场文学革命中，格非和余华、苏童一道，被认为是中国先锋文学最为重要的三个代表作家。而格非的作品，凭着精神上的玄奥抽象、形式上的复杂难解，代表了那一时期小说写作所能达到的一种高度和难度。

三、格非的写作小史

在二十世纪八十年代的先锋文学浪潮中，格非的位置有其特别之处，首先，他的名字是不容忽略的。1986 年以处女作《追忆乌攸先生》在文坛上初露头角。次年，以笔名格非在《收获》第六期上发表被《上海文学》退稿的《迷舟》而名声鹊起。格非以其叙事的技艺对传统小说的叙事造成致命冲击，从此少年成名，并随之成为先锋派的代表人物之一。

从创作伊始，格非便以其个人气质与独特的创作风格，为读者建构了一个迷幻、玄思、奇特的世界。与其他先锋作家相比，格非无疑是低调内敛的：在艺术形式上，他擅长迷宫似的叙事手段、梦幻般的叙事氛围；在对现实、世界的理解上，格非对人的欲望与精神困境的描写、对世界的病态与无序的揭示，更是显现出独特的孤寂品质、沉郁而古典的风格，以及敏锐的洞察力与准确的表达能力。从根本上看，格非小说的价值与意义在于"有意味的形式"与"有内涵的主题"的良好结合。

格非是一位具有强烈的文体自觉意识的作家，他为当年的中国文坛奉献了诸如《迷舟》《褐色鸟群》《雨季的感觉》《青黄》《风琴》等一批具有先锋精神与现代意蕴的小说文本，这些作品不仅在文体、形式上具有颠覆性的革新意义，在内容主题上也具有超越性的思考与探求。其中空缺与重复的结构、迷宫圈套般的叙事、冥想玄思的色彩以及对记忆、梦幻、真实与存在等主题的不懈追问等等，都成为其鲜明的先锋特征。这些早期的作品不仅奠定了格非先锋小说家的历史地位，也为读者提供了抵达先锋小说世界的一种路径。同时，格非作为一名传道授业的大学教师、文科研究学者，他有着渊博而丰厚的专业知识，良好而系统的学理素养，并且致力于独立的智性写作，始终恪守知识分子精英立场，关注与探讨知识分子生存与困境的问题，这也让格非成为了名副其实的"学院派作家"。他的个人气质与作品的艺术风格都使得格非在先锋作家群体内部乃至当代作家中都别具一格。同时，这种精英意识与价值取向导致的高姿态写作，一定程度上也影响了文学的审美接受。

还有论者认为："没有足够的耐心，我们是无法进入格非的世界的，我想这大概也是格非的作品在外在形态上让人感到晦涩与艰深的原因。"① 确实，在当时的文坛，格非是不显山不露水的。甚至可以说，格非在当时确实是遭受冷遇的。这与格非的个性、文风不无关系。作家性格的低调与内敛，作品主题的超越与高蹈，作品形态的晦涩与艰深，都使其作品备受冷落。这的确是一个令人玩味的问题：作家的文学地位既不容忽略，又饱受现实冷遇，这里显然存在着一个悖论——而作家的价值与意义正在于此。因为，从根源上看，格非的不容忽略与备受冷遇的原因是相同的——那就是作家的超越性——格非的这种超越性不仅体现在作品的形式上，更多地体现在作品的主题上。他通过写作完成对现实经验的超越，并传达出

---

① 董学武：《格非：心灵的守望者》，《江汉大学学报》1997 年第 4 期。

对现实、对世界以及对个人存在的思考。这种思考是高蹈的、形而上的，也是难以言表的。

回看格非三十多年来的创作历史，他从《追忆乌攸先生》始，便开启了他的精神之旅，建立了他的"纸上的王国"。格非表现出一个当代作家对历史与社会的责任感，以及对个人存在的自觉反思。现今，我们目之所及的格非创作情况如下：长篇小说七部，中短篇小说四十四篇，文论随笔七部。这显示了格非作为一个作家、一个学者的存在。

和大多数先锋作家一样，格非是带着对历史的奇异体验与独特言说进入读者的视野的。从早期的《追忆乌攸先生》到成名作《迷舟》，从备受争议的《青黄》到长篇小说处女作《敌人》，格非自由地游走于写作的交叉小径，把小说还原成了一种叙事的艺术。他的小说充满了智性与诗意，语言绚丽优雅，叙事复杂多义，形式如同迷宫，在当时有着一种激越的革命面貌。而《褐色鸟群》《迷舟》《青黄》等作品，更是在小说文体革命史上具有典范的意义。其中，圈套、空缺、重复、隐喻、迷宫等，皆是格非小说的重要艺术标签，也是构成其小说梦幻、神秘特性的重要来源。由于小说形式探索的成就显著，再加上文学批评界长期以来对其单向度的形式主义批评解读，以至于格非小说中深层的存在主旨，反而不太被人注意。实际上，格非的小说并非是纯粹的形式自足体，它具有内在的"意识形态涵义"。

进入二十世纪九十年代，从"回到当代"的《欲望的旗帜》，到"逼近经典"的《人面桃花》，"坚持纯文学道路的扛鼎力作"《山河入梦》以及"汉语原创重磅级长篇力作"《春尽江南》，再到深情回望故乡的《望春风》，这几部长篇小说显示出了格非写作的变化轨迹。尤其在新世纪以来的文学创作，格非更是自觉地致力于中国抒情传统与现代审美经验的融合与重构，探索古典小说传统的修复与转化，开拓当代中国小说的文化表达空间与新的语言艺术维度。

可以说，对格非小说的阅读，既是一场充满挑战的叙事探险，也是一次浓郁的中国传统审美体验。格非的小说既有结构设置、类型体裁、叙事视角等方面技艺的娴熟操练；也有颇具中国传统气韵的典雅语言、春秋笔法、循环结构与神秘意象的巧妙呈示。因此，格非的小说可谓一种中与西、传统与现代有机结合的产物，但，格非的创作根基又还在于中国传统文化精神。事实上，文学艺术只有真正植根于自身的文化土壤，才能枝繁叶茂，才能经受得起历史长河的大浪淘沙。

历史地看，我们可以清晰辨认出格非小说外在形式的变化。在创作前期，格非以极端的先锋姿态出现于文坛，此时的小说形式复杂，叙事技巧繁复，形式实验意味浓厚，传达出对历史、对个体的形而上命题的思考与追问；后期，他的小说在形式上逐渐回归简单、质朴，内容上则立足于日常生活与中国经验，宛若积雪融化之后，露出了泥土和草根。然而，此时的格非并不是简单地回归到现实与传统的小说创作道路，格非的意义也不仅在于其中技术性的形式实验。为此，他曾引用罗伯–格里耶的话来表明自己对小说形式的看法，"我们之所以采用不同于19世纪小说家的形式写作，并不是我们凭空想出了这一形式，首先是因为我们要描写和表现的人的现实和19世纪作家面临的现实迥然不同。"① 其实，在格非那里，小说的形式仍然是由现实内容所决定的，小说依然保持着对现实的浓厚热情，以及对存在的思索。他的小说之所以与传统现实主义小说有着不同的面相，深层根源在于作家对其目之所及的现实现状的理解、把握与表达。这是由写作的精神内核所决定的。正因为如此，格非的创作始终有一种超越性与精神高蹈的格调，他最终以高度的文化自觉回到现实、回归传统，书写精神乌托邦，也就成了一种必然。

---

① ［法］吕·戈德曼:《新小说与现实》，张裕禾译，载《外国文艺》1987年第1期。

四、写作的内核：对存在的勘探

我们发现，从表面上看，格非小说的显性特征在于作品的形式感，然而，格非小说的真正价值却在于其深层的创作内核——对存在的形而上的思考与追问，这也使得格非的小说写作具有某种超越性。

本质上，小说是对"存在"的"发现"和"询问"。对格非而言，写作的隐秘根源正是个人对存在的思考。无论是对历史的津津乐道，还是对现实的娓娓而谈，格非习惯基于哲学的视角探询人的存在之意义，以及充满未知与不确定性的人生际遇。在这个意义上，格非确是一个沉思冥想型的作家，他在虚构世界里关注人的内心体验与精神需求，执着地追问关于存在的要义，并对人的欲望与困境展开了深入透彻的剖析。格非发现，乌托邦作为一种本能性的精神冲动，一直潜藏于每个人的内心。"我当然是理想主义者。"格非如是说。其实，格非面对乌托邦的态度是复杂的，他既肯定其理想的合理性，又害怕其变成现实实践之后的后果。格非所持守的，也许是一种反乌托邦的乌托邦。

1995 年《欲望的旗帜》发表之后，格非沉寂了近十年。直至 2004 年开始，卷帙浩繁的"江南三部曲"才陆续面世。它不仅证明先锋作家在写作上的创造力并未衰竭，也借由对乌托邦故事的讲述，重新唤醒了许多人心中残存的梦想。此时的格非，试图通过三个时代的乌托邦实践，厘清不同历史时期中国人内心的乌托邦情结，以及将这种情结付诸现实后可能带来的一系列困难与灾祸。随后，格非则继续以《隐身衣》《望春风》等作品，表现当下的中国经验与精神危机，表达了对当下时代与社会的整体性认知。

这无疑给我们带来一个问题，何以一个形式意义上的先锋作家，突然对小说讲述什么故事如此重视？格非说："中国作家在经过了许多年'怎么写'的训练之后，应重新考虑'写什么'这一问题。"①格非的这种写作调整，表明他对文学的细微变革已经丧失兴趣，而对文学与社会的整体性变化抱以高度的热情。也就是说，格非似乎渴望在一种更为朴素的讲述中，谈论目下的社会与人心，表达自己内心的思索和追问。于是，文学的形式探索和精神表达，开始走向融合。确实如此，正常的写作应当是真实的、及物的、当下的、充满现实关怀、关注人的存在的。当那些形式的伪装退到幕后，存在的声音就开始尖锐地响起。格非，这个当年的先锋作家，为自己的写作如何抵达存在开辟了新的路径——对"精神乌托邦"的描述，既是为了解析自己内心的梦想，也是在探索一条通往存在的隐秘道路。

存在还是不存在？如何存在？何以确证个人的存在？这是困扰格非的经典主题。他的写作虽然变化不断，但就精神内核而言，对存在境遇的描述和追问，可谓贯彻在格非整个的写作史中。他在一则随笔里说："许多作家一生的写作都是围绕一个基本的命题，一个意念的核心而展开的，除了卡夫卡之外，陀思妥耶夫斯基、加缪等等都是典型的例子。"②格非的写作也有自己的"基本的命题"和"意念的核心"，那就是存在——存在，正是格非写作中所坚守的精神内核。

毫无疑问，格非是新时期以来的重要作家之一，他的写作在形式探索以及对"存在"主题的思考上，都有着不可忽视的独特价值。

格非在写作历程中始终思考与追问这永恒主题——存在，以及抵达存在的不同的路径，并重申人类心中的乌托邦梦想，剖析它不

---

① 谢有顺：《我遇到的问题是整体性的——与格非谈〈人面桃花〉及写作问题》，《南方都市报》2004 年 6 月 28 日。

② 格非：《故事的内核和走向》，见《塞壬的歌声》，上海文艺出版社，2001 年 11 月第 1 版，第 34 页。

朽的价值与意义。

这是我们时代的幸事。曾经的先锋小说家格非以成功的文学转向避免了沦为一个写作生命短暂的"历史中间物"，从而迎来了自己创作生涯的另一高峰，乃至成为新时代文坛一面独树一帜的闪亮旗帜。由此，格非联结起了两个迥异的时代：理想、激情、叛逆、乌托邦的二十世纪八十年代与务实、世俗、欲望、功利化的二十世纪九十年代。而且，我们还注意到，格非在九十年代中期的沉寂与转变俨然是一个意味深长的文学事件，换言之，这绝非仅仅是格非个人面临的问题，也绝非仅仅是格非个人写作的变化，在某种意义上，这一事件具有时代文化象征的意味。因此，对格非的研究，也就不能只局限于文学的领域，甚至可以置换成为对时代文化的研究。

在当代小说家中，格非的存在一直独特而醒目。他的写作，既有着纯粹的文学性，又兼具文体和精神的复杂性，表达出一个当代作家对时代和个人关系的自觉反思，描摹了我们时代的精神世界。起初，格非被视为先锋小说家的重要代表，他的作品在先锋形式实验中传达对世界与历史的玄思与冥想。随着时代的变迁，社会的剧变，自二十世纪九十年代中期以来，他的作品逐渐变得明白晓畅，平易素朴，内容上也回归世俗生活与琐碎日常，对精神危机的思考也更切合社会现实。然而，格非此后又陷入近十年的沉寂，直至2004年，在《人面桃花》中，淡然回归中国传统，以其优雅的叙事、对人情世事的洞察以及介入现实和历史的强烈愿望，重新进入读者的视野。他对人类原初梦想——乌托邦——的追问与勘探，更是激起了文学界的广泛关注。他的写作正在走向清晰、稳健和宽广，并始终保持着一种力量——这种力量，源自他所坚持的"存在的勇气"。

存在是文学永恒的母题。真正的文学应该是人的存在学。格非一直以不同的方式坚持向存在发问，从而保持着对人类精神现状的警觉。他认为，存在是一种潜在的尚未进入大众意识的真实，作家的使命便是对这种真实进行勘探与发现。他主要从三个方面加以言说：一、探询"存在"还是"不存在"；二、追问"个体如何确证自己的存在"，这是对前者的延伸；三、关注个体的精神存在，赋予个体存在以新的想象图景。存在的主题，关涉着现实、历史、个人的精神困境、欲望与乌托邦诗学等方面，格非的写作一直围绕着这些主题而展开。

　　格非在小说的虚构世界里反复书写"存在"这一基本母题，不断勘探抵达存在的各种路径，并重申了人类心中的乌托邦梦想。他通过呈现乌托邦的梦想及其实践结果，思考"个体的精神存在如何实现"的主题——通过这个视角，格非为历史和现实找到了新的解码口。乌托邦作为一种精神存在，一个永恒的梦想，既是人类对美好理想、自由境界的渴求，又隐含着人类对现实的逃避、质疑和批判。然而，面对坚硬的现实，乌托邦却节节败退，它为人类提供精神栖息地的希望正在变得渺茫。尽管如此，乌托邦依然具有永恒的魅力，它是人类反思现实、想象未来的重要参照。乌托邦里隐藏着人类心灵的秘密和存在的消息。

　　对存在的关注与书写，能使文学获得一种独特的精神维度。格非这三十多年的写作一直围绕存在这一基本命题展开，对人物存在感、精神性的省思和塑造，是格非小说中简约而终极的主题——这也可以视为一种"深刻的重复"。关于"重复"，格非自己也说："随着创作的持续，作家一旦找到了某种相应的形式，作家在某种程度上也被这种形式加以规定，有些作家一生都想超越自己（比如列夫·托尔斯泰），但很少有人意识到，这种超越仅仅意味着一种'深刻的重复'。"[①]格非以及他的小说，已成为中国当代文学探询存在的一个重要象征，也是中国作家开始存在之旅的一个重要代表。

---

① 　格非：《小说叙事研究》，清华大学出版社，2002年9月第1版，第56页。

每一次的文学解读，都只能是无限地逼近作者的内心。本书试图从写作的脉络进入格非的小说世界，分析格非写作中始终坚持的对人的存在的关注和思考。这个角度或许是狭窄的，但它所通往的世界却是宽广的；另外，他的小说又有着学者作家特有的深度，所有这些，都非笔者所能准确把握的。也许，一次次地逼近真实，亦是文学解读的美好之旅。

　　在格非三十多年的创作历程中，作品数量虽不算多，但是种类包括了小说、散文、文学随笔、学术论著等。本书未能对格非的文学论著、散文随笔进行单独研究论述，研究与讨论的范围也主要局限在小说类型当中。另外，本书是作家论系列丛书之一，与其将之视为单个作家作品的评传，毋宁将其作为文化、文学研究的一种方式，一种宽泛意义上的"个案研究"。因此，本书的重点不在于作家格非的成长经历与生平轶事，而在于格非的文本世界，以及这一世界与我们现实世界的关系。

第一章　从木匠到作家

第一节　生命最初的形状

一、成长的履痕

格非，原名刘勇，1964 年出生于江苏丹徒县。丹徒，位于江苏省西南部，今属于镇江市辖区，据史载，丹徒建县之前乃吴越之地，直至秦始皇时期才被改名为丹徒。丹徒地势较低，地貌复杂，有山有谷，有丘有圩，有湖有洲；气候温暖湿润，四季分明，雨水丰沛，光照充足。其实，这便是江南地貌。一方水土养一方人。江南农村的地域特性对格非以后的创作有着深刻的影响。

1981 年，格非参加了第二次高考，考上华东师范大学中文系，并于 1985 年毕业留校任教。后于 2000 年调往北京清华大学，此后便一直在大学教授《写作》《小说叙事学》《伯格曼与电影研究》等课程，可以说，"传道授业解惑"是他的主业，而文学创作则成为他的副业。格非的写作开始于二十世纪八十年代中期。从 1986 年发表处女作《追忆乌攸先生》至今，格非已经走过三十多年的创作历程。目之所及，现有长篇小说七部，中短篇小说四十四篇，学术专论七部。这都表明了格非作家与学者的双重身份。就其文学创作情况而言，格非并不属于高产的作家，这也跟他自诩为"业余作家"①的身份及状态有关。

然而，毋庸置疑的是，格非在中国当代文坛上是一个特殊的存在，他即便被放置在先锋作家群体中也是独树一帜的。他先是以先锋小说家的姿态闪亮出场，继以学院派精英作家的身份"遗世独立"，始终保持着自己写作的水准，始终抱持着自己写作的诗性要求。他的作品充溢着时代深刻的精神气质，以及江南水乡的氤氲氛围，既有变化者，亦有不变者，这使格非在纯文学的创作道路上不仅走得更久，也走得更好。

事实上，我们可以清晰看到，相比较于和他同时期成名的其他一些作家，格非的知名度一直是不温不火的。正如评论家陈晓明所言，"在所谓的先锋派群体中，格非总是被巧妙地放在中间位置，不那么突出，也不被冷落"。②"这或许是由于同其他新潮作家比较，他显出了过多的上海人和学院派的温文尔雅；既没有余华那种大刀阔斧直剖人性恶的果敢；又没有苏童那种将超现实直接组合进现实空间的勇气。"③

甚至，我们可以从作家的获奖情况看出端倪。格非在创作前期并没有得到评论界、评奖机构太多的青睐，反而有被马原、余华的光芒所掩盖之感，因此，格非获得各类文学奖项基本是在 2004 年《人面桃花》之后，既有国内官方、民间的文学奖，也有国外的奖项，如美国苏珊·桑格塔翻译奖。他不仅在狭小的精英知识分子文化圈中被普遍看好，而且在广大市民阶层中也拥有巨大的名声。他这种不流俗、不将就的学院派精英写作风格使他获得了长久而广泛的认可。这也印证了陈晓明当年的预测："多年以后，人们可能会意识到，在八九十年代并不红得发紫的格非，应该是二十世纪存留

① 白烨主编：《中国文情报告（2004—2005）》，社会科学文献出版社，2005 年 6 月第 1 版，第 185 页。

② 陈晓明：《文学超越》，中国发展出版社，1999 年 3 月第 1 版，第 188 页。

③ 张惠辛：《难以挣脱的徬徨——格非近作印象》，《当代作家评论》1989 年第 6 期，第 83—87 页。

下来的少数几个最杰出的中国作家之一"，①而且他坚持认为，"格非是这个时期最卓越的作家，一个真正意义上的未来大师"。

当然，今天我们并不是对一个仍有巨大潜力的作家盖棺定论，而是试图通过回溯作家的成长道路，从而预测其仍然充满了无限可能性与发展性的文学前景。这无疑是一个重要的话题。

在回看历史的过程中，最引人注目的一个问题也许就是：格非是如何成为格非的？换言之，格非是如何选择了他的作家道路——一条孤寂的先锋之途？

这里不得不回顾格非的颇具戏剧性的人生经历，这也为他将来的文学创作中对偶然性与不可知论的迷恋种下前因。

如果按照命运的安排，今天格非也许会是一个普通无奇的木匠，或者是种地的农夫。然而什么才是命运的真正安排？命运是不是冥冥之中早已注定？这并没有人能够说得清，道得明。一个偶然改变人的一生，甚至改变我们世界的格局，而这一偶然也许只是一念之差，或者是心血来潮，也许只是时空的某种错误，也许什么也不是。对格非而言，成为作家既是命运的偶然，又是人生的自然。

那么我们来讨论一个问题，格非要做一个作家，要进行文学创作，他的积累是什么？他依靠的是什么？孤独寂寞的童年，饱受冷遇的家庭背景，障碍重重的人际关系，江南村庄的人与事，水乡的雨季与氤氲，贫寒学子的求学道路，戏剧性的复读经历，开放的师大求学与论道，象牙塔内书斋的生活，二十世纪八十年代特有的时代氛围……在这些因素的合力下，格非开始了他的写作生涯，成为一面独特的"先锋"旗帜。

二、童年的种子

根据弗洛伊德的理论，童年早期的经历、经验、记忆会影响个

---

① 陈晓明：《文学超越》，中国发展出版社，1999年3月第1版，第188页。

体毕生的人格发展。毫无疑问，个体的童年对其人生命运有着深远的决定性影响。而对于生性敏感的艺术家来说，童年经历的影响似乎比普通人的更为显著，甚至有些时候，他们的艺术作品就是童年某个经验或某个梦想的变形或放大。

弗洛伊德的精神分析学确实给人们带来新的思维与视角，为人性打开了另一扇窗，从而使得人性中最幽暗与最神秘的所在得以呈现。事实上，格非在二十世纪八十年代的众多作品都有着精神分析学的痕迹与意味。在此，我们暂时将这一话题搁置，而依照通常的方法，先返回格非的童年，考察其成长的历程对格非的性格与成长可能产生的影响。

从一般的意义来看，格非的童年看似平静，似乎也没有过激之处，其经历也与他的同龄人大致相仿，然而，对于人这样一个复杂的动态系统而言，即便是处于同样的成长境地，也不意味着必然会塑造出具有同样的思想与性格的个体。一个小小的差异或变动也许就能催生出一个全新的个体，就足以改变在同一环境下个体的成长路径与思想特征。

早年的格非性格内向孤僻，沉默寡言，静而多思，倦于人际交往。他自己曾这样表达："我是一个喜欢独处的人，不喜欢共谋和合作，喜欢冥想而倦于人事交往。"[1]为何格非会是如此的性格？为何格非会成为作家？为何会成为这种风格的作家？让我们仔细梳理格非的童年与成长，从中寻找那些具有独特性的因素。

1964年，格非出生在江苏丹徒——位于长江下游三角洲地带的江南农村，那里气候温暖湿润，年降雨量十分充足，梅雨季节较长。格非在到上海华东师范大学上学之前一直在丹徒生活。无疑，从地域与写作的关系来看，一个地方的地气，必定会滋养一个地方的写作。江南农村的地域特性与生活经历深深烙印在了格非的创作

----

① 格非：《写作的恩惠》，见《塞壬的歌声》，上海文艺出版社，2001年11月第1版，第3页。

生涯之中，江南就如同鲁迅笔下的鲁镇、沈从文笔下的湘西、莫言笔下的高密东北乡、福克纳笔下那邮票般大小的故乡一样，成为格非重要的精神来源与创作标志。因此，我们看到，南方以及南方特有的地域风貌，在格非的作品中处处可见。雨季是其中最令人难忘的印象。

格非的小说里总有一种南方的溽热、潮湿之感。这种"雨季的感觉"在他的整个创作历程中随处可见，尤其在人物的出场、情节的转折、故事的高潮等关键环节。例如，处女作《追忆乌攸先生》中乌攸先生在一个下着小雨的清晨被枪毙，《迷舟》里的三顺是在零星的梅雨中回到家中并发现了妻子的偷情，《欲望的旗帜》里哲学泰斗贾兰坡教授选择在雷雨交加的夜晚跳楼自杀，《人面桃花》里父亲离家出走也是赶在了普济的大雨。甚至，格非的《雨季的感觉》从故事的开篇到结尾，都是在写湿漉漉的梅雨。此类例子不胜枚举，格非也许是无意识地将故事背景设置在雨季。根据法国学者丹纳的"种族、时代、环境"三要素理论，环境对作家的写作有决定性的影响，一种环境产生一种精神状态，并产生一种与精神状态相适应的艺术。从这个角度出发，格非的出生地就与他对雨季的情有独钟有了某种内在的联系。漫长的雨季，绵绵的梅雨，潮湿的气候，腐烂的事物，等等，这些雨季带来的衍生意象，给人以压抑感与窒息感，就叙事功能而言，正是雨季特有的阴沉、压抑、燥热以及潮湿、腐坏等消极元素，与格非小说中阴郁的人物、颓败的氛围、神秘的故事达成了内在情感上的统一与契合。

细数格非的作品，例如《青黄》《锦瑟》《边缘》《褐色鸟群》《欲望的旗帜》等等，都有雨季的故事背景，而《雨季的感觉》和《夜郎之行》则以雨季贯穿了整个故事的叙述。对格非而言，雨、雨季，甚至不仅仅是一个偶然的自然现象，也不仅仅是一个烘托氛围和寄寓情感的意象，而是一个有着神秘力量的存在。雨的即兴性、封闭性、原初性，这和格非的小说诗学是有某种对应关系的。

在这种阴郁而潮湿的环境与氛围中，格非便开始了文学的诉说。他在小说中塑造的人物也有雨季的特征——似乎终年生活在阴沉的天空下，在暗淡的光线中，人物沉默寡言，行动缓慢，常常陷入沉思与冥想。这与作家自身的个性、气质相吻合。很显然，作家在写作过程中自觉或不自觉地将自我形象与精神气质投射在作品人物身上，并寄托了自我的愁思。从文学地理学的角度来说，出生地对作家的影响是潜移默化、深远长久的。

我们知道，格非的童年成长正恰逢"文革"时期。他曾经谈及过："我的童年看起来很平静，似乎与其他人差别也不大。其实在一个敏感的小孩子心里，却是波澜壮阔。"[1]这种内心的动荡与波澜其实是不言而喻的，这样的童年对格非日后成长的影响也是可想而知的。

格非在成名后多次谈及他的乡村成长经历，包括乡村的学校教育、生产劳作、人际交往、娱乐活动等等。我们从这些追忆中可以看出，格非的童年总体算是平顺的，并无特别严重的创伤记忆。比如，小学时代最爱戴的薛驼子老师用小人书作小学教材；原国民党部队的副团长专修钢笔，无人敢惹；第一次看到火车的激动与兴奋；乡村电影里的"神秘的倩影"等等。当然，格非的所谈所忆，仍然也有那个时代的特点，比如干部口袋里的钢笔、大队的群众大会、历史反革命、大字报、死亡、暴力……这些看似零散的记忆片段构成了格非记忆中不可或缺的童年意象，并在格非日后的创作中一再出现。

他在《格非自述》中描述了他的成长记忆，其中十分重要的是关于暴力的记忆。他以无处不在的暴力来形容他记忆中人与人的关系，并且认为他的写作中的暴力来源于童年经历。

记忆中的暴力在生活中无处不在。我记得祖父曾经用

---

① 格非、吴虹飞：《平人的潇湘》，见《这个世界好些了吗？吴虹飞名人访谈录》，上海人民出版社，2007年2月第1版，第77页。

谈笑的语气来讲述一个故事，当时我们村里的一个人，私通日本人。这个人后来怎么样了，祖父说，后来我们把他"弄"死了。怎么弄死的？祖父说，就是用绳子把他绑在椅子上，叫了一个剃头的来，用剃刀割断他喉咙。祖父说得轻描淡写，而对于一个小孩子，那些东西是很残酷的，完全不能接受。[①]

"文革"后期的日常生活也不乏暴力的内容。死人、暴力是很好玩的，小孩子喜欢去模仿。渐渐地暴力就渗透入了生活，成了记忆的一部分。[②]

我们可以认为，这便是格非创作中"暴力"的源头。他还提及了其他的关于"暴力"记忆。比如上学时粗暴的老师对学生的体罚或言语恐吓；比如"文化大革命"后期逐渐深入日常生活的暴力与斗争；比如手起刀落的冷酷又果敢的外科医生。可见，在格非的童年记忆中，暴力和死亡成为常事，格非过早地遭遇了它们，"死亡也是我一直在思考的问题。任何一个小孩子都会思考这个问题"[③]。这些经历深刻塑造着格非的性格，影响了他对人、人性以及世界的看法。这种"暴力"后来也成为其先锋小说的特质之一。

在对往事的追忆中，格非对自己的家庭所谈不多，但却多次谈及自己的祖父。他在《格非自述》里回忆起自己的祖父，显得格外亲切与温暖。他说："我与父辈可能难以沟通，但和祖父却可以相互理解。我的祖父有'历史'问题，我也不是很明了。"[④]这里，我们必须要谈到格非童年时代的"家庭成分"问题，从中可以窥见格

---

① 格非、吴虹飞：《平人的潇湘》，见《这个世界好些了吗？吴虹飞名人访谈录》，上海人民出版社，2007年2月第1版，第77页。

② 同上。

③ 格非、吴虹飞：《平人的潇湘》，见《这个世界好些了吗？吴虹飞名人访谈录》，上海人民出版社，2007年2月第1版，第78页。

④ 同上。

非内向性格形成的根本原因。

解放前，格非的祖父是村里的保长，因为"反革命"的"历史问题"被关押了二十五年。

当时他，一方面他给共产党做事，掩护了好多革命者，那些人都是他的好朋友，还给共产党储备粮食，同时在村子里边也很有威望；另一方面他也跟国民党合作。这个在当时也是必需的……但是这样建国以后就出问题了，一九五几年的时候，突然就被抓起来了，送到黑龙江劳改。[1]

尽管格非对此语焉不详，但我们可以想象，在二十世纪六七十年代，一个家庭若是有"历史问题"，那是必定遭受重创，并牵连广泛的。确实如此，格非的家庭由此蒙上了阴影，甚至连唱歌这样的娱乐行为都不被允许。他回忆道："我记得有一次，我问过姑妈：为什么我的母亲反对我们唱歌？她回答说：'家里现在正在遭难，以后就能唱了。'"[2]除了压抑的生活环境之外，还有被他人排斥的孤立处境，"因为我祖父这个原因，我们家在村里是一个很糟糕的处境。那个时候跟我们家来往的人很少"[3]。

这对于一个孩子来说，他未必能理解这种所谓的家庭成分问题，但他一定能真切地感受到这种"与众不同"的家庭成分所带来的难以言表的影响，比如小学加入红小兵、中学加入共青团都会遭到阻力等等。我们可以总结，异质的家庭背景、压抑的生长环境以及严肃传统的家风塑造了格非严谨内向、审慎保守、忧郁敏感、静

---

① 格非：《格非小传》，见《欲望的旗帜》，春风文艺出版社，2005 年 1 月第 1 版，第 288 页。

② 格非：《我与音乐》，见《塞壬的歌声》，上海文艺出版社，2001 年 11 月第 1 版，第 201 页。

③ 同①。

而多思的性格特点与悲观灰色的心理基调。这种性格使得格非缺乏对人的信任感，惧怕与外界交流，从而陷于交流的障碍之中，于是，这也就促成了写作的发生。

> 我觉得"创作"就是一个宿命。……我之所以走创作这条道路，根本原因还不在作家群里边，当然也有一定的关系，但最重要的是和我的性格有关系，跟我童年的经历也有很大的关系。[①]
>
> 我后来写小说我祖父对我的影响也是很大的，他眼中的世界和我眼中的世界完全不同。而且小的时候没有人能够理解我，整个的成长过程也培养了我的孤僻的性格，不太愿意和别人合作，而且对什么事情都不愿意相信。慢慢地，我就希望能写点儿东西，希望能跟另外的一些人交流。可能就是骨子里不愿意合作，愿意自己做一些事情，那写作可能是最好的。……我觉得这个问题主要跟我童年的生活有关系，就是我心中有很多的话、很多的疑问、很多东西要表达，而且我想到的所有东西都跟别人不一样，我经历的东西也跟别人不一样，那么我就一定要把它讲出来。……而这些经历跟我的祖父有很大的关系。[②]

童年经历、祖父的影响、内向的性格，最终引导格非走上了写作的道路——一条智性的、冥想式的、形而上的写作之路。后来，格非的这种写作倾向在二十世纪八十年代的文化氛围和西方文学与理论的影响下，得到进一步的巩固与发展。

[①] 格非：《格非小传》，见《欲望的旗帜》，春风文艺出版社，2005年1月第1版，第288页。

[②] 格非：《格非小传》，见《欲望的旗帜》，春风文艺出版社，2005年1月第1版，第288—289页。

在回忆材料中，除了谈及祖父的"历史问题"之外，格非还忆起祖父出狱后孤寂的晚年生活。

> 祖父和奶奶离婚了，一个人生活。他成天说一些我母亲看起来很无聊的话，做一些很无聊的事儿，把屋子打扫得很干净，或者帮村子里其他人做饭，或者教我背书。每到过年，他会做一大桌的菜，把他的孙子们叫过来吃，每个人发一包花生米，在当时是很贵的东西——用报纸包着的。当时小孩子是不懂什么是"反革命"，拿了花生米，吃完了那顿绝对丰盛的宴席，立刻溜之大吉。他当时对我们有什么期待？他心里有多少不被人理解的痛苦？已经不得而知。[①]

我们可以看出，格非的祖父戴着"反革命"的帽子，出狱后的生活是不为常人所理解的，更毋论当时尚且年幼的格非。这里对祖父的"历史"问题语焉不详，也许是格非也不愿意多作说明，但我们可以想象，在那个时代，一个戴着"反革命"帽子的家庭在社会上必定是遭受冷遇的，因此，这种特殊的历史环境、家庭氛围、人生经历对格非的个性与成长产生了重大且深远的影响。格非曾说自己喜欢独处冥想，倦于人事交往，时常对自我产生怀疑，甚至有人际交流的障碍，总是与生活保持一种紧张感。这些个性问题似乎都可以在他的家庭找到影响之源。

后来，祖父引见了一位重要人士给格非，这位超凡脱俗的隐士也深刻影响了格非，甚至还成为格非小说作品中的关键人物。格非曾回忆这段交往往事。此人名叫仲月楼，才高八斗，学富五车，诗文、书法皆佳，他曾给自己父亲写墓志铭："呜呼哀哉！我父秉光

---

① 格非、吴虹飞：《平人的潇湘》，见《这个世界好些了吗？吴虹飞名人访谈录》，上海人民出版社，2007年2月第1版，第78页。

风霁月之度，锦胸绣口之文，经世邦国之才，奈何生不逢时。"① 我们再来看他的父亲在弥留之际写的诀别诗："遥望皖南天，我儿在那边。云飞去复还，儿怎不言旋？"② 当时，仲月楼正在安徽的一个农场进行劳动改造，父子二人天各一方，并且即将阴阳两隔。考虑到这一点，再来回看这父子二人的诗文隔空酬唱，这就格外令人动容，扼腕。仲月楼曾与格非通信，并让格非写诗给他看，格非当时担心自己写不好，而让前辈失望，所以就请一位中文系的老师帮忙写了两首古体诗。结果，仲月楼见后批评格非学问不精，不懂平仄。

> 结果他看到那些诗，把我大骂了一通，说你学了三年的大学了，连平仄都搞不懂。现在的大学怎么了得？他帮我把诗全部改了一遍，后面还附了他对文学的一些看法：大致说，你看，大江之上，风急天高，江水奔涌，才有波澜可观。你如果一直想过安全的生活，最好就不要去搞文学。这是一个很简单的道理，却对我影响很深。他一直和我通信，直至他突然辞世。③

多年过后，我们再来解读此人此言，越发觉得内有真知灼见。从文学理论的角度来看，文学理应与时代、与社会保持着一种紧张的关系，这也是文学的生命力所在。于格非而言，仲月楼的品格言行对他的影响和启发是巨大的，深远的。这让他感受到，在那孤独的"文革"岁月，有一些人始终抱持着何等坚固的内心，何等的气度、品格与风范。中国古老而珍贵的传统始终留存于他们的内心，

---

① 格非、吴虹飞：《平人的潇湘》，见《这个世界好些了吗？吴虹飞名人访谈录》，上海人民出版社，2007年2月第1版，第79页。

② 同上。

③ 同上。

坚定不移，遗世独立。于是，格非说："我的一篇小说《青黄》，就是献给仲月楼的。"[①] 确实，在 1988 年发表的短篇小说《青黄》的文末，格非特地明示："此文献给仲月楼公。"[②] 其实，格非在 1992 年的长篇小说《边缘》中再次写到了仲月楼，并将他作为一个关键的人物写入小说。可以认为，格非内心深处对仲月楼，以及仲月楼这一类人，是充满了崇敬与缅怀的。甚至，从更宽泛的角度，我们可以认为，格非对中国古老的传统文化与道德精神都是有着根深蒂固的情结与向往的，这也可以在格非后期的写作中见出端倪。

第二节　十五岁出门远行

一、木匠的命运

1980 年夏天，格非参加了他的第一次高考。高考成绩在他的意料之中，他落榜了。于是，他的母亲决意让格非学一门谋生的手艺——木匠。母亲请来一位师傅，虽说这人是沾亲带故的亲戚，但是，初次见面彼此印象都不佳。格非有一篇《当木匠，还是上大学?》写过自己险些当了木匠的经历。

　　师傅请来了，他是我们家的一位亲戚。初次见面，我们彼此都很厌恶。他对我的笨手笨脚心中有数，而我则对他的那句有名的格言记忆深刻。当时，他坐在我们家惟一的一张木椅上，跷着腿，剔着牙，笑嘻嘻地对我说："手艺不是学出来的，而是打出来的。"我对于自己的未来产

---

① 格非、吴虹飞：《平人的潇湘》，见《这个世界好些了吗? 吴虹飞名人访谈录》，上海人民出版社，2007 年 2 月第 1 版，第 79 页。

② 格非：《褐色鸟群》，上海文艺出版社，2014 年 1 月第 1 版，第 164 页。

生了深深的忧虑。①

　　尽管格非对这即将到来的"骂不还口打不还手""眼观六路耳听八方"，日日搓好热毛巾的学艺生涯是百般不情愿，但他还是接受这个安排，准备即日前去投奔木匠师傅。然而，就在这个时候，一位突如其来的访客改变了格非的命运。

　　这位陌生的访客姓翟，是镇上中心小学的老师，他与格非一家非亲非故，素不相识，他却在众多的落榜生中留意到格非，并挨家挨户一路寻访而来。原来，翟老师有一位朋友在谏壁中学任教研组长，他此次前来就是推荐格非去那复读补习班。

　　母亲立即同意了这个建议，格非说："这倒不是因为她对那所全县仅有的重点中学有什么清晰的概念，也不是因为她对于我能考上大学有任何具体的信心，而是来访者的盛情超出了她的日常经验和想象力，让她感到惊慌失措。"②我们猜测，母亲当时的心情应该是既兴奋又慌乱的，毕竟来访者的专程到访是对儿子莫大的肯定，这于母亲而言就是极大的荣耀。格非也就此逃脱了木匠的学徒生涯。

　　然而，事情并非那么简单。当格非带着翟老师的推荐信来到谏壁中学时，却被告知复读的前提条件是高考语文、数学的成绩必须都达到六十分。翟老师的那位朋友让格非拿出高考成绩单，可是格非的成绩根本没达到入学的门槛，这该如何是好？

　　格非只好谎称成绩单被弄丢了。格非当时心里想，"那张成绩单就在我的口袋里。无论如何，我不能将它拿出来。"③那老师便让格非去县文教局抄一份成绩单回来。

---

① 格非：《当木匠，还是上大学？》，见《博尔赫斯的面孔》，译林出版社，2014 年 1 月第 1 版，第 113 页。

② 格非：《当木匠，还是上大学？》，见《博尔赫斯的面孔》，译林出版社，2014 年 1 月第 1 版，第 114 页。

③ 同上。

他给了我一张小纸片，上面写着县文教局的地址。我捏着那张小纸片出了校门，来到了马路边。看上去我有两个选择：往东约十五公里处，是我的老家，我只要随时拦下一辆过往的汽车就可回到那里；假如我跳上 3 路公交车往西去，最终可以抵达镇江市，那是县文教局的所在地。两个选择都会指向同一个结果：我将不得不与学校作永久的告别，成为一名木匠学徒，每天给我的师傅搓上几条热乎乎的毛巾。

我在路边徘徊了两个小时，最后选择了没有希望的希望，选择了垂死挣扎，选择了延迟的判决，决定去做一件毫无意义的事情。①

在那 1980 年的夏天，高考落榜的格非，当时还叫刘勇的他，痛苦地在马路边徘徊，最后他选择了没有希望的希望——选择了县文教局的方向。事实告诉我们，这不是一件无意义的事情，这个瞬间的决定改变了格非的一生。

人生的际遇确实不可捉摸。格非来到县文教局时，正是下班时间。传达室的老头阻拦格非进去，格非勉强作了努力与争取，随即也就放弃了。他在内心暗自揣度：

这倒也好，反正我也不是非进去不可。这本来就是一件荒唐的事。我口袋里有一份成绩单的原件，却非要进去弄一份一模一样的抄件干什么。②

---

① 格非：《当木匠，还是上大学？》，见《博尔赫斯的面孔》，译林出版社，2014 年 1 月第 1 版，第 114—115 页。

② 格非：《当木匠，还是上大学？》，见《博尔赫斯的面孔》，译林出版社，2014 年 1 月第 1 版，第 115 页。

当格非正要离开时，一男一女两个工作人员叫住了他。格非也就趁机说明了自己前来的原委。这两人便把格非带到了办公室，替他补办成绩单。

当他们一边为格非翻找档案，一边询问格非各种细节的时候，格非突然说了实话："我的成绩单没有丢。"[1] 接着，格非一五一十地把事情的来龙去脉都讲了出来。这两人犹豫了一阵儿，后来就让格非去外面等一会。十分钟后，他们便把一张开有语文、数学成绩的证明公函递给格非，上面写着语文成绩六十八分，数学成绩七十分。

> 我的眼泪流出来了。
>
> "苟富贵，毋相忘。"她轻轻地说了一句。
>
> 她是我迄今见过的最美丽的女性。[2]

可谓，人生跌宕起伏，机遇失而复得，几经辗转，命运才被格非把握在手里。这便是生活的奥妙吧，无数的偶然构成了此时的存在。这种戏剧性的经历直接影响了格非的人生观、世界观的形成，并将投射在他后来的文学创作中。

二、命运的诡谲

然而，在谏壁中学的生活也并不是一帆风顺。起初，格非对入学成绩造假一事总是惶惶不安，他担心教导处罗主任已经识破了真相，直至同学开解后才放下心中顾虑。转眼到了 1981 年的高考前

---

[1] 格非：《当木匠，还是上大学？》，见《博尔赫斯的面孔》，译林出版社，2014 年 1 月第 1 版，第 115 页。

[2] 格非：《当木匠，还是上大学？》，见《博尔赫斯的面孔》，译林出版社，2014 年 1 月第 1 版，第 116 页。

夕，命运再一次向格非展现了它诡谲的一面。考前一天，格非高烧到了四十摄氏度。

> 我知道自己明天上不了考场了。我的意志坍塌了。我忽然想起了母亲，想起了她让我去学艺的那个木匠师傅。我不再憎恶他了。当个木匠似乎也没什么不好。干什么都行，反正我不想上考场了，我的每一根神经都已经断掉。①

正当格非自我放弃时，罗主任让校医给他注射了一针葡萄糖，又逼他喝下三大碗稀粥。这才支撑着格非进了考场。

因此，格非说："面临重大选择的时候，总是有一种神秘的力量帮助你。"②这也许就是他推重博尔赫斯、休谟，推崇历史的偶然性与不可知论的原因吧。格非回想这段经历时，曾清晰地表达出自己对偶然性、未知性的看法。

> 所以我上大学以后，就会很本能地想到一些文学的问题，就是对我来说不存在一个固定不变的现实，各种可能性都是存在的。你的命运是什么样子，你根本就不可能知道，不知道它在什么时候就有可能会被改变。……所以我觉得我写小说，一开始会介入到幻想，或者说不确定性，或者命运的不可知性，我觉得是跟我个人的经历有关系的。③

---

① 格非：《当木匠，还是上大学?》，见《博尔赫斯的面孔》，译林出版社，2014年1月第1版，第119页。

② 舒晋瑜：《说吧，从头说起》，作家出版社，2014年2月第1版，第96页。

③ 格非：《格非小传》，见《欲望的旗帜》，春风文艺出版社，2005年1月第1版，第277—278页。

成功并非唾手可得，但也没有让格非等待太久。从1986年的处女作《追忆乌攸先生》出发，格非开始稳健地走在文学创作的道路上。随后，格非陆续推出《迷舟》《陷阱》《没有人看见草生长》《褐色鸟群》《青黄》《大年》等等，这些作品在当时的中国文坛的影响不亚于"集束手榴弹"，这也奠定了格非的先锋派作家的地位。其中1988年发表的《褐色鸟群》被誉为"当代中国最玄奥的小说"。

在彰显叛离、颠覆的二十世纪八十年代，相对马原、余华这些先锋作家，格非并非是激烈的反叛者，他选择的其实是一种相对古典的表达方式。家庭背景、童年经历、所见所闻，这些塑造了格非既躁动又沉静的内心、既先锋又传统的思想，也让格非对历史、时间、真实、暴力、死亡形成了自己独特的认识。然而，从格非日后的写作来看，格非远比当年那些貌似前卫的文化叛逆者更坚定，更自信，更自我，也走得更久远。他把对历史与世界的理解、判断以寓言的方式通过小说表达出来，他把在日常现实中可能无力正面强攻的对象，巧妙地以寓言的形式移植到一个虚构世界中来。

生活的奥妙难以言表，无数的偶然构成了必然的人生。这些种种颇具戏剧性、偶然性的经历为道路的神秘性、不可知性作了一个精彩的注脚，并直接影响了格非的世界观人生观的形成，以及他的创作世界。作为木匠的格非就这样消失了，随之诞生的是作家格非、学者格非、教师格非。然而，我们又十分清晰，尽管人生靡常与变幻莫测往往就在刹那之间，但是人对命运道路的判断与选择却是大多基于漫长岁月的累积。

由此我们又回到了前面提及的道路的神秘性问题。当年仅十五岁的刘勇，站在街道上，看着左右两边不同的去向，两边都是无望，但最终还是怀着一丝希望选择了文教局的方向。那一刻他知道自己未来的角色吗？在关键的人生岔道口，他艰难地作出了自己的选择，即使这种选择乃是彷徨无措之果，但一经决定，他的人生道路便迅速改变了方向。

第三节　师大读书且论道

一、师大的风气：读书与清谈

格非是 1981 年参加第二次高考进入上海华东师范大学。华东师大由原大夏、光华和圣约翰大学合并而成，地处当时上海的远郊，在现代，这片荒僻之地还是沪上游人踏青远足的绝佳去处。在格非的回忆中，1981 年他进入华东师大的时候，校园已不复旧观，但流韵尚存。校园里河流潺潺，草木葱郁，花事盛景次第而呈，校园也逐渐气象万千。当时的社会氛围，整个社会都洋溢着长期禁锢之后的活力与阳光，其中人文学科显得尤为热闹。各种文学思潮你方唱罢我登场，"伤痕文学""改革文学"等风潮层见叠出。这种风尚在大学校园里得到良好的表达与呈现——开放自由的校园氛围以及崇尚读书论道的学术风气。

格非曾在《师大忆旧》中谈到他刚入校园时的"少不更事"与"无所事事"。

> 刚一进校，我们即被高年级的同学告知：成为一个好学生的首要前提就是不上课。他们的理由是，有学问的老先生平常根本见不着，而负责开课的多为工农兵学员，那些课程听了不仅无益，反而有害。这种说法当然是荒谬绝伦，且有辱师辈，但我们当时少不更事，玩性未泯，不知学术为何物，自然喜出望外，奉为金科玉律。[①]

在当时的氛围下，格非理直气壮地养成了逃课的习惯，他和同

---

① 格非：《师大忆旧》，见《博尔赫斯的面孔》，译林出版社，2014 年 1 月第 1 版，第 76—77 页。

学在校园里四处闲逛，虚掷光阴，闲极无聊之时，甚至"将园子里所有奇花异草逐一登记在册"。这些行为让他们的辅导员老师忧心忡忡，但老师并未采取强硬的措施和态度，而是引导学生多读课外书籍。

其实，在上世纪八十年代初，格非他们"虽说表面上游手好闲，晨昏颠倒，饱食终日，无所事事，只是作为所谓'名士风度'的一种装饰而已，其实暗中也知道惜时用功"①。因此，当中文系给学生印发了课外阅读书单时，格非开始没日没夜地苦读课外书，并打下了扎实的外国文学基础。这"一百多本的书目中竟没有一本是中国人写的"的阅读书单直接影响了青年格非的文学理念与价值体系的形成与建立。

那时，校园读书与清谈的风气渐盛，学生们读书论道，"语不惊人死不休"，在高谈阔论唇枪舌剑中，学养修为逐渐沉淀积累。格非曾忆起师大的清淡趣事，例如陈村的锦心绣口，幽默风趣；马原的能言善辩，锋芒毕露；北村的"以其昭昭，使人昏昏"；还有聚会时，令人难忘的徐麟的"徐氏红茶"，等等。这种既私密又开放，既针锋相对又兼容并蓄的清谈风气，是那个时代特有的产物。时移世易，风尚人心，早已今非昔比，不可复现。

除了读书与论道，华东师大还有一个"最好的传统"，那就是师大中文系一个不成文的规定："凡是今后从事于文学理论研究的学生，必须至少尝试一门艺术的实践，绘画、音乐、诗歌、小说均可以。本科生的毕业论文也可以用文学作品来代替。"②这个规定已经无法溯源了，但它的积极意义与深远影响是不容置疑的，它不仅使得未来的文学理论研究者在实践中养成艺术的感悟力与审美能

---

① 格非：《师大忆旧》，见《博尔赫斯的面孔》，译林出版社，2014年1月第1版，第77页。

② 格非：《师大忆旧》，见《博尔赫斯的面孔》，译林出版社，2014年1月第1版，第83页。

力，而且也鼓励了文学艺术的创作。格非曾坦言，自己因为没有绘画和音乐的基础，只好选择文学创作。于格非而言，他并未料想到自己将来会成为一个作家，甚至于他的处女作《追忆乌攸先生》也是 1986 年在由浙江建德返回上海的长途火车上，为了给同伴解闷而写成的。乃至后来处女作和成名作的发表，都有着偶然性的因素。但我们又不能说格非因为偶然的机遇而成为了作家，这其中的偶然性与必然性是纠合在一起的。格非那孤独寂寞的童年、喜欢独处冥想的性格、家庭的背景与氛围、少年时代的阅读、象牙塔内的修习，以及他恰好遇到的文学的黄金时代，以及他所遇之人、所经之事等等，这些因素合力而为，塑造了一个中国当代文学史上鲜明的坐标性的人物。

二、写作的恩惠

前面我们谈到格非的性格特点，他内向寡言，喜欢独处冥想，惧怕人际交流。所以格非也说，"当我企图与外界沟通，建立联系的时候，我想我所能做的首先是逃避，它使我的注意力转移到一些静态的或无生命的事物上去。"①

这说明格非因为个性的原因，而产生了与外界交流的困难，他选择了逃避和转移，这实则是一种自我封锁与幽闭。格非对此是明了的，他意识到自己与无形社会之间存在严重的交流障碍，这种"障碍"使得格非强烈感受到自己的不合时宜与格格不入，并产生了言说的焦虑。他进一步说：

在日常生活之中，我时常能感到自己的生活和思想方式与其他人很不一致。我不知道是周围的世界出了问

---

① 格非：《作家的局限和自由》，见《塞壬的歌声》，上海文艺出版社，2001 年 11 月第 1 版，第 6 页。

题，还是自己本身出了问题。在这样一种情形之下，写作就非常慷慨而及时地对我的种种不切实际的行为和思想予以了肯定。换句话来说，它给我的幻想、行为以至梦想赋予了某种形式，它很快使我安下心来，并感到了一定的自由。①

这便是"写作的恩惠"了。所幸，"写作意味着个人的独立工作，它是不与人合作而生存的合法手段"②。格非还道出："1986 年，当我开始写作的时候，有两种东西深深地吸引了我，同时也使我产生了疑虑和痛苦。其一是写作的自由。我所向往的自由并不是指在社会学意义上争取某种权力的空洞口号，而是在写作过程中随心所欲，不受任何陈规陋俗局限的可能性。主要的问题是'语言'和'形式'。"③ 也就是说，"写作"的独立性、自由性、私人化特征吸引并鼓励了格非，另外，格非自身与外界交流的"障碍"也成为写作的重要资源，或者说，作家写作的基本动机就源于个人与外界交流的障碍，源于个人与现实之间难以摆脱的紧张感。其实，写作也是作家与外界交流的另外一种方式。因此，格非便开始了文学创作之旅。写作给予了格非安心与肯定，寂寞与自由。

其实，格非在师大读书时期，尽管有许多闲暇时间，但他从未想过将来自己会走上创作之路。

至少我个人从未想到过有朝一日会成为"作家"，或去从事专业创作。《陷阱》《没有人看见草生长》等小说，

① 格非：《写作的恩惠》，见《塞壬的歌声》，上海文艺出版社，2001 年 11 月第 1 版，第 3 页。
② 格非：《作家的局限和自由》，见《塞壬的歌声》，上海文艺出版社，2001 年 11 月第 1 版，第 6 页。
③ 格非：《十年一日》，见《塞壬的歌声》，上海文艺出版社，2001 年 11 月第 1 版，第 66 页。

完全是因为时任《关东文学》主编的宗仁发先生频频抵沪，酒酣耳热之际，受他怂恿和催促而写成的。而写作《追忆乌攸先生》是在从浙江建德返回上海的火车上。因为旅途漫长而寂寞，我打算写个故事给我的同伴解闷。可惜的是，车到上海也没有写完，当然也就没给她看，此人后来就没有了音讯。回到上海不久，就遇到王中忱、吴滨先生来沪为《中国》杂志组稿，此稿由中忱带回北京后竟很快发表，我也被邀请参加了中国作协在青岛举办的笔会。①

　　而这篇火车上的草就之作却开启了格非创作的灵感之门。格非曾谈到这篇处女作给他带来的豁然开朗："我在着手写《追忆乌攸先生》这篇小说时，第一次意识到了生命、记忆以及写作所构成的那种神秘关系。……在写作这篇作品之前，我的记忆一直在黑暗中沉睡，现在它终于向我敞露了一线缝隙，记忆中的事物犹如一个个早已被遗忘的梦境突然呈现出来，使我感觉到了它的神秘、丰富、浩瀚无边。而语言正是在这样一种浩瀚的黑暗中开辟着道路，探测着它的边界，在它无限敞开的腹地设置路标。"②

　　因此，在格非的创作历程中，《追忆乌攸先生》的意义是十分重要的，它显然打开了一个创作的新境界，唤醒了作家某些沉睡的意识与记忆，从而使格非走上了文学历险的道路。

　　这便是格非处女作的面世过程。最初的《追忆乌攸先生》实则乃无心之作，后来的那篇给格非带来巨大声誉的《迷舟》也是"几个朋友在草地上闲聊的产物"，格非甚至在文中还随手画了一幅两

---

① 格非：《师大忆旧》，见《博尔赫斯的面孔》，译林出版社，2014年1月第1版，第84页。

② 格非：《小说和记忆》，见《塞壬的歌声》，上海文艺出版社，2001年11月第1版，第9页。

军交战的地形图（1987 年《收获》发表《迷舟》时保留了这幅插图）。应该说，当时的格非并没有太强烈的愿望要成为一个"作家"，他最初的作品也是在师友的真诚鼓励下发表的。对格非来说，成为作家只是顺其自然，水到渠成而已。

作家格非就这样诞生了。可以说，格非是幸运的，因为他遇到一个文学的黄金时代，文学的社会宠儿地位也让从事文学者有了足够的信心与勇气。

按照存在主义的理论来说，人的存在本质是后天形成的，每个人都可以选择一个特定的方式来成为他自己。然而，选择什么样的方式？成为什么样的自己？这依然是神秘性的问题。

第四节 "博尔赫斯的面孔"

一、西方的魅惑

毋庸置疑，"先锋文学"的出现深受西方现代主义文学以及西方文论、哲学等影响。这得益于二十世纪八十年代社会氛围的宽松与包容，思想意识的活跃与开放。在此阶段，各式各样的西方现代主义文学、思潮、理论、流派及作家作品涌入中国，这对于被意识形态束缚、压抑多年的中国当代文坛而言，无疑有着振聋发聩的作用。

不少作家在回顾这一阶段时，都坦言最初阅读西方现代主义作品时"震惊"的体验，以及在自己的创作实践中尝试着学习与模仿各种新奇的手法——黑色幽默、精神分析、意识流、魔幻现实主义等等。比如，《百年孤独》那个伟大的开场白受到后世许多作家的模仿与套用。在初始的"震惊"与启蒙之后，作家们各自寻找到与自身个性气质、创作观念暗合的相对固定的师法对象，比如，余华对川端康成细部描写的着迷，莫言小说与马尔克斯魔幻现实主义的内在联系，等等，这些都是经常为评论家所津津乐道的。

作为时代之子，格非的文学创作显然也受到了域外现代主义文学的影响，在他的作品中，我们可以辨别许多域外作家及学者的身影，尤其是可以窥见"博尔赫斯的面孔"。

二、为什么是博尔赫斯

我们知道，阿根廷作家博尔赫斯是二十世纪享誉世界文坛的一代大师，他以其超前的小说理论、深刻的作品内涵、精巧的小说结构、新颖的叙事技巧与独特的艺术魅力，广泛而深入地影响了无数作家，包括中国当代的一批先锋作家，可谓名副其实的"作家们的作家"。

许多中国作家不仅接受了博尔赫斯的小说创作理论，并在创作上模仿博氏的风格与技巧。我们可以轻松地举出许多例子，比如马原的《虚构》、格非的《褐色鸟群》《青黄》《迷舟》、孙甘露的《信使之函》《访问梦境》、余华的《现实一种》《此文献给少女杨柳》等等，从这些作品中都可以清晰辨出博尔赫斯的脚印与心跳声。

其中，马原和格非两位作家最得博氏的神韵。马原借鉴博尔赫斯的理念，以游戏的姿态打破小说现实与虚构的界限，形成了马原式的"叙事圈套"。而格非则对博尔赫斯小说进行了全面而深入的研究与模仿，并融入了个人的阅读经验、艺术追求与精神气质，建构起了格非式的"叙事迷宫"。余华也颇得博氏的精髓，他的《现实一种》并非传统概念中的"现实"，而是以"一种虚伪的形式"重构了一种虚幻的现实——这种文学观念无疑源自于博尔赫斯。他们将当代小说的审美实验与形式探索推向了前所未有的高度。

当然，那时中国作家并非都真正理解了博氏的哲思与玄奥，其中相当一部分的作家是青睐于博氏作品的隐喻性手法与虚幻性内容，这种创作风格在当时无疑是适合"戴着镣铐跳舞"的中国作家们的。这种对他者的借力，确实为当时背负沉重包袱的中国文学提供了一条新的发展路径，但这也带来了对博尔赫斯的误解。我们今天看来，在上世纪八十年代末，中国对西方文学与理论的接受，注定是有一些误读。因为双方有着不同的历史背景、文化底蕴与社会发展进程。或者从广义的阅读过程来看，任何的阅读只能是一种误读，一种曲解。各种的理论、思潮、作品，在进入中国本土之后，只能附着于中国的现实基础。尤其是像博尔赫斯这一类创作者。格非曾分析过博尔赫斯的被误解。

　　世界上有多少博尔赫斯的读者，就会出现多少种对博尔赫斯的误解。……我说博尔赫斯易遭误解，首先一个理由是，他试图表达的内容，在常人看来本来就是虚幻的。其次，他用的手法是隐喻性的，他是一个可无争议的比喻收藏家。[①]

　　格非认为，因为这特殊的表达内容与别具一格的创作方法，博尔赫斯常常遭遇误解，或者说被多重解读。这位双目失明的国家图书馆馆长，他是一位诗人，一位小说家，一位哲学家，一位文学研究学者，更是一位冥想者。博尔赫斯身上带有的这种冥想的气质、智性的风格，以及被误解的待遇，同样出现在格非的身上。

三、博氏对格非的影响

　　前面我们已经论证，格非性格内向，喜欢独处冥想，并倦于人事交往与沟通。这种性格自然而然使得作家关闭了与外在世界的交流，而转向对内的关注——面向内心的写作。可以进一步说，格非

---

① 格非：《博尔赫斯的面孔》，译林出版社，2014年1月第1版，第307页。

的写作正是源于个人与外界、他人的交流障碍，这无疑是与他所推崇的艺术家博尔赫斯暗合的。格非本人也感受到在日常生活中自己与他人的不一致，他把生活中的这种"茕茕孑立形影相吊"附着在作品中的人物身上。例如《追忆乌攸先生》中的"乌攸先生"，《迷舟》中的"萧"，《傻瓜的诗篇》中的"杜预"，《欲望的旗帜》中的"曾山"，"江南三部曲"里的陆秀米、谭功达、谭端午，等等，无论他们以何种身份何种面貌出现，他们都是带着"哈姆雷特般忧郁的面孔"的"冥想者"形象，并且都与周遭世界格格不入。

无独有偶，格非的性格、气质与博尔赫斯有着相似之处，两者可谓都是耽于沉思冥想的内倾型作家。格非不止一次地表达出对博尔赫斯的高度肯定与无限推崇，他将博氏视为"二十世纪无可争议的大师"，甚至认为，"中世纪有了但丁就有了一切，同样，卡夫卡和博尔赫斯的存在为二十世纪的文学挽回了尊严"[1]；"假如说陀思妥耶夫斯基试图在地狱般的人间重建天国，博尔赫斯则是在语言的领域内创造另一个宇宙。"[2]格非这种不加保留的高度认可，一直持续到今天，他说："直到今天，我仍然对博尔赫斯有所眷恋。这被许多人认为不可救药。"[3]其实，这种"不可救药"可谓一种志同道合与惺惺相惜。

因此，当时的中国文坛似乎形成一个共识：格非深得博氏的真传，是博尔赫斯小说中国化实践最成功的作家，可谓"中国的博尔赫斯"或者"博尔赫斯的中国弟子"。我们暂且不去考证这些评论的客观性与科学性，但这至少说明以下几点：首先，博尔赫斯与格非之间有着紧密的关联与影响；其次，格非深刻理解了博尔赫斯的理论与创作，其人其文在精神气质上皆与博氏有着相似之处。前面我们在爬梳格非的成长经历时，曾概括过格非的性格特点是喜欢独

---

[1] [2] 格非：《1999：小说叙事掠影》，见《博尔赫斯的面孔》，译林出版社，2014年1月第1版，第276—282页。

[3] 格非：《博尔赫斯的面孔》，译林出版社，2014年1月第1版，第311页。

处冥想，倦于人事交往。而对博尔赫斯来说，他的一生都沉湎于冥想之中，沉湎于由宇宙的浩渺与时空的奥秘所组成的虚幻之中。甚至，博尔赫斯的冥想或梦幻就是他的作品。

具体地说，在博尔赫斯的整体创作中，他热衷于研究抽象的哲学命题，持续思考探讨时间、记忆、历史、梦幻、人性等问题，作品风格呈现出智性与玄奥的特点，小说人物具有符号性与象征化的特征，这些形成了别具一格的博尔赫斯风格——循环往复的时间，无限轮回的历史，如梦似幻的存在，共同构成了博尔赫斯的迷宫式的世界。

博尔赫斯的文学创作与理论对中国当代先锋作家的影响可以从观念与技巧两个层面来分析。当然，这两个层面也常有重叠交错、合二为一的情况。就格非的创作而言，我们不难发现其中有着影影绰绰的"博尔赫斯的面孔"。

首先，博尔赫斯的时空观深刻影响了格非的文学观念。博尔赫斯认为，世界是一个由时间与空间构成的迷宫，其中的时间与空间是交错复杂、循环往复的。而在格非的小说里，世界依然是一个令人难以捉摸的迷宫，生存于其中的人很难认清它的本质面目。因此，这两者的作品中都具有"迷宫型结构"。我们不难发现，格非的《迷舟》与博尔赫斯的《小径分岔的花园》有许多相似之处。

《小径分岔的花园》深入探索了时空的可能性，博尔赫斯认为时间与空间的联系就如同花园，有着众多分岔的小路，导向不同的世界。而格非的《褐色鸟群》中，作家借用了棋、牌、镜子这些术语作为人物的命名或者小说关键的意象，暗合了文本所要表达的主题。比如，少女"棋"在这篇小说中就暗指小径多种分岔的可能性。作为听众的少女"棋"引发了"我"对昔日婚姻故事的追忆与讲述，而在这个过程中，"我"的记忆出了问题，许多的细节在记忆中出现了偏差，它们甚至针锋相对，构成互相否定的关系。数个寒暑春秋过去了，少女又来到"我"的公寓，然而她却否认就是当年的那个"棋"。扑朔迷离的故事，似是而非的情节，如梦似幻的氛围，统摄于这篇凌空虚蹈的《褐色鸟群》中。格非通过讲述一个矛盾重重的故事来表达了自己对记忆的可靠性、世界的真实性的深切怀疑。世界是不可知的，记忆是不可靠的，一切都难以确定，一切都有可能发生变化，一件事可能是另外一件事，一个人也可能是另外一个人，那么，经历此事的此人便只能是棋盘上游走的某一棋子或者扑克牌中随意抽取的某一张纸牌。

其次，是"文本含文本"结构。博尔赫斯自身书卷味浓，他的小说形式奇巧复杂，结构变换跳跃，并且擅长"故事新编""经典重写"，即他常选取书籍、典故、论著、经典作品作为小说的蓝本与写作素材，或者进行再改写，或者提供多角度的新解，既使得新作与旧文有互文呼应关系，也赋予了新作独辟蹊径与曲径通幽之感。不约而同地，格非也惯于从典籍轶闻材料中寻找灵感与启发，比如，《锦瑟》是对李商隐同名原诗的衍生，《武则天》是对历史人物的戏说，《半夜鸡叫》更是对我们耳熟能详的经典故事的重写，《凉州词》则是在现实的维度上，以当代学者对中唐诗人王之涣的轶闻遗事的学术考据，讽喻二十世纪九十年代的人文知识分子的生存境遇，从中都可以看出浓郁的博尔赫斯风格。

第三是"循环型结构"。博尔赫斯善于通过小说的循环结构呈现时间与空间的迷幻，他的《圆形废墟》是一个经典范本。《圆形废墟》中的"他"一次次地做梦，一次次地清醒，在梦中清醒，又在梦中做梦，而格非的《锦瑟》则通过同一人物冯子存串联起四个不同时空的故事，冯子存一次次地死亡，又一次次地新生，这两个文本有着异曲同工之妙，小说首尾相衔，循环往复，在起点也是终点的无限循环延续中，走向时空的哲思世界。

此外，格非与博尔赫斯还有着相似的叙事风格，作品中都洋溢着古典主义的含蓄、典雅、智慧、沉思、精炼、准确、抒情、感伤等特点；都擅长使用空缺、重复、迷宫等小说技法；都注重人物的符号性与象征化；都惯用富有寓意的意象如"镜子""梦""棋""牌"等，这些都可视为格非对博尔赫斯写作资源的继承。

当然，除了博尔赫斯外，格非的作品中还有许多域外文学大师的影子。他们的小说理念与小说文体意识深深影响了格非的写作，例如普鲁斯特的"非意愿记忆"手法、米兰·昆德拉的"存在"理论、马尔克斯的叙事时间等。同时，格非对他者的学习与借鉴又不是生搬硬套，而是结合自身的艺术修养与精神气质对之进行吸纳与化用。

在昆德拉看来，世界的本来面目就是难以确证、不可言说的迷宫与悖论。而小说的意义则在于显示世界本来的模糊性和不确定性。"小说的任务就是画存在的图，提示出存在的种种可能性。"[①]格非不仅认同这个观点，并在创作中身体力行。他的小说始终有一个恒定的主题——对个体存在的思索、言说与追问——存在还是不存在？如何存在？何以确证个人的存在？格非的小说无疑实践了哲学的许多命题，饱含了对时间、记忆、真实等问题形而上的沉思。正是在这个意义上，我们以为，在这三十多年的文学创作历程中，格非的写作意图与核心始终如一，他的"纸上的王国"始终保持相对的完整性与稳定性。

事实上，格非从域外许多作家作品中汲取了营养，而这些作家作品也并不仅仅影响了格非，但我们可以确认，正是凭借着对现代主义文学的研究和借鉴，格非的小说从理念到形式技法都深具西方现代主义小说的神韵。同时，格非又是一个饱含古典情怀与传统印记的作家。他在博士论文《废名的意义》中坦承："我自己的写作一度受西方的小说，尤其是现代小说影响较大，随着写作的深入，重新审视中国的传统文学，寻找汉语叙事新的可能性的愿望也日益迫切。"[②]历史地考察格非的小说，我们会发现他的创作根基始终在

---

① 李敏：《格非的世界》，河南大学博士论文，2004 年 5 月，第 25 页。

② 格非：《废名的意义》，见《格非散文》，浙江文艺出版社，2001 年 9 月第 1 版，第 121 页。

于中国的传统资源。他将西方现代小说的精巧技艺、形而上的精神命题，与中国传统文化、古典意象、哲学思想等编织在一起，传达出既传统又现代的对人的存在之思考与言说。这种中西、古今、传统与现代的融合，显示出一个优秀作家的创作功力。

格非的写作不仅深受西方现代小说的影响，也注重从中国传统文化与中国古典文学中汲取养分。相较而言，格非早期的小说对西方的学习与借鉴是更为显在的，而传统的因素大多还是处于潜隐状态，后期的写作则以高度的文学自觉与自信回归中国传统资源，建构了"中国式诗意"的特质。格非甚至提出"好的小说都是对传统的回应"[①]。

这种交融结合的现象并不是个案，从某种意义上说，自二十世纪八十年代以来，不管西方的现代性启蒙多么来势汹汹，多么锋芒毕露，中国古老的文化文学资源还是顽强地参与到了近现代文学发展的历史进程中来，没有任何一个作家能够完全置身事外。中国的不同领域都在传统与现代、中国与西方的碰撞、考量与平衡中摸索前行。

第五节　对存在的勘探

自 1986 年发表处女作《追忆乌攸先生》至今，格非已经走过了三十多年的创作之路，展示出一位先锋作家执着而深入的艺术探险历程。他早期的先锋小说，形式探索意味浓厚，小说内容晦涩难懂，侧重于对抽象的精神问题的思考与表达，此时可谓形式的先锋阶段，譬如《褐色鸟群》《迷舟》等。进入九十年代，格非的写作逐渐发生变化。小说先锋色彩渐弱，风格逐渐澄明疏朗，内容上回

[①]　丁杨、格非:《好的小说一定是对传统的回应》,《中华读书报》2007 年 2 月 14 日 005 版。

归琐细的日常生活，小说变得平易晓畅，可谓小说形式与内容的良好结合，两者相得益彰，譬如《敌人》《边缘》。而1995年发表的长篇小说《欲望的旗帜》，更是无甚高深莫测的玄学色彩，开始逼近现实，回归生存现状，着力表现一个欲望化时代里人的精神贫困和信念沦落。

此后，格非搁笔近十年。直至2004年，格非以《人面桃花》强势回归，进入了创作的崭新阶段。从"江南三部曲"开始，以及随后的《隐身衣》《望春风》，我们更明确地感到格非小说外在形式的变化，小说面貌渐渐向简朴回归，审美趣味也渐渐趋向于中国抒情传统，小说故事内容及主题则越来越贴合时代与现实。

这是格非目前给读者呈现的三种不同的创作面貌。当然，在这三十多年创作历程中，格非始终坚守了一些不变的因子，那就是精神困境与人的欲望的问题，其实落到本质上来说，那就是存在的问题。

荷尔德林说，文学是为存在作证。"真正的文学是人的存在学，它必须表现人类存在的真实境况，离开了存在作为它的基本维度，文学也就离开了它的本性。"[①]格非的写作围绕的一个基本命题就是对个体存在的沉思。

格非曾在创作随笔《故事的内核和走向》中谈论作家与作品主题的关系："许多作家一生的写作都是围绕一个基本的命题，一个意念的核心而展开的，……这个核心的存在，有时不仅仅涉及到作者的经历、学识和世界观，而且与作家的气质和感知方式关系密切。"[②]

对格非而言，对"存在"的思考与表达是他文学创作的最根本的意图与核心。"尽管这种意图有时不为人知。我们往往以为每一个作品都是对自己的超越，事实上，存在于故事中的某种内核却一

---

① 谢有顺：《文学：坚持向存在发问》，《南方文坛》2003年3期，第9页。
② 格非：《故事的内核和走向》，见《塞壬的歌声》，上海文艺出版社，2001年11月第1版，第34页。

直在作品中时隐时现。"① 也就是说，一个作家的经验方式总是相对固定的，经验内容大约也是有限的，他自然会追求创造与超越，但某些东西却是无法真正超越。某种内核、某种命题，始终是作家需要表达的最根本的意图。显然，格非是一个执着的存在主义者，一个激越的理想主义者，一个严肃的精神劳作者。

格非认为，在社会现实的外衣下，隐藏着另外一个现实。他将这种潜在的现实称为"存在"，它是一种尚未进入大众意识的真实。"存在，作为一种尚未被完全实现了的现实，它指的是一种'可能性'的现实。从某种情形上来看，现实（作为被高度抽象的事实总和）在世界的多维结构中一直处于中心地位，而'存在'则处于边缘。现实是完整的，可以被阐释和说明的，流畅的，而存在则是断裂状的，不能被完全把握的，易变的；'现实'可以为作家所复制和再现，而存在则必须去发现、勘探、捕捉和表现；现实是理性的，可以言说的，存在则带有更多的非理性色彩；现实来自于群体经验的抽象，为群体经验所最终认可，而存在则是个人体验的产物，它似乎一直游离于群体经验之外。"②

因此，作家的使命之一便是对存在进行勘探与发掘。就此，米兰·昆德拉也曾谈道：小说是对"存在"的"发现"和"询问"，它的使命在于使我们免于"存在的被遗忘"。昆德拉在小说家的三种可能中——讲述一个故事；描写一个故事；思考一个故事——为自己选择了思考或沉思。格非与昆德拉不谋而合，格非认为，写作的隐秘根源是个人对存在的思考。"我们知道，并非每个人都'愿意'或'能够'成为作家，因为并非每个人都对自身存在存有困惑或追问。"③ 而且，这种困惑或追问在每个作家那都有着不同的意义和阐

---

① 格非：《故事的内核和走向》，见《塞壬的歌声》，上海文艺出版社，2001年11月第1版，第34页。

② 格非：《小说叙事研究》，清华大学出版社，2002年9月第1版，第15页。

③ 格非：《故事的内核和走向》，见《塞壬的歌声》，上海文艺出版社，2001年11月第1版，第33页。

释，由此也就生成了不同的写作主题。在格非看来，思考与探究存在是作家的责任和使命。

让我们看看格非在小说中如何追问"存在"本身。首先，我们要明确格非关于写作的观念与米兰·昆德拉有许多相同之处："小说不研究现实，而是研究存在，存在并不是已经发生的，存在是人的可能的场所，是一切可以成为的，一切人所能够的。"因此，昆德拉说，"小说家既不是历史学家"，"也不是预言家"，"他是存在的勘探者"，他画"存在的图"。① 从这个意义上来说，格非正是昆德拉所称的"存在的勘探者"。

事实上，在上世纪八十年代中期，书写"存在"这一主题也是一种写作潮流。从精神渊源上讲，文学中的"存在"主题可以溯源至西方存在主义哲学。尽管文学与哲学对于"存在"的表现形态互不相同，但在尊重人的个性与自由、关注人的存在状态与命运方面基本上是一致的。西方存在主义哲学随着国门的开放被引入中国，并显示出它对文学的强大渗透。残雪冷漠地编写卡夫卡式的"存在"寓言；余华着迷地描述生存的苦难和死亡；苏童诗意地叙说存在的无望和命运的凋零。"事实上在西方学者那里，他们普遍认为现代主义小说中都具有存在主义的主题或者影响"，"也可以这样说，现代主义小说的主题特征之一，就是通过形象与想象的方式对现代人关于存在的观念进行表现，它本身就孕育着更为形象和直观的存在主义哲学"。②

在格非的创作历程中，"存在"是恒定的主题，他用不同的方式表达出对存在的思考和回答。在早期，格非的代表作《追忆乌攸先生》《迷舟》《褐色鸟群》《大年》等以善于营造小说叙事的"迷宫"，制造无法填补的"空缺"闻名。他试图通过小说的形式探索

① ［法］米兰·昆德拉：《小说的艺术》，孟湄译，三联书店，1992 年 6 月第 1 版，第 42—43 页。

② 张清华：《中国当代先锋文学思潮论》，江苏文艺出版社，1997 年 6 月第 1 版，第 243 页。

抵达"存在"。而与"存在"相连的命题是时间、死亡、历史与现实、记忆和遗忘、真实和梦幻等。正是对这些概念的思考与捕捉，使得这个时期的格非俨然是一个不动声色的"智性"作家，他的写作兴趣在哲学或者说是"玄学"上。"他的作品总是有相当复杂的叙述结构，没有谁对形而上的生存问题像他考虑得那么深刻，那么坚持不懈，并总是能找到恰当的小说叙述方式。没有人像他那样，能在小说叙述语句中，把复杂性和单纯性兼容并蓄。"①格非既不像马原那样剑拔弩张地对现实肆意拆解，也不像余华那样痴迷于死亡及恶，他冷静而纯粹，智慧而果敢，以更具包容性的形式传达出他对存在的复杂认识。

　　二十世纪九十年代之后，先锋小说的叙事历险逐渐褪敛了极端的面貌，作家开始重新思考文学与历史、文学与存在之间的关系。先锋小说家们也在各自的不同的写作变化中重新出发。此时，格非变得坚定而从容，他回到了现实，回到了生存的此岸，更深入地思考人类的生存问题。发表于1995年的长篇小说《欲望的旗帜》，并无多少莫测高深的玄学色彩，开始介入社会现实，着力表现一个物欲横流的时代里人的精神贫乏和信念沦丧。之后，格非突然进入了写作的沉寂期。这近十年间，格非几乎停止了小说写作，而将更多的精力放在了小说理论研究。格非事后曾谈及这一时期的搁笔，对他而言，"写作的问题只可能是精神的问题"②，这是作家遭遇了写作的困境，而且这种困境是一个整体性的问题——勾连着时代、社会、价值体系、文学语境以及作家自身等方方面面。直至2004年《人面桃花》面世，我们明确感受到格非从内至外的澄明与清晰，作家彻底实现了困境的突围。我们首先看到其作品外在形式的变化，写作的面貌开始走向朴素、明晰。他似乎在一步步地挣脱形式

---

① 陈晓明：《文学超越》，中国发展出版社，1999年3月第1版，第188—189页。
② 格非：《我也是这样一个冥想者》，见《迷舟》，花城出版社，2013年8月第1版，第227页。

的伪装，进而更加迫切地逼问内心中那个存在的疑难。

如同存在真相的显形有一个过程，格非对这一真相的寻找，也是一个不断深化的过程。他对存在的省思，有着思想者的深刻，也有着文学家的诗意。在经历了对"存在还是不存在""如何证明个体存在"等问题的形而上追问之后，格非对存在的探询，开始和中国经验相结合，他试图在中国的生存情状里发现新的写作区域。于是，他找到了乌托邦的中国代名词——桃花源，作为乌托邦的中国实践进行书写。在对这个乌托邦情结（或称桃花源梦想）的塑造中，格非不再虚拟小说的时间背景，而是将其真实对应于中国的某一个历史时段，进而在历史和梦想之间，寻找连接存在的精神链条。他通过呈现乌托邦的梦想及其实践结果，进一步思考"个体的精神存在如何实现"这一主题。

在三十多年的创作历程中，格非始终坚持对"存在"进行勘探，始终保持对个体生存问题的警觉与思索。无论形式如何变革，存在的主题是恒定不变的。作为小说家，他一直在画"存在的地图"。这也是中国当代文学历史上不可替代的文学存在之旅。

第二章　作为先锋的格非

　　1986 年，二十二岁的刘勇发表了处女作《追忆乌攸先生》，以"最年轻的先锋作家"身份出道文坛；随后，在 1987 年，始用笔名格非，并发表了小说《迷舟》；1988 年，发表了被评论家誉为"当代中国最玄奥的小说"——《褐色鸟群》，格非与马原、余华、孙甘露等作家以一批带有实验意味的作品掀起了一场轰轰烈烈的"文体革命"，从而开辟了中国当代小说从"写什么"到"怎么写"的根本性转变。如今，格非已经走过了三十多年的创作历程，他的个人气质与小说特质使他在中国当代作家群体中独树一帜。在这期间，格非有变者，亦有不变者。变者意指他顺势而变，适时而变，并试图把握与书写变化着的中国现实与中国经验；不变者则指他对先锋品格的承续与坚守，对存在命题的思考与追问。

　　在二十世纪八十年代中期，格非以先锋的姿态步入文坛，他在创作中践行着先锋的反叛理念，彰显先锋的前卫精神，以叙事的历险与形式的探索对传统写作范式和美学风格进行彻底的颠覆与反叛。

　　他的小说语言简洁典雅、结构精巧细致、叙事节制有度，并略有晦涩玄奥的陌生化面相。格非在各种小说技巧中自如转换，这与他熟谙小说理论，并掌握大量的中西方文学资源不无相关。然而，格非又并非只是醉心于纯粹的形式实验和语言历险。他在"重复""迷宫""空缺"等叙事策略背后渗透进了他对形而上命题的思考，诸如世界的未知性、现实的破碎性、历史与记忆的不确定性、存在的荒诞感等等，成为他反复书写的小说主题。实质上，格非的写作始终围绕着人的存在与困境展开质询，形成一个恒定的创作内核。

其实，有些作家一生都在写同一部作品，都在思考同一个问题。或者可以这样认为，作家的写作可以千变万化，然而却有一个基本的内核。对格非而言，"先锋"是外在的显性标签，而他的写作的基本内核则是对人的存在的勘探。

在先锋派作家群体中，格非是形式感极强的一位。在他早期的作品中，我们随处可见先锋艺术手段的体现，例如叙事的空缺、迷宫式的结构、恐怖的氛围、荒诞的情节以及充满个性化感觉的语言等等。后期的作品表面上回归传统与现实，然而内里则依然坚守着先锋的品格。

"先锋"是时代的精英，也是时代的异质者，先锋艺术实验本身就属于精英主义的范畴。因此，先锋文学注定是曲高和寡的。在二十世纪八十年代中期获得短暂的辉煌之后，先锋文学落寞地归于沉寂。先锋作家群体集体逃亡，而格非却选择了文学的突围之路。从早期的实验作品《追忆乌攸先生》《迷舟》《褐色鸟群》到中期的《敌人》《边缘》《欲望的旗帜》等，直到后期的"江南三部曲"以及新近作品《隐身衣》《望春风》，格非始终恪守知识分子的精英立场，坚持对存在的主题展开勘探与发问。

他的写作既有坚守，也有变化。在创作早期，格非以极端的姿态弃绝了传统现实主义小说的陈规，以善于在作品中构建语言迷宫著称，他惯用重复、空缺、圈套等手法，在文本中建立起自己扑朔迷离的叙事迷宫与如真似幻的"纸上的王国"，他的小说，如《褐色鸟群》《迷舟》《青黄》等，在小说文体革命史上堪称典范。无论对读者还是研究者来说，格非的小说都是一种阅读和阐释的挑战，都可谓一种晦涩而多义的"可写性文本"。

自九十年代中期开始，格非逐渐从形式的实验中退场，开始转向日常与传统的书写。然而，无论是作为形式的先锋，还是精神的先锋，格非始终思考"存在"的母题——作为"意念的核心"的存在。

第一节　无序的现实与有意味的形式

一、无序的现实

在文学创作中，好的作品始终是向现实发问的，是作家对世界的寓言式的理解与判断。格非的写作必然是立足于现实的坚实大地，但格非又可谓一个怀疑论者。他认为我们目之所及并非是事物的真相，他表达出他的"先锋"真实观，"惟一的现实就是内心的现实，惟一的真实就是灵魂感知的真实"[①]。这也便是"感觉上的真实"。格非进一步提出："许多人对于这种'感觉上的真实'似乎一直颇有微词，但我不知道除了这种真实之外还存在着其他什么真实。"[②]这种"感觉上的真实"自然是与记忆紧密相连。记忆是一个重要的中介。我们知道普鲁斯特那回忆录式的《追忆似水年华》，便是挖掘了作家的意愿记忆与非意愿记忆，回忆起自己内心的印象与感受，然后加以展现。现实在回忆中复现，经由回忆的环节，人们既认识了现实世界，也发现"自我"的存在。只有通过回忆，作家才能打破"时间"的界限，使得"过去"与"现在"重叠交错，并构成了特殊的回忆结构与回忆内涵。因此，格非在此认识基础上

---

① 王丹娜：《本能与欲望的构建和解析》，辽宁师范大学博士论文，2007 年 5 月，第 21 页。

② 格非：《小说和记忆》，见《塞壬的歌声》，上海文艺出版社，2001 年 11 月第 1 版，第 15 页。

所追求的艺术的真实只能是感觉上的真实。历史一去不复返，过去所发生的一切都无从重现与复述。这神秘而丰富的历史，只能等待后人的不断靠近与感知，此处依赖的只能是人的直觉。格非将直觉与记忆等同视之，提出"回忆不是一种逻辑推理或归纳，它仅仅是一种直觉"[①]，直觉是即兴的，回忆也是即兴的，两者本身就具有强烈的无逻辑的选择性，而这种特质正好与写作这项精神劳动达成共识，因此，格非认为："真正的小说不论其形式或效果，总是表现性的。小说艺术的最根本的魅力所在，乃是通过语言激活我们记忆和想象的巨大力量。"[②]换言之，写作本质上就是回忆，写作就是"记忆的内容，回忆的方式和自我在写作中的现时状态"[③]。

由此，格非的历史观便昭然若揭："所谓的历史并不是作为知识和理性的一成不变的背景而存在，它说到底，只不过是一堆任人宰割的记忆的残片而已。"[④]可见，他对历史的真实性、现实的确定性产生了深深的质疑。学者张清华曾指出，格非这种历史观的形成源自于存在主义、结构主义、精神分析学三者的影响，尤其是存在主义。所以，格非认为历史是可疑的，是碎片式的，充满了偶然性和不可知论，他在写作中表现出对历史不确定性的迷恋与解构宏大历史叙事的意图，事实上，当作家对认识论范畴内的真实性问题过于纠缠，则必定会陷入到本体论的漩涡中来，因此，格非越过眼前的社会现实，探寻匿藏其后的形而上的本体性存在。他的许多作品，比如《迷舟》《陷阱》《褐色鸟群》《雨季的感觉》《锦瑟》等都并非对接具体的现实问题，而指向了寓言式的形而上层面。

---

① 格非：《小说和记忆》，见《塞壬的歌声》，上海文艺出版社，2001年11月第1版，第12页。

② 格非：《小说和记忆》，见《塞壬的歌声》，上海文艺出版社，2001年11月第1版，第13页。

③ 同上。

④ 格非：《小说和记忆》，见《塞壬的歌声》，上海文艺出版社，2001年11月第1版，第15页。

具体来说，格非的质疑首先是指向历史的形成方式——记忆或回忆上的。

　　其实，在创作伊始，格非就对个人的不可知性与历史的不确定性饶有兴趣，据此展开了对个人和历史的独特思考与言说。我们以为，这与格非颇具戏剧性的人生经历以及时代氛围、域外文艺思潮影响等有密切关系。前面我们回溯了格非的成长历程，他的家庭背景、童年遭遇、求学经历、创作之路，甚至他的处女作的创作与发表过程都与格非人生中的偶然性因素有关。格非深刻体会到"上帝之手"对命运的把控与操纵，他说："我就发现我的命运在不断地被改变，而且这些改变确实都是外力。我现在想起来觉得这些完全是不可思议的。……我觉得有很多东西是我无法说明的，就是说，你根本就想不到有什么机会将改变你的一生。"[①] 这些生命中的无数次偶然牵控着他的人生与命运，并直接影响了他日后的写作。"所以我觉得我写小说，一开始会介入到幻想，或者说不确定性，或者命运的不可知性，我觉得是跟我个人的经历有关系的。所以我觉得这些跟我后来写小说的主题是有关系的。"[②]

　　同时，格非对历史与现实的观点也与当时的社会氛围和文化背景息息相关。二十世纪八十年代以来，西方的现代主义、后现代主义思潮影响了大批中国当代作家，格非也不例外。他接受了西方的存在主义、结构主义、精神分析学等，并且认同了新历史主义的理念与态度。新历史主义指出，历史并不是对史实的单纯记录与复述，它涉及了政治权力、意识形态、文化霸权等因子的影响，文学与历史相互影响，文学与意识形态相互作用。历史需要综合性的解读。因此，格非自然产生了对正统历史的怀疑，开始了个人化历史

---

① 格非：《格非小传》，见《欲望的旗帜》，春风文艺出版社，2005年1月第1版，第271页。

② 格非：《格非小传》，见《欲望的旗帜》，春风文艺出版社，2005年1月第1版，第278页。

的叙事解读。

因此，对于格非而言，在某种意义上，人类自身的无意识决定了个体的命运，乃至决定了历史在某些关键时刻的发展方向。个体作为历史惟一的真正的主体，个体的无意识动机直接影响了记忆和叙事的现实形态与表达方式。而且，记忆又有"意愿记忆"与"非意愿记忆"之分，在更多的时候，记忆自觉本着利己原则完成。格非借着作品反复表达一个朴素的道理："记忆是靠不住的。"① 那么历史也是靠不住的，因此，"关于历史的叙事"和"作为文本的历史"，它们的真实性自然受到怀疑。于是，格非也就成功地过渡到了历史的不确定性的书写中。

从人生的无奈、命运的无常、本能的冲突、人性的复杂、记忆的不可靠等等，我们看到了个人的无力感与不可知性。同时，经由历史主体——个人所书写的历史，因受到个体无意识的影响，也就同样表现出不确定性与神秘感。格非在创作中淋漓尽致地阐释了他的历史观和真实观。

1987 年发表的《迷舟》在格非的创作历程中有着重要的地位与意义。他曾自述自己当时的写作动机："我就是要写命运的偶然性、不可捉摸，因为我当时对这个题材已经很着迷了，在我看来所有的事情你都不可能去把握的。"② 命运是什么？人生会如何？冥冥之中似乎有一种神秘的力量决定这一切，有时一个偶然的变化就改变了人生道路的走向。格非沉浸在个人的不可知性与命运的偶然性当中。当然，除此之外，《迷舟》也还有中国传统的神秘宿命论的影子。

格非的历史观念由此而来，主要体现于他对历史的当下性、偶

---

① 格非：《格非小传》，见《欲望的旗帜》，春风文艺出版社，2005 年 1 月第 1 版，第 278 页。

② 格非：《格非小传》，见《欲望的旗帜》，春风文艺出版社，2005 年 1 月第 1 版，第 285 页。

然性、神秘性、主体性、不确定性等的认识。这些主要体现在格非的新历史主义小说中。于是，格非展开了个人化历史叙事，致力于"小写"的家族历史书写。

比如，《敌人》铺写了家族村落的兴衰历史；《边缘》以个人史的民间记忆完成了对正史的解构与重写；《推背图》虽有正史的背景，但却是对此的戏说与新解；《风琴》则以舒缓绵长的叙事节奏叙写抗日战争历史，在原本寻常的抗战故事中设置了一个影影绰绰、含混不清的结局。另外，《青黄》在词源学角度的关于"青黄"的考证过程中，完成了一部关于九姓渔户的残缺不全的历史。在此，新历史主义的重要宣言"文本的历史性和历史的文本性"得到了充分的诠释。历史是偶然性的，是不可预测的，也是无法言说的。重要的不是历史的真相，而是讲述与建构历史的方法。

尽管格非在文学创作中体现出对这种历史观念的认同，甚至格非也认可虚无感的必然存在性，他曾说："对很多人来说，虚无感都是无法摆脱的。"[①]但这并不是说格非是一个历史虚无主义者。他在作品中一方面传达了独特的历史观与真实观，更重要的另一方面是，探究历史表象背后具有规律性的精神本质的问题。

因此，格非的许多作品都有"寻找"的主题——寻找真相，或一种确定。《追忆乌攸先生》中警察追查乌攸先生的死因；《青黄》是对"青黄"一词含义的寻访；《欲望的旗帜》中对贾兰坡教授死亡真相的追寻，等等。格非小说里常用这种"寻找"的模式——寻找事情的真相，然而，寻找的结果总是令人大失所望——"真相"不得而知，甚至连真相是否存在也是一个巨大的疑问。这里就是指向历史与真实的不确定性。惟一确定的只有："言语本身的真实。"[②]这种历史观显然与二十世纪八十年代后期中国社会众声喧

---

① 格非:《格非散文》,浙江文艺出版社,2001年9月第1版,第242页。

② [法]罗兰·巴特:《批评与真实》,温晋仪译,上海人民出版社,1999年7月第1版,第47页。

哗、多元发展的文化背景相关。

二、有意味的形式

众所周知，格非早期的作品形式感较强，他汲取了外来文学思潮的营养，学习与借鉴了现代主义、后现代主义的观念和技巧，以此传达对于时间的周而复始、个人的不可知性、历史与记忆的不确定性的深刻体悟。格非曾谈及小说形式的问题："随着创作的持续，作家一旦找到了某种相应的形式，作家在某种程度上也被这种形式加以规定。"[①] 也就是说，格非选择了这种"有意味的形式"来表达有深意的主题，小说的形式自身具有整体的意义，又与内容相互契合，相互作用，构成了耐人寻味的结合体。格非早期的小说足以代表中国当代小说叙事革新的成就。他在小说中尝试各种形式探索，常用的"空缺""重复""迷宫"等技法便是对博尔赫斯创作手法的模仿与借鉴。当然，格非的小说依然具有中国古典小说的印记，但在先锋文学时期，显然还是首先得益于欧美现代小说，尤其是博尔赫斯作品的影响。

但是，这也暗藏着一个问题，在格非这里，作品形式实验的浓烈意味常常遮蔽了作家真正的写作目的——对存在与时间、历史与现实、革命与欲望、梦幻与真实等诸多哲学命题的思考。

其实，在先锋的形式实验中，依然隐藏着格非对存在的思考与揭示。格非小说中高度的叙事自觉与技术性的形式实验，根源在于作家的历史观与真实观，他试图表达出人类的生存体验，即世界的虚构性质和现实的荒诞特征。

形式的策略是作品主题表达的一个重要部分。叙事上的空缺、重复、圈套、迷宫以及梦幻感、破碎感正说明了现实的本质特征，而作品外在形态上的艰深晦涩则契合了作品所要表达的内核与主

---

① 格非：《小说叙事研究》，清华大学出版社，2002 年 9 月第 1 版，第 56 页。

旨，这也更加有力地验证了格非对世界的看法：虚幻、荒诞、偶然性、不可知论、不真实感。格非通过这"有意味的形式"，始终在思考与追问"存在"的问题，以形式探索的方式抵达"存在"。

格非小说的首要主题概括地说就是对"存在"的探寻。当然，在二十世纪八十年代中期，文学的"存在"主题从根源上讲是与西方的存在主义哲学血脉相连的，它以潮流的形式突然涌现，影响了当代众多作家。"我们知道，并非每个人都'愿意'或'能够'成为作家。因为并非每个人都对自身存在存有困惑或追问。"①而且，这种困惑或追问在每个作家那都有不同的理解、阐释与意义、价值，从而生成了各不相同的创作主题。在格非那里，写作也就是源自于对存在的体验、思考与表达。

格非的写作一直围绕存在这一基本命题展开，而与"存在"相连的是时间与空间、历史与真实、记忆与遗忘等概念，正是对这些相关问题的思考与勘探，使格非的作品获得一种独特的精神维度与形而上的玄学色彩。

第二节　记忆与梦幻

前面我们谈论了格非对宏大历史的质疑，而对历史的真实性的质疑最佳表达方式就是梦境与记忆。历史，是历时性的记忆。现实，是共时性的记忆的叠加。人们对历史与现实的认识基于对记忆的认识。这是格非对梦境与记忆始终孜孜探寻的动力与根源。

在谈到对小说的理解时，格非有几句宣言式的概括："小说是对遗忘的一种反抗"，"小说是过往记忆的出口"。②这里直接指向时

---

① 格非：《小说叙事研究》，清华大学出版社，2002 年 9 月第 1 版，第 55 页。

② 李建平主编：《福建师范大学博士学位论文提要集（下册）》，中国大百科全书出版社，2007 年 11 月第 1 版，第 756 页。

间、存在、记忆、遗忘等命题。具体而言，格非在小说中一方面从记忆的角度对历史进行侦察与祛魅，另一方面则深刻揭示梦境与现实之间的隐喻关系。

一、历史的谜魅

我们来看格非的文学起点。《追忆乌攸先生》可谓格非真正意义上的处女作，其中蕴含着格非小说的寓言隐喻性质，"乌攸"本来就是"乌有"，又何须"追忆"？这里本身就暗藏着"游戏"的心态；同时也象征着"不在场的存在"以及"不确定的历史"。于是，格非便在追忆与沉思中展开对存在与虚无的探寻。

《追忆乌攸先生》依然是"寻找"的模式——寻找被时间消解的记忆，即寻找隐藏在历史背后的真相。格非在回忆这篇作品的创作情况时曾说："我在着手写《追忆乌攸先生》这篇小说时，第一次意识到了生命、记忆以及写作所构成的那种神秘的关系。……记忆中的事物因其隐喻的性质总是与其他记忆中的片断紧紧地牵扯在一起，它有着自身的逻辑和生命。"[1] 这篇"游戏"之作是格非先锋小说写作的开端。小说是对历史真相的寻找过程。小说设计了一个"探案"的通俗故事的结构，开篇是一个貌似冷峻与严肃的刑侦场面。

> 当两个穿着白色警服的中年男子和另一个穿着裙子的
> 少女来到这个村子里时，人们才不情愿地想起乌攸先生。
> 那个遥远的事情像姑娘的贞操被丢弃一样容易使人激动。
> 既然人们的记忆通过这三个外乡人的介入而被唤醒，这个
> 村子里的长辈会对任何一个企图再一次感受痛苦往事趣味

---

[1] 格非：《小说和记忆》，见《塞壬的歌声》，上海文艺出版社，2001 年 11 月第 1 版，第 9—10 页。

的年轻人不断地重复说：

　　时间叫人忘记一切。①

　　警察前来调查乌攸先生的死因，在冷静客观的叙事推进中，暗含着反讽的语调与消解的意图，人们"不情愿地想起"有关乌攸先生的"遥远"的往事——"像姑娘的贞操被丢弃一样容易使人激动"②的往事，而同时，村子里的长辈对年轻人的频频告诫明显带有隐喻的意味——"时间叫人忘记一切"——其中，时间指向了"记忆""历史"的命题。调查的过程，就是寻找事情真相的过程。小说中的目击者们，叙述者"我"、弟弟老K、守林老人、小脚女人、行刑人康康等依次从不同角度对乌攸先生展开回忆，使乌攸先生已被淡忘的模糊形象逐渐清晰，实质上这也是为案件调查提供了作为目击者的佐证，是对真相的不断靠近与揭示。

　　在村民们碎片式的记忆中，我们打捞并拼贴出"像个女人"般的"乌攸先生"形象。乌攸先生爱装饰、爱干净、爱书，他以草药救济世人，并以博闻强记赢得了村民的崇拜，尤其是赢得了村里最迷人的姑娘杏子的仰慕。这使得村里的"头领"感受到乌攸先生对其统治地位无形的威胁，于是，头领扬言要杀死乌攸先生与杏子。突然，杏子死了，村子里有传言说是乌攸先生杀死了杏子，而乌攸先生本人供认不讳，所以村里人对这件事情毫不怀疑。然而，在乌攸先生受刑的当天，惟一目睹真相的小脚女人终于决定揭发一切，但是她即使发疯似的跑，也赶不上"历史"更为残酷疯狂的脚步，这无疑是对历史的绝妙反讽与深刻批判——历史的真相永远都处于一种滞后、失真，乃至失语的状态。所有这些目击者不同视角的碎片式的回忆拼凑并还原了事实的真相，但是事实上，"真相"并没有机会大白于众人面前，"历史"也没有可能重写。其实，从小说

---

① 格非：《褐色鸟群》，上海文艺出版社，2014年1月第1版，第1页。
② 同上。

60

的标题我们就已经对作者的目的了然于心——对历史真相的寻找乃是徒劳之举。

《追忆乌攸先生》无疑是一部充满隐喻的历史寓言，其中蕴含了隐晦而深远的历史批判意图。乌攸先生、杏子与"头领"各自带有文化象征意义。乌攸先生自然是文化人、知识分子的象征，他掌握着村民所缺乏的文化知识与医学医术，即文化与文明，潜移默化地以文明内在的光芒与魅力吸引着、引领着民众。而具有一身强健的肌肉和宽阔的前额的"头领"，则是象征着掌握暴力手段的政治权威。村民们一方面不自觉地倾心于文明之光，另一方面又自觉地服膺于身体政治美学的统治。"头领"像"一只漂亮的狮子"，具备了原始的野性的力量，代表了统治权威与权力符码。而"杏子"作为"性"的符码成为乌攸先生与"头领"，即文化与政治、文明与野蛮、真理与权力共同角逐的对象。这场角逐与博弈的胜负结果显而易见，其中的寓意与批判发人深省，乌攸先生的死亡无疑揭示了在权欲支配下政治对文化的压制与剥夺。强权政治以暴力的手段让真理缄默，并将自诩为文明的历史烙上野蛮的印记。小说所包孕的内涵意蕴得到不断深化与延展，其中的隐喻性、寓言性、批判性具有强烈的震撼力。

《追忆乌攸先生》意义深远，它确立了格非日后写作的精神轨迹与基本母题：即时间、欲望与人的生存境遇的纠缠不休。事实上，历史的残酷与虚无、历史的不确定性、生存的困惑迷惘等，一直是格非及众多先锋派作家喜爱与迷恋的写作主题。

二、性、梦幻与感觉的密码

当然，在表达"存在"时，不同的作家有不同的思考和不同的回答。此时的格非探究的是"存在还是不存在"的主题。相对于人的生存而言，这无疑是一个基础性的问题。这在格非早期作品《褐色鸟群》中表现得尤为突出。

《褐色鸟群》也许可以称得上是当代小说中最晦涩玄奥的作品。当然这也是一篇可以从不同角度解读的小说。1988年《褐色鸟群》发表之时,华东师大中文系曾为此召开讨论会,参与者们众说纷纭。这类小说对于传统小说理论无疑是一种公然的拒绝,所谓主题、典型人物和典型环境的观点,无助于理解这种小说。人们有的把它看成是一篇关于"性诱惑"(或者逃避诱惑)的小说;有的把它理解为男人成年的艰难经历;有的把它归结于对"生存论"的思考;有的认为它是关于"时间""回忆""重复"构成的生存迷宫。也许这部小说,我们不妨把它看成是讲述怀疑存在真实性经验的作品。

在《褐色鸟群》中,记忆的叙事功能表现得淋漓尽致。"我"蛰居在一个叫"水边"的地方,写一本类似"圣约翰预言"的书。但"我"常常为时间问题所困扰,"我"觉得时间在这里似乎凝固了,"我"无法确定时间与自身存在,"我"对自己存在的真实性产生怀疑。这时一个少女怀抱着布包来到了"我"的住处,她说她叫棋,"我"不认识她,而她却显出了妻子似的熟稔。"我"在她的启发下开始讲述一个既不能被证实又不能被证伪的关于一个女人的故事。过了一段时间之后,少女再次路过进来讨水喝,"我"认为她是棋,而她却宣称我认错人了;她怀抱的包袱第一次包的是画夹,此时却变成了一面镜子。小说在一片迷惘中结束,就像一个未解开的谜团,所有的人与事都无法证实或证伪。无论是"我"对棋讲述的故事,还是"我"和棋之间发生的故事,都是前后联系又彼此矛盾,相互肯定又相互否定。记忆并不可靠,故事的真伪也无法证实。那"我"存在吗?"棋"存在吗?"我"讲述的故事存在吗?这成为无法回答的问题。

应该说,格非是博尔赫斯专业的优等生,"棋"与"镜子"是格非对博尔赫斯小说符号的习惯性挪用。在博氏那里,"棋"是作为谜的象征来使用，它是变化的、无限的；而"镜子"却是对实在的反映。"棋"在小说中与其说是作为人物，不如说是作为象征代码。其中，"棋"是故事的引发者、倾听者，也是否定者。"棋"表明整个存在的不确定性，实质上，这也表明了作家对"存在"的根本性怀疑。"我"试图以时间确定存在，可时间的推移变幻跳跃扑朔迷离；"我"试图用记忆来确定"存在"，可是记忆更是随心所欲不可依靠，"存在"无从确证。

在这篇小说中，格非试图将"存在"从"现实"中剥离出来。他试图同时叙述着"现实"与"存在"两个故事。两者互相包含，在各自建构的同时又将彼此解构。他始终难以抵达目的。"'存在还是不存在'这个本源性的问题随着叙事的进展无边无际地蔓延开来，所有的存在都立即为另一种存在所代替，在回忆与历史之间没有一个绝对的权威存在，存在仅仅意味着不存在。"①其实，任何历史在根本上都只是某种"叙事"，它取决于叙事人的态度及修辞手法。而作为历史的主体——个体的记忆更不可信。个体的记忆总是按照利己原则来实现。在对记忆的编纂过程中，个体动机亦决定了他对历史的记忆方式与倾向性。

在对"存在"的追踪中，格非意识到抵达它的艰难，许多偶然介入的因素会使事件改变行程，会使命运偏离轨道，使"存在"丧失必然性，而许多的空缺更使"存在"千疮百孔，难以缝合成完整的图案。

《褐色鸟群》的玄学色彩浓郁，曾有评论家誉之为"天书"。

> 对于一般读者来说，《褐色鸟群》无异于一部天书。
> 且不说它里面没有任何大众读者所喜好的传奇故事和人生
> 要义，而且它的自我颠覆的叙事，充满歧义的语言，神秘

---

① 陈晓明：《最后的仪式——"先锋派"的历史及其评估》，《文学评论》1991 年第 5
期，第 128 页。

莫测的气氛，从根本上就拒读者于千里之外，完全没有丝毫"为人民服务"的诚意。①

　　这就已经暗示了这部作品的曲高和寡，它不是面向大众的轻松易读的消遣读物，它需要读者积极的阅读，而不是被动的接受，同时也挑战了读者的学养、思维、耐心。《褐色鸟群》从形式到内容，从技巧到主题，都有着迥异于传统小说的面相。故事情节扑朔迷离，不可理喻；故事发生的基本因素没有具体的现实或历史所指，故事主题意义不可捉摸，或者说是无意义的意义。也许，我们可以从这个角度看，《褐色鸟群》还是有意义的——无意义之意义——在形式实验之下关于"存在"的疑问与勘探。

　　《褐色鸟群》隐含着一种沉静的冥想式的梦幻质地，有论者称之为"仿梦叙述"，这种舒缓柔和、理性细致的叙事节奏，与小说迷宫式的结构相契合，形成格非独树一帜的创作风格与精神气质。跟随叙事人"我"的视角，我们看到的是一系列可视听的画面：

　　　　我蛰居在一个被人称作"水边"的地域，写一部类似"圣约翰预言"的书。

　　　　有一天，一个穿橙红（或者棕红）色衣服的女人到我"水边"的寓所里来，她沿着"水边"低浅的石子滩走得很快。

　　　　她站在寓所的门前和我说话，胸脯上像是坠着两个暖袋，里面像是盛满了水或者柠檬汁之类的液体，这两个隔着橙红（棕红）色毛衣的椭圆形的袋子让我感觉到温暖。②

---

① 解志熙：《〈褐色鸟群〉的讯号——一部现代主义文本的解读》，《文学自由谈》1989年第3期，第107页。

② 格非：《褐色鸟群》，上海文艺出版社，2014年1月第1版，第48—49页。

小说中的这类画面感极强的叙事细节比比皆是，而且单从故事表层意义来看，小说指向的是性与梦的内涵。格非确实十分推崇博尔赫斯，他直接借用了博尔赫斯常用的意象与符码，例如"棋"和"镜子"，这两者本身都与存在之谜紧密相连。在棋局中，"棋"可以变幻无穷，曲径通幽。而在镜子中，每个人都有着相对应的自我镜像——清晰的幻象。"棋""镜子"与"梦"一样，本身就具有无限的衍生性与虚幻无常的特点。因此，《褐色鸟群》呈现出的时间观是与《小径分岔的花园》里对时间的讨论相一致的。

三、梦的玄学

格非曾说："文学中还有一个硬核，我把它称之为对感时伤生、时间的相对性、生死意义等的思考和追问。"[①]格非的小说尽管披挂着形式实验的先锋外衣，但其内核却是对"存在"的言说与追问，格非放弃了真实可辨的现实世界，而将追问与言说的对象放置在一个面目不清的历史与政治背景中去探讨，这使得格非的小说，尤其是他早期的作品，充满了玄幻的色彩与精神冥想的意味。

如《褐色鸟群》，就被评论家誉为"仿梦小说""梦幻小说"，其中主要原因就在于格非小说的叙述中存在的逻辑秩序与因果联系并不能为传统经验所理解与接受，因为格非的小说根本"不按照生活逻辑来展开故事，也不按照传统文学语言的语法逻辑展开叙述，而是按照梦境般的下意识心理逻辑来组合"[②]。其实，这也是作家有意而为之，意在反叛传统、颠覆日常。

当然，格非并非闭门造车，并非与时代、社会现实隔离与脱节，他说："我不是反对文学的社会性，不是说文学不要表现社会，

---

① 格非：《重绘中国当代文学的叙事学图谱》，《探索与争鸣》2007年8期，第14页。
② 易瑛：《巫风浸润下的诗意想象　巫文化与中国现当代小说》，湖南师范大学出版社，2013年11月第1版，第257页。

而是说文学表现的领域应该更大，更加开阔。"①对格非而言，他对现实的寓言式表达以梦的形式呈现在作品之中，这也是他对现实的另一种介入。根据弗洛伊德的理论，梦是一种短暂的精神病症。格非自述有人际交流的障碍，因此，写作可以视为是作家为克服交流障碍、释放倾诉欲望的一种方式，小说写作本质上就是做梦，它以梦幻的形式在虚拟世界中实现了现实世界里未能实现或不能实现的一种可能性，这是对真实世界的延伸、补充与警醒。

对于梦境的书写，格非认为，"许多人对于这种'感觉上的真实'似乎一直颇有微词，但我不知道除了这种真实之外还存在着其他什么真实。"②格非追求的是"感觉真实"的文学观，于是，梦境顺理成章地进入了格非的叙述。梦境所指向的人的无意识，是人无法解释的、神秘的、本真的世界，也是格非眼里本质意义上的真实。

此外，从叙事学的角度来看，梦境还有着特殊的叙事功能，不仅自带玄幻气息，还具有诱发神秘事件的氛围。而格非正是仿梦的高手，无论是家族历史小说，还是回归当下的现实书写，都有着恰到好处的梦境的制作，使得作品总弥漫着朦胧的梦幻之感。

1992 年的《敌人》就是为梦境的阴影所笼罩的故事。即使在现实意味较强的《蒙娜丽莎的微笑》中，梦境依然出现，并起到关键的深化主题的作用。"我"的大学同学胡惟丐在一个大雪之夜自杀身亡了，然而两年后他以西藏喇嘛的身份进入"我"的梦境。在梦境中，"我"告诉他，我们的同学李家杰死前留给他一笔遗产。

> 他悲哀地看了我一眼，接着道："我知道他指定将那
> 笔钱给我，是出于善意。不过，这件事本身仍然是一个天

---

① 格非：《重绘中国当代文学的叙事学图谱》，《探索与争鸣》2007 年 8 期，第 14 页。
② 格非：《小说和记忆》，见《塞壬的歌声》，上海文艺出版社，2001 年 11 月第 1 版，第 15 页。

大的讽刺。他在遗书中说，他想过我的生活，可是他大概
不会想到，我做梦都想过他的生活。"①

　　在梦中，这个时代的圣徒胡惟丐说他做梦都想过李家杰那种堕
落的生活。格非在此似乎陷入一种矛盾当中，他想表达胡惟丐的坚
守是一种假象，或者说并不是那么清坚决绝，但他又不忍心破坏胡
惟丐的形象，不忍心丢弃我们这个世界最后的信心，所以，格非只
好借助梦境来解决这个难题。
　　当然，格非选择以虚写实的写法，热衷于仿梦的处理，这或许
与格非本人的个性气质以及他面对复杂现实的无力感有关，这也是
解决现实难题的一种迂回而折中的方式。梦境不仅是叙述人的，也
是作者本人的逃避现实的藏身之所。当然，这并不是说格非否定了
文学的社会功用，以及文学对社会与时代的及物性，只不过，格非
对现实的批判与诘问的锋芒是低调而内敛的，作家真正的用意并不
浮于表面，而是匿藏于字里行间。人唯有在梦境中才能获得真实
感，这本来就是格非的哲学。
　　梦是格非经常叩访的对象，在格非早期的先锋小说中，梦幻冥
想式的风格、梦境与现实的互为隐喻关系屡见不鲜。对格非而言，
梦亦是一种包含丰富可能性的存在，而"现实"是人类经验的抽象
与提纯，它只是日常生活的一种实践理性，一种真实的即时物。梦
是无边的存在，现实是有限的经验，因此，现实也许只是梦的一个
注脚。
　　《褐色鸟群》扑朔迷离、如真似幻，真相就如同那穿越现实与
梦境的飞鸟，《迷舟》也许就是一场恍惚迷离的战地春梦，而《锦
瑟》则将这种梦的玄思推向了极致。《锦瑟》既复现了李商隐笔下
梦幻般的意境，还深入挖掘出这首诗耐人寻味的精神内核。从某种
意义上说，格非的诗词再叙事可谓对李商隐原诗的新解与升华，将

<hr>

① 格非：《蒙娜丽莎的微笑》，海豚出版社，2010 年 10 月第 1 版，第 108—109 页。

诗的意旨从梦的玄学转引至形而上的哲学省思——究竟是梦如现实，还是现实如梦。对格非而言，梦是无边的现实，而现实不过是梦的倒影。

《锦瑟》是一个神秘的无限循环的迷梦。小说通过"梦中梦"的循环轮回结构，描述了人物冯子存利用死亡与梦境完成了从"隐士冯子存——书生冯子存——商人冯子存——国王冯子存——隐士冯子存"四个身份的转化，并将永久循环往复的状态。小说中，一切都是梦的一部分，包括生和死，而其中惟一具有现实性质的部分则在于叙述——每一个冯子存在临死之前都必须经由故事的讲述才能完成和下一个冯子存的对接，换言之，下一个冯子存的存在完全取决于上一个冯子存的讲述。

格非关于梦境的书写有着明显的博尔赫斯的影响痕迹。譬如这迷宫般的《锦瑟》就让人不禁联系起博尔赫斯的《圆形废墟》。《圆形废墟》就使用了闭合循环的圆圈式结构，它是纯粹的梦境，写的是梦中之梦的故事。在《圆形废墟》里，在一座毁于火灾的神庙的废墟上，做梦者与"梦中人"共生共存，直至再度涉身火海，做梦者才恍然大悟——原来自己也是一个梦，也在别人的梦中人的故事中。《圆形废墟》是凭借"梦"的特殊意象及含义完成了关于人生的探讨。我们不难看出，《锦瑟》具有博尔赫斯式的形式意味与精神内涵。格非既以梦的形式与结构描述现实，又以现实隐喻与指代梦境。在格非看来，"梦与现实看上去如同生死远隔，各处一端，但一个是另一个的投影和隐喻，梦可以是真实的现实，现实亦可以是虚幻的梦寐，恰如庄周梦蝶一般真假难辨"。[1] 因此，格非小说的梦幻叙事也就将读者引入一个超验的想象世界。

此外，格非那些内容上未涉及梦的作品，其中扑朔迷离的叙事、神秘梦幻的氛围、破碎支离的形式也都表现出梦的典型特质。其中这类作品大多带有弗洛伊德式的梦呓的感觉，比如《边缘》

---

[1] 格非：《梦》，见《塞壬的歌声》，上海文艺出版社，2001年11月第1版，第314页。

《蚌壳》《傻瓜的诗篇》等。

当然，格非对梦境的书写也呼应了他一直坚持的观点："记忆是靠不住的。"[①] 人的记忆的不可靠，梦与现实的互为混淆，这意味着现实真实性的彻底沦丧，也宣告了作为人的记忆、认知、态度、判断的产物——理性的彻底瓦解。

第三节　空缺与重复

一、空缺的哲学

传统的小说叙事赋予故事以自觉的历史起源，故事变成历史，成为一个完整的生活世界。正如巴尔特所说，"小说是一种死亡，它把生命变成一种命运，把记忆变成一种有用的行为，把延续变成一种有方向的和有意义的时间。"[②] 但现代小说叙事则力图消除历史的起源性或历史的连续统一性。格非就是其中的践行者之一。

空缺是格非惯用的一种叙事策略。在格非的小说文本中，空缺不仅是一种现象，一种叙事方式，更是一种现实。它不仅损毁了传统小说叙事法则，同时也暗含着对当下人类生存的隐喻指涉。其实，在传统的现实主义小说中同样存在空缺以及由空缺引发的寻找行为。从某种意义上说，寻找是人类的天性，而寻找的根本动机则在于空缺的存在。但格非的"空缺"与传统现实主义小说的不同之处在于，它最终并未被填补，许多寻找往往不了了之，它不仅具有形式的功能，同时还隐喻地表达了对现实生活的理解。

---

① 格非：《格非小传》，见《欲望的旗帜》，春风文艺出版社，2005年1月第1版，第278页。

② ［法］罗兰·巴尔特：《写作的零度》，李幼蒸译，中国人民大学出版社，2008年1月第1版，第72页。

1992 年，学者陈晓明曾发表题为《空缺与重复：格非的叙事策略》的学术论文，他以《迷舟》为例探讨了"空缺"和"重复"的意义和表现特征。陈晓明提出，"空缺"在格非小说中具有双重意义——既在于小说技艺上对传统的反叛与颠覆，也在于内容主旨上对当下现实的隐喻。确实如此，格非那充满智慧的精巧结构、打破传统的叙事范式以及时间意义上的"交叉小径"既将小说还原成一种现代叙事艺术，也表达出对历史、现实、记忆和时间等命题的智者玄思。

对于格非而言，空缺首先是一种生活的普遍存在。它是格非写作的基本题材和基本内容。他亦认定小说便是要"依靠文字激发读者的想象，通过个体对存在本身的独特思考去关注那些为社会主体现实所忽略的存在"[1]，这便是要指涉生存中的空缺现象。格非熟知生活中的空缺必然会引起人们填补行为的事实，由此，空缺的诱惑以及填补的追逐，也就成为他叙事中隐蔽而基本的组织结构。

在处女作《追忆乌攸先生》中，小说的开端即是从寻找事情的真相——乌攸先生的死因开始的。事情的真相被设置为空缺，从而引发了对真相的寻找行为，即对空缺的填补，这就构成了小说情节发展的推动力。《失踪》《迷舟》《青黄》《敌人》和《欲望的旗帜》等作品，也无一不是关于空缺与寻找的故事。

格非喜欢在历史过程中留空，从而给故事的历史重新编目，故事本身为找寻历史而进入逻辑的迷宫。其中空缺设置得最为经典的当推《迷舟》这一示范文本。《迷舟》中巧妙设置的"空缺"则真正显露了格非缜密机智的叙事智慧。

《迷舟》是一个关于战争与爱情的历史故事，但这个故事无论是从战争的角度还是从爱情的角度来看都是不完整的。北伐战争期间，两军对垒，鏖战一触即发，然而，小说主人公萧旅长却在激战前夕突然失踪，并且潜入了敌占区——榆关。那里不仅有他那身在

---

① 格非：《小说艺术面面观》，江苏文艺出版社，1995 年 10 月第 1 版，第 79 页。

敌对阵营北伐军中的哥哥，还有他的情人"杏"。那么，"萧去榆关"到底何因？何为？在三顺看来，"萧"去榆关是探慰受伤的旧情人杏；在警卫员看来，"萧"则是去敌方给北伐军中的兄长传递军情。格非把"萧"去榆关的动机设置成"空缺"，"叙事空缺"使得小说扑朔迷离、迷雾重重，也给读者留下了充分的想象空间：空缺变成一个解释和补充的陷阱。而真相却被深深地隐瞒成为叙事的空白。警卫员武断地填补了这一空缺，他用六发子弹打死了"萧"，从而使空缺——真相永远丧失了被还原的可能。"萧"的死亡使那个"空缺"变成根本性的缺失。

这里，就呈现出一种格非语法：事件与真相永远无法水落石出。游戏可以不断被另外的游戏填补，但是故事终不齐全。也就是说，读者不可能在格非的小说世界里期待一个完整的故事、清晰的情节或者准确的时间、地点与人物。

《青黄》同样是一篇力图填补"空缺"而不得的故事。小说叙事前进的动力同样是作者设置的"空缺"——"青黄"一词的含义。故事中的"我"缘于对一支已消失多年的漂泊于苏子河上的九姓渔户妓女船队的兴趣，执意要通过考据"青黄"这一颇有争议的名词，复原那一段消失了的历史。

在寻找证据的过程中，故事得以徐缓展开。从修栅栏的老人、外科郎中、康康、小青、看林人到换麦芽糖的老头李贵等等，对于"九姓渔户"的历史，每个人都有自己不同的讲述。在这"罗生门"式的讲述中，种种考据因为互相缠绕彼此矛盾而变得扑朔迷离、似是而非。而且，故事也常常终止在通常意义上的"高潮"，甚至"开头"中，从而悄然而迅速改变故事的方向。如在小说第七节，当"我"终于获得一个良好的机会与小青（一个看来十分重要的"线人"）谈话时，谈话却很快被中断——

"这时，她的丈夫推门进来……"①

　　小说就此迅速转入第八节，而这个谈话再也没有被续上。这种"引而不发"故事结构充分调动了读者的好奇心与积极性，但读者无论多么努力，都永远无法进入"青黄"的意义核心。在某种程度上，这也形成了格非的一个叙事法则，而这个法则显然也隐喻了生活的一种姿态。因此，"青黄"的阐释充满了多种可能。由一个漂亮女子的名字，一本历史书的名称，对不同年龄妓女的称呼，一条狗的名字，到最后变成一种植物的名称，这追寻的过程消解了一系列情节事件与那段历史的关系。至此，"青黄"一词的历史所指也就变得含混不清，且无法确定，这无疑宣告了词的历史所指的缺席——"真相"也就在各自不同的叙述中迷失。小说演化成词语的溯源过程，在虚虚实实的演绎中，追寻的意义最终陷入虚无。历史最终彻底迷失，或者说历史被激活了无数的可能性。

　　其实，作为先锋小说家，与马原刻意张扬的叙事姿态相比，格非的叙事表现可谓古典而含蓄的。他早期的小说写作中最擅长、最突出的叙事策略就是设置空缺并引发相应的寻找行为。评论家解志熙曾论之："不论在哪个故事中，必须失去什么或缺少什么才能使叙述展开——这种缺失既令人焦虑又令人兴奋：欲望受到我们无法占有的东西的刺激，这正是使叙事文学脍炙人口的一个源头，如果一切得其所载，就没有故事可讲了"②。因此，从叙事学的角度来看，叙事文学中的"空缺"以及对"空缺"的填补是叙事前进的重要推动力，有着不可或缺的叙事功能。其实，这种设置空缺并引发寻找行为的叙事策略同样存在于传统的现实主义小说中。当然，这是两种不同性质的文学"寻找"行为。首先"寻找"的意义不同。

---

① 格非：《格非文集》，江苏文艺出版社，1996年1月版，第170页。
② 解志熙：《〈褐色鸟群〉的讯号——一部现代主义文本的解读》，《文学自由谈》1989年第3期，第104页。

格非的"寻找"的意义在于其指向的"空缺"的意义,"寻找"更多的只是一种叙事策略与手段。其次,"寻找"的结果不同。格非的"寻找"往往是寻而不得,作品中的"空缺"难以得到令人信服的填补与还原。而传统小说的"寻找"却往往都要真相大白的。

《敌人》作为格非的第一部长篇小说,也是一个内含"空缺"的文本。格非在开篇就设置了一个谜——谁是敌人,赵家几代人都在寻找谜底,事实上,在格非小心翼翼地留下的蛛丝马迹诱惑下,读者亦自觉或不自觉地试图寻找谜底,填补空缺。

格非将这个也许并不存在的"敌人"设置成了始终高悬在赵家人头顶上的达摩克利斯之剑,这个具有宿命意味的"空缺"形成了敌意的囚笼,使赵家子孙陷入无尽的恐惧与疑虑,并最终在劫难逃、相继死亡。

父亲赵少忠作为家族颓败、家败人亡的见证者或者说幸存者,他在小说中既有"弑祖"的冲动,也有"弑子"的嫌疑,这些重重迷雾,随着故事情节的发展在愈来愈恐惧紧张的氛围中似乎即将昭然若揭。然而,格非却将空缺一空到底。谁是敌人?谁是最后的敌人?作家始终秘而不宣,反而将"空缺"的叙事力量推到极致,也将"敌人"直指人的内心深处的恐惧。

格非在小说中设置的彻底的"空缺",既有形式策略的意味,也有深层的精神内涵。《敌人》引出了作家思考的一个核心问题:人内心的恐惧,以及这种恐惧带来的后果。格非曾自述心志,以此表达一种恐惧,一种神秘的恐惧感。而作者通过对"恐惧感"的表达,在一定程度上传达出格非对人的存在的思考。"敌人是谁",寻找与追问贯穿了文本的始末,然而,谜底却到最后也未能水落石出。作者和许多读者都愿意相信这样的解释,"所有的恐怖都来源于一种心理上的东西,最大的敌人正是自己"①。换言之,真正的敌人不是来自外界,而是来自内心。人心才是最大的仇敌。

① 舒晋瑜、格非:《一生书写恐惧》,《文摘报》2016 年 8 月 2 日第 3 版。

《没有人看见草生长》也是同样的范例。没有人看见草生长，正如没有人看见历史一样，人们往往惊讶于结果，却对其过程一无所知。两对年轻夫妇在阳关之旅中偶遇结识，然后陷入纠缠不清的关系，最终导致双方婚姻破裂。其中关键的阳关之行究竟发生了什么事情？为什么"我"早上醒时，梅躺在"我"的身边，而妻子棋和梅的丈夫官子却不知所踪？而在梅多年后的回忆中，事情却变成梅"恰巧看见棋正在解开官子腰上的皮带"[①]。事情的真相究竟是什么？这始终是一个谜——一个无法复原的空缺。也许，这个"空缺"还有一种隐喻，那就是，阳关露营的那晚其实什么都没有发生，故事的种种衍生只是源自于人的欲望暗示以及人与人之间的互不信任。

在二十世纪九十年代中期的标志性作品《欲望的旗帜》中，格非设置空缺的策略更为纯熟精巧。空缺除了具有叙事策略的含义，还隐喻着小说的主题。两种空缺的含义同时存在，并行不悖。首先，贾兰坡的死因、慧能大师的来历等显性的"空缺"交织成一团迷雾，推动故事的前进，这纯粹是技术性的空缺，而在实际文本中，张末的爱情理想、曾山的价值信念、子矜的真实梦想，这些隐性的致命的空缺则正是作品的主题。在一个欲望的旗帜高高飘扬的时代，这些人对"空缺"的寻找只能是无果的，空缺将永远是空缺。

因此，我们以为，在格非的小说中，空缺实质上有两种功效。"空缺不仅表示了先锋小说对传统小说的巧妙而有力的损毁，而且从中可以透视到当代小说对生活现实的隐喻或理解。"[②]即，其一是叙事层面的，其二则是主题层面上的。

传统小说信奉世界可以被解释与掌握，因此要求故事有始有终，情节因果链完整清晰，即便有空缺，也只能是待解的悬念，并

---

① 格非：《褐色鸟群》，上海文艺出版社，2014年1月第1版，第107页。

② 陈晓明：《空缺与重复：格非的叙事策略》，《当代作家评论》1992年第5期，第43页。

且最终会被寻找的结果所填补。契诃夫曾举过一个著名的例子，"如果你在所写的短篇的第一段中写到墙上挂着一支枪，到故事的结束时这支枪就得打响才行。"[1]然而格非却认为，这种结构完整、有因有果的故事其实不仅脆弱、虚假，经不起推敲，而且还纵容了读者消极与懒惰的阅读习惯，"读者完全是被动的，也就是说，作者在'讲述'，读者处于'聆听者'的位置，他既不质询，亦不追问，更谈不上积极的合作、介入、创造"[2]。格非毫不掩饰对此类作品的反感，他亦身体力行，不断创新。事实上，读者如果不积极参与小说的叙事，是无法完全进入格非的文学世界的。

其实，从本质上看，格非的空缺意识与其小说的主题主旨相关。格非的小说是对人的存在以及存在困境的书写与追问，"个体存不存在？""如何确定个体的存在？""人的精神应该如何存在？"其中涉及了存在主义哲学层面上的对存在真相和意义的寻找，这也就构成了小说文本的深层空缺，即是"对生活现实的隐喻或理解"。空缺才是生活的本来面目。

《青黄》中，"我"在众多关于"青黄"的线索中寻找真相，但寻找的行为未能填补那一段已然"空缺"的历史，结果不了了之，这也隐喻着"存在的真相"难以抵达。

而在《褐色鸟群》里，空缺的是"我"的存在，"我"试图通过身边的人与事来确证自我的存在，但是记忆是如此不可靠，无法证实"个体的存在"。

《欲望的旗帜》则在更宽泛的内涵下，探讨个体存在价值的缺失所带来的困惑、痛苦与灾难。因此，在格非的小说中，"空缺"是有着双重含义的，既是一种重要的形式策略，也是其中隐喻的核心主题。我们发现，格非在创作中不断重复的主题就是对存在的思

---

[1]　转引自卡罗琳·戈登：《关于海明威和卡夫卡的札记》，见《论卡夫卡》，中国社会科学出版社，1988年9月第1版，第204页。

[2]　格非：《小说叙事研究》，清华大学出版社，2002年9月版，第40—41页。

考，他几乎把这种追问与质询视为自己的责任，因此，他所选取的主题决定了他的作品的外在形式必定是"有意味的形式"。从这个层面上说，格非的"空缺"并非是对博尔赫斯小说技艺的生搬硬套，而是融进了他自身的生存体验的。

当然，我们从不否定格非这些小说形式背后的博尔赫斯的身影，但格非显然以自己典雅纯净的抒情化语言、匠心独运的精巧结构以及中国传统叙事的资源对之进行创造性与本土性的转换，由此，构成格非式的"纸上的王国"。

二、重复是存在的迷失

格非曾被誉为博尔赫斯在中国的传人，他的作品里确实有不少博氏的影子。作家的"主体意识"复苏并彰显，肆意游走在故事的种种细部，随意改变叙述方向，故事常常从情节发展的主干道上拐入了分岔小径，并且流连忘返、翻来覆去，因此这也牵涉出小说的另一个重要的叙事命题——重复。这也是格非小说的另一个显著特征。

在《褐色鸟群》中，格非曾借小说人物"棋"之口描述自己小说的发展进程："故事始终是一个圆圈，它在展开情节的同时，也意味着重复。"① "重复"，这个叙事策略使得格非的小说发展轨迹不是线性向前，而是循环往复的圆圈轨迹。即是说，"重复是时间的'伪形'，它通过'回忆'的中介把过去移植到现在，过去与现在由此构成历史"② 。重复仰仗回忆的力量，实现生存的循环往复的轮回，并且衍生出现实的多元事实，这意味着对完整与真实的一种瓦解与破除。

---

① 格非：《迷舟》，作家出版社，1989 年 12 月第 1 版，第 54 页。
② 陈晓明：《空缺与重复：格非的叙事策略》，《当代作家评论》1992 年第 5 期，第 49 页。

格非还谈到《褐色鸟群》的创作触发于一个生活细节，"一个朋友（李洱）去买火柴，从口袋里掏出一个火柴盒，售货员吃惊地说：'你有火柴为什么还要买？'那朋友打开火柴盒，从里面拿出五分钱付给售货员。我当时想，这是一个非常好的小说结构：从火柴始，到火柴结束"①。这种结构自然成为了重复产生的条件，同时，也契合了格非探求存在本质的理念。

《欲望的旗帜》很好地阐释了"重复"的命题。小说中铺陈着众多重复的现象。例如，张末梦想中的背带裤反复出现。

> 她（张末）曾不止一次地央求曾山陪她上街去买一条背带裤，……可他们每次上街，每次都是空手而归。②
>
> 她们来到大街上，几乎转遍了淮海路上的所有服装店，张末始终没有挑到一件合适的。③

小说反复描述张末在不同时期对"背带裤"的寻找，说明这样的"很小的时候就梦想能得到"④的背带裤无疑象征着她的理想，永远无法抵达的理想。小说中还多次出现张末少年时对爱情的憧憬与遐想："她坐在午后的庭院中，一个男人向她走来一声不吭地将她带回家。"⑤这亦是一个爱情理想主义者的追求。

还有，子衿不断地反复描述他与妹妹坐在江堤上看芦苇、看轮船的场景。子衿感叹道："那里是多么的安静啊！就像台风的风眼。你感到自己已经远离了尘嚣……"⑥

---

① 《格非——智慧与警觉》，林舟：《生命的摆渡——中国当代作家访谈录》，海天出版社，1998 年 5 月第 1 版，第 66 页。
② 格非：《欲望的旗帜》，春风文艺出版社，2005 年 1 月第 1 版，第 8 页。
③ 格非：《欲望的旗帜》，春风文艺出版社，2005 年 1 月第 1 版，第 63 页。
④ 同上。
⑤ 格非：《欲望的旗帜》，春风文艺出版社，2005 年 1 月第 1 版，第 86 页。
⑥ 格非：《欲望的旗帜》，春风文艺出版社，2005 年 1 月第 1 版，第 117 页。

这是子衿最安心的时候。那记忆中的单纯和宁静是子衿内心深处最后的净土，最后的家园，也是抵挡欲望侵袭的最后一道防线。然而，在欲望横流、人心溃败的现实生活中，子衿终于在心灵与欲望的对抗、缠绕中陷入疯狂。

这些都是作家格非在重复中给予的提示。《敌人》更是娴熟使用重复手段的佳作。《敌人》充满着神秘与恐怖氛围，这种令人欲罢不能的氛围首先由众多重复的细节来营造。

比如，小说重复插入关于"花圈店""花圈""棺材""死老鼠"的描写，使文本带有强烈的死亡气息与恐怖的氛围。正对赵家院门的是钱老板的花圈店，"每逢天空刮起东风，花圈店里奇特的香味便会飘进院子里来"①。另外，花圈也频频出现在赵家。三个姑娘来找赵虎带着花圈；猴子溺死时钱老板送来花圈；赵虎的出殡是在花圈的簇拥之下，等等。

再比如，小说两次描写到木匠打棺木的情景。

第一次是为猴子。"木匠合上棺盖，乒乒乓乓钉起了钉子，也许是由于紧张，赵少忠看见锤头不断地敲到了木匠的手背上，在幽幽的星光下，他把指头放在嘴里吮吸了一下。"②

第二次是给柳柳。"村里的小木匠正在树下乒乒乓乓地敲钉着棺材。他不知是出于紧张还是恐惧，锤头不停地敲在手背上。赵少忠看见他的左手已被砸成酱紫色，鲜血从指缝里流出来染红了棺木。'这事说来也有些奇怪。'木匠说，'我今年已经给赵家打了三口棺材，每一次锤头都像长了眼睛似的砸到我的手背上。'"③

此外，柳柳在楼梯上不断地发现死老鼠，这也是一种不祥的预兆。"同一事件的简单重复使其具有了人为的令人恐惧的意

① 格非：《敌人》，上海文艺出版社，2013年1月第1版，第137页。
② 格非：《敌人》，上海文艺出版社，2013年1月第1版，第47页。
③ 格非：《敌人》，上海文艺出版社，2013年1月第1版，第177页。

味。"①《敌人》中这些反复出现的意象、反复发生的事情，显然达到了这种效果。

其次，《敌人》的整个叙事过程就是对主题的重复——死亡的反复发生。猴子、赵少忠的妻子、赵虎、柳柳、赵龙以及那条黄狗都莫名地接连死去，虽然他们的死因各不相同，但他们（它们）似乎都死于幕后神秘的"敌人"，即作者在小说中开篇就设置的悬念。

另外，还有《镶嵌》和《锦瑟》这两部短篇小说也巧妙运用了重复的叙事手段。《镶嵌》是对韦利和张清婚后生活的重复书写。小说为夫妻俩设计了三个生活空间：韦利父亲家；张清父母家；外面租的房子，呈现了三种可能的生活。在不同的空间，韦利和张清遇到不同的事情，也就拥有了不同的命运。但小说对两人婚后生活的重复书写又并非是彻头彻尾的改变，而是保留了某些贯穿三个故事的既相互重叠又互相呼应的细节，比如鱼子酱、空调、韦科长的病、夫妻的房事等等。这些精心设计的细节镶嵌在三个相对独立的故事中，形成了三个故事在某种程度上前后衔接的假象。而《锦瑟》则以讲故事的方式实现四种人物身份的转换，完成了对冯子存死亡故事的多重书写。

我们发现，在格非的小说中，重复的意义远不止于纯粹的叙事手段，它还是小说结构的基本原则，足够支撑小说的完整架构。小说完全可以通过对一个故事的两次、三次或四次的重复书写建立起来。譬如《镶嵌》，每一次重复都引向一个不同的结局；而《锦瑟》中，每一次重复都指向一个不同的过程。而且，每一次重复引出的各个故事既有模糊的相似性，又有着本质意义上的截然不同。因此，这些作品的主题可以解读为"命运的多种可能性"。

---

① 赵小鸣、王斌：《〈敌人〉：一个被消解的概念》，《当代作家评论》1991年第4期，第47页。

第四节　圈套与迷宫

一、封闭循环的叙事迷宫

在二十世纪，博尔赫斯作为最伟大的作家之一，他的作品以深刻的内涵、新颖的技巧及独特的风格，深深影响了无数的作家，包括中国的一批先锋作家，为此，博尔赫斯当之无愧地成为"作家们的作家"。格非对博尔赫斯推崇备至，他曾坦言："假如说陀思妥耶夫斯基试图在地狱般的人间重建天国，博尔赫斯则是在语言的领域内创造另一个宇宙。"[1]

我们具体发现，博尔赫斯的时空观和对世界的迷宫本性的认知深刻影响了格非的小说创作。在格非的小说中，世界也具有迷宫的性质，并且常借用博尔赫斯惯用的意象，如棋、牌、镜子等来表达世界的变幻莫测和真假难辨。

格非似乎不是在写小说，而是在制作谜语。其作品中设置了许多圈套，营造出谜一样的色彩。《雨季的感觉》就是篇谜语风格的小说。我们知道，小说时间包括叙事时间和故事时间两种。《雨季的感觉》设置了时间的圈套，整个小说就是一个"时间之谜"。格非有意把"故事时间"与"叙事时间"悄悄混淆，让读者在阅读过程中认为文本事件是在故事的时间中顺序展开，殊不知却堕入作者暗藏的一个巨大的"时间倒错"和"时间颠覆"的圈套之中。

这是一个历史叙事的框架。故事仿佛发生在二十世纪三十年代抗战前期，具体时间是江南雨季，更具体的时间是五月五号。这天莘庄发生了一连串莫名其妙的事件。镇长一大早便获悉一个电话，

---

[1]　格非：《1999：小说叙事掠影》，见《塞壬的歌声》，上海文艺出版社，2001年11月第1版，第86页。

"日本人的飞机轰炸了梅李"，然后一阵引擎声，镇上又出现了一个神秘的侦探，接着小学校长卜侃讲课时失态，而镇上的阔少褚少良又突然被抓……这仿佛一个重大的军事大事件正在暗暗迫近。此时，读者的胃口已经被作者吊了起来，不料，作者重举轻放，紧锣密鼓搭好了一个戏台子，后面却根本没戏。读至小说最后一章，"五月四日的傍晚"，卜校长与褚少良下棋。

> 褚少良解释说，"三天之前，我给城里的一家私人侦探所的同学寄去一张请柬，让他本月十五号来莘庄参加我的婚礼……"
> ……
> "我担心那张请帖的日期让我写错了，"褚少良说，"我很可能写成了五月五日。"①

至此，谜底彻底大白于天下。那电话原来是个恶作剧，侦探的到来是因为他的朋友褚少良写错了婚帖的日期，而褚少爷被抓也是因为自己的错误，招来了这个身份不明的侦探。这是一个一连串带有极大偶然性的错中套错的怪圈，貌似政治军事大事件的历史，拆解开来不过是一系列琐碎庸俗的生活日常，这也许是一种更为本色的历史真相。

可以说，《雨季的感觉》与时间做了一个绝妙的游戏。最后一章原本是小说的结果，不料却是故事的真正的开端，以前发生的一切，其始因却产生于故事的结尾。从表象上看，故事好像走到了终点，谁知它突然折回，终点旋即变成了起点。

---

① 格非：《雨季的感觉》，上海文艺出版社，2014 年 1 月第 1 版，第 60 页。

二、叙事的圈套

　　《锦瑟》亦是一个圈套，一个精心编织的关于死亡的寓言。《锦瑟》以李商隐同名诗为蓝本，以梦中梦的形式讲述了一个名为冯子存的人经历的四次不同的生存和死亡。它们既是梦幻又是现实，文本首尾相连，无始无终。《锦瑟》无疑是对李商隐的诗《锦瑟》的一次现代新解与重写，但原诗朦胧、幽暗的愁绪，如梦如幻的氛围，含混丰富的寓意，在小说文本中被极好地保留，成为格非编织"冯子存"故事的背景。小说讲述了四个关于冯子存的故事，四个故事发生在四个不同的时空，主人公冯子存在不同时空下经历了不同身份的转换变化：隐士、书生、茶商、皇帝。这四个故事以梦的形式出现。①隐士冯子存因被族长之女所迷惑，做下了某种不可告人的事而被处死；他在世时曾对村里的教书先生讲述过一个故事。②这个故事是关于书生冯子存的。书生冯子存苦读十年，进京赶考，然出师未捷，仕途无望。在道观的最后一夜，他的姐姐给他讲述了一个离奇的故事。第二天冯子存吊死在香樟树下。③姐姐讲述的这个故事是关于茶叶商人冯子存。茶商坐拥荣华富贵，却不能抵御死亡的降临，他在事业如日中天时染上莫名重疾而不治身亡。死前他对妻子讲起自己刚刚做过的一个奇怪的梦。④这个梦中发生的故事则是关于皇帝冯子存的。冯子存面临外患内忧，决然弃城迁徙，最终退守蓝田，死于太子之手。他死前对园丁讲述了昨晚的梦境，而这个梦是关于隐士冯子存的。故事至此戛然而止，故事的结尾与开头的情节衔接咬合，形成一个闭合的圆形结构，小说也就完成了一次循环。小说中这四个故事共生共存，环环相扣，俨然是一个无限循环的格局。

　　在某种程度上，格非的《锦瑟》类似巴尔加斯·略萨"中国套盒"式的结构，这种结构指的是一种故事里套故事、文本中含文本的小说结构方式，也称"俄国玩偶"。它"指的是按照这两个民间工艺品那样结构故事：大套盒里容纳形状相似但体积较小的一系列套盒，大玩偶里套着小玩偶，这个系列可以延长到无限小。……当一个这样的结构在作品中把一个始终如一的意义——神秘，模糊，复杂——引进到故事内容并且作为必要的部分出现，不是单纯的并置，而是共生或者具有迷人和互相影响效果的联合体的时候，这个手段就有了创造性的效果。"①《锦瑟》的结构显然对略萨的"中国套盒"式结构有借鉴，也有超越。在小说最后，皇帝冯子存讲述的梦中之梦是关于隐士冯子存的，也就是说，故事的叙述在小说的结尾并没有结束，反而奇妙地返回到了小说的开头。就如同那套盒的游戏，盒子一个接一个地套下去，最后的盒子反过来套住了最先的盒子。这就形成了一个闭合的无限循环的圆形结构，这也是《锦瑟》在小说结构上的苦心孤诣之处。

　　然而，如果我们在《锦瑟》中只解读出"中国套盒"式的精巧结构，那必定是一种极大的疏漏或缺憾。其实格非的《锦瑟》中蕴含着深刻的内涵，甚至颇有庄子诗化哲学的意味。很显然，疑问已被提出来了：哪个是梦境，哪个是现实？进而，这个疑问又可以上升到"什么是真实"的本体论问题。李商隐原诗《锦瑟》中有一句"庄生晓梦迷蝴蝶"，意指庄周梦醒时不知是自己在蝴蝶的梦里，还是蝴蝶在自己的梦中。庄周与蝴蝶，谁是现实，谁是虚幻？实在难以分辨。这也是哲学本体论上难解的命题。世间生与死、真与幻，难以确切区分，所以，当隐士冯子存被处死的那一刻还心存希望："会不会是一场梦？错乱的时间常常搅乱了现实和梦境的界限。"②也许，人生就是一场没完没了的大梦。

　　其实，这种"中国套盒"式结构也是博尔赫斯小说中常用的结构方式，他称之为"小说中的小说"。比如博尔赫斯的《小径分岔

---

①　[秘鲁]巴尔加斯·略萨：《中国套盒——致一位青年小说家》，赵德明译，百花文艺出版社，2000年1月第1版，第86页。

②　格非：《褐色鸟群》，上海文艺出版社，2014年1月第1版，第321页。

的花园》，不仅采用了套盒结构，也有相似的时空与身份的历变，并且也传达出作者对时间与命运的深刻理解。小说中的人物艾伯特说："在大部分时间里，我们并不存在；在某些时间，有你而没有我；在另一些时间，有我而没有你；再有一些时间，你我都存在。目前这个时刻，偶然的机会使您光临舍间；在另一个时刻，您穿过花园，发现我已死去；再在另一个时刻，我说着目前所说的话，不过我是个错误，是个幽灵。""因为时间永远分岔，通向无数的将来。"①格非替主人公选择了所有的可能，梦境也好，现实也好，两者之间的边界本来就模糊不清，难以辨别。至此，小说的真正主题才昭然若揭，小说并不是要讲述冯子存的故事，而是借此展开对真实的拷问与对存在的思考。

在二十世纪八十年代，作为"先锋小说三驾马车"之一的格非为文坛献出了一大批具有实验精神与现代意蕴的小说，这些作品不仅将汉语小说的形式探索推向前所未有的高度，让读者领略到现代先锋小说的艺术魅力，还以一种独立自主的方式传达出对世界的寓言式的判断。

毋庸置疑，格非是一个具有超越性追求的精英作家，这种超越性既体现在作品迷宫式的"有意味形式"中，更体现在作品中凝重的形而上意蕴及存在主旨中。格非采用了全新的前卫的先锋叙事形式和言说方式，通过呈现"当代历史中那巨大的徒劳和混乱的图景"②，传达出对存在的思索。他始终关注人类的存在境遇，始终保持对个体生存问题的警觉与思索。无论形式如何变革，存在的主题是恒定不变的。作为小说家，他一直在画"存在的地图"。因此，

①　[阿根廷]博尔赫斯：《博尔赫斯全集·小说卷》，浙江文艺出版社，1999年12月版，第132页。

②　[美]艾布拉姆斯：《文学术语汇编》，外语教学与研究出版社，2004年第8期，第167页。

如果我们对格非及其他先锋作家的认识，还仅仅停留在纯粹的形式实验和语言历险，而忽略了这"有意味的形式"背后渗透的"有意味的内涵"——对存在与时间、历史与现实、革命与欲望、梦幻与真实等诸多哲学命题的勘探，那绝对是一个莫大的遗憾和错误。

第三章　格非和他所处的时代

　　进入二十世纪八十年代，中国社会便一直处于不安定的状态之中，乃至于文学也在自己的领域里马不停蹄地打捞各种"主义"，制造各种现象，这可以说是文学开始觉醒的表现。此时，先锋派的出现无疑是二十世纪八十年代最重要、最深刻的文学事件之一。

　　中国文学第一次真正面对世界，这种直面世界所感受到的"震惊"体验是无与伦比、无法言表的，这也促使它改头换面痛改前非地迎接崭新的世界，这也就立即造成一个事实：西方锲而不舍地花了近百年才完成的现代文学实验，先锋作家只用了几年便依样画葫芦般地全都重温了一遍。也就是说，西方人历时性的文学实验被中国人共时性地迫不及待地接受采纳了。这其中本身就有特别的含义与效应。首先，这在当时并不值得自豪，因为如此囫囵吞枣无非是为了一个急功近利的目的：与世界接轨，获得世界文学（其实即西方文学）的认同，无非依然是"冲出亚洲，走向世界"情结的文学流露，其背后潜藏的，其实是一种传统虚无主义与民族文化认同焦虑。一切西方曾有过或正在有的东西，中国现在几乎全然不缺。但由于时间的短促、经验的匮乏、人心的浮躁、修养的欠缺而显得效果不尽如人意。各种主义、流派、思潮、现象等，熙熙攘攘，热闹非凡，令人目不暇接，然而却总是迅速产生，旋即迅速寂灭。由此说来，某些将二十世纪八十年代先锋文学夸大为新时期文学里程碑的言论并不可取，但是，我们对此也不必走向另一个极端——以轻蔑的态度嘲讽为这是拾人牙慧、步人后尘。其实，这在当时也没有可自卑的。首先，对他人的学习，在任何国家任何时代都是再正常再普遍不过的事情了；其次，虽然面对若干他者的新鲜事物，但还是由中国人自己来感觉、描述、判断和再命名。中国对西方思潮也并非是纯粹的生搬硬套，各种五花八门的思潮与理论在进入中国本土后，都有基于中国现实与经验的本土化的过程。因此，这些发生在中国的文学思潮，只是与西方的具有相似性、可比性，而绝不是纯粹的模仿或如出一辙的雷同。而且，从哲学的角度来看，不同时空之下，人们也绝对无法跨入同一条河流。所以，我们不可否认，中国当代文学在不同程度上受到了外来思潮、文化的影响，但这些影响是立足在中国坚实大地上方可生发出来的新创造。

我们对于一个文学思潮、一种文学现象，或者一个作家、一部作品，最重要的不是去考察其出身及身份，而是要思量它们为当时的文学有无提供新鲜的元素，对文学史的发展有无贡献。因此，对于先锋文学的地位与价值，我们必须从整体上客观、历史、冷静地加以分析与评判。不可否认，中国文学受到他者的濡染以至从外到内都发生变化，这是客观事实。

作为二十世纪八十年代先锋作家代表之一，格非自然具有作为整体的先锋作家的历史局限性。在某种意义上，他的得与失，也是整个先锋文学的得与失。他的困境，也是整个先锋文学的困境。他当然有自己的文学个性和精神气质，但作为时代之子，格非注定无法走出时代为之设立的文化桎梏。

我们也发现，格非在文学上的某些思考与实践确实打破了我们对世界的固有的认识和理解的常规，他对世界、历史、人性、存在的体验与看法也具有异质性的特点。但即便如此，在二十世纪八十年代，格非是无力超越现时代的整体文化深度的，在某种程度上，这也限制了格非的写作对时代与社会的发展所发挥的社会功用。

这种文学与时代的关联性、互动性的淡化乃至丧失，也是整个先锋作家群体的共同致命点，因此，当时相当多的先锋作家似乎是封闭在自己的经验世界里自言自语、自娱自乐，他们这类书写由于与现实世界的脱节而缺乏现实经验价值与思想穿透力，因此难以真正深刻触动时代与人心。事实上，没有任何能够跳离现实经验世界的纯粹超验，超验世界如果不对接任何现实，那也只不过是虚无缥缈徒劳无功的冥想。

第一节　二十世纪八十年代的文化语境

一、二十世纪中国文学史的现代性主题

文学在中国的文化传统中一直占据着十分重要的位置，这与传统文人"学而优则仕"的情结相关。而文学成为社会生活中重要的精神现象，那则是现代性的功劳。现代性将个人的精神追求与社会化的普世性的崇高价值联系起来，切实扩展并提升了人类精神生活的内涵与意义。

相对而言，中国的现代性历史进程显然是后发的，甚至是落后的。在中国的现代性历史中，文学最初就是为建立现代的民族国家想象提供表意手段和形象资源，后来成为更为艰巨的民族国家解放事业的组织、宣传的工具与手段。文学在其中占据了过于重要的位置，以至于现代性的历史与文学自身的历史两者被捆绑，并混为一谈，这是一个很大的误会。

简单概括来说，二十世纪中国文学史的主题就是现代性，其中包含着"人的现代性""国家的现代性"以及"历史的现代性"。"人的现代性"要求"人"成为独立、自我、自由、平等的现代意义上的个体，既肯定"人"的世俗欲望，更张扬"人"的独立性与自主性。"国家的现代性"则是对国家提出的现代性要求——国家

是"人"的集合体，是"人"的国家，是人性的国家，是服务于人而非控制人、管理人的主体。最后，"历史的现代性"规定了"人"与"国家"的历史性质——理性的、确定的、有目的的、有规律可循的、可以为人们所掌握的。因此，世界是可知的、有序的、理性的，人们可以根据历史的发展规律辨清个体在历史中的位置，从而觅得个体存在的意义。

今天，我们暂且不探讨这种现代性系统观念存在的致命缺陷，我们首先必须承认它的重要意义与作用，它是人类文明发展阶段性的成果，它将人类从蒙昧、被动、非自觉的存在状态中解放出来，发掘出人的独立性、主体性、自我中心性，确实推动了人类文明的进步与发展。

二、"五四"对现代性的引入与阐发

概括性地说，上世纪那场轰轰烈烈的"五四"运动的首要任务，就是要把这种现代性引入、介绍到中国，并让它在中国自己的文化土壤中扎根生长，从而实现中国全面的现代化。

因此，当时社会急需完成两项重要任务：第一，正面宣传现代性的必要性，积极阐发现代性的进步性，此即启蒙；第二，清算与否定反现代性的现实与历史，此即批判。启蒙与批判，这也就成为"五四"文化的核心精神，以及现代知识分子的基本存在姿态，现代文学在此历史进程中无疑承担了一个极其重要的角色。

在中国正统文学史观影响下，众多的文学创作者与评论者是自然而然地接受了"文以载道"的观念。因此，自"五四"新文化运动伊始，历经国内革命战争时期、抗日战争时期，文学始终扮演着"旗帜"与"号角"的角色，承担着社会宣传、教育、动员的功能。新中国成立后，随着主流意识形态主导地位的确立，文学艺术的创作与研究进入了与政治高度同步的状态，文学的政治宣谕、政治教化功能得到前所未有的重视与淋漓尽致的发挥。直至"文化大革命"结束后，我国新时期的文学局面才得以打开，文学也才逐渐回到"文学是人学"上来。从伤痕文学、反思文学、改革文学、寻根文学到先锋文学，中国文学似乎重走了"五四"启蒙之路，在摸索与历练中逐步进入更加重视文学自身审美的本体阶段。

同时，在二十世纪八十年代，中国那崭新开放的当代文化场域，吸纳了众多外国文学作品与文学理论涌入中国，给中国作家与批评家提供了十分重要的文学资源与理论支持，比如拉美魔幻现实主义、弗洛伊德理论、新历史主义、黑色幽默等等，这些都是当时的中国文学创作者与研究者学习、借鉴、模仿的重要对象。加西亚·马尔克斯《百年孤独》里那个经典的开场白就成了众多作家竞相模仿的范本；阿根廷作家博尔赫斯更是影响了中国当代众多青年作家，《博尔赫斯短篇小说集》几乎成为先锋作家们的"圣经"。

因此，我们甚至可以认为，中国先锋小说是时代的必然产物。在开放的时代氛围、宽松的社会环境、强烈的激情的合力之下，中国当代文坛可谓重获自由与活力，迎来了中国思想文化史上的"黄金时代"，一时出现了"百花齐放，百家争鸣"局面。

然而，当我们回看中国当代文学历史，可以清晰辨出，无论是伤痕文学对历史的控诉与批判，还是反思文学对历史的自省与重建，都是基于对现实新秩序的认同与归附的。更不用说改革文学，那则是对社会现实与社会秩序的如实反映与高度肯定了。只有进入寻根文学阶段，文学才开始独立自主的思考，不再盲目地充当时代的歌颂者或现实的辩护者，不再被意识形态规约或填满，而退回到生活本身，回到人本身，这也就是回到文学本身。

在二十世纪八十年代文学复兴的时代，中国当代文学以惊人的速度发展并成熟起来，逐渐获得了世界文学的刮目相看。文学打破了过去的僵化与沉闷状态，开始摆脱附着其上的各种束缚，显示出其内在蓬勃的生命力。尤其是在八十年代中期后，文学的自我裂变与推陈出新着实引起了受众群体的复杂情绪与反应。因此，在最初，当先锋小说以一幅陌生的现代面孔出场时，中国文坛对此是众说纷纭、莫衷一是的。评论家们从不同的角度与立场对其展开争议性的判断与解读，这直接导致各种具有相似性的命名与大相径庭的态度纷至沓来。这也从侧面表明了先锋小说在当时产生的强劲的文化冲击力。在中国文化场域中，各种不同的话语力量进行激烈的角逐与碰撞，一个相对清晰而确定的文学史概念也就逐渐成形。当然，这个概念从广义的"现代派""先锋文学"到狭义的"先锋小说"，其中的流变自然离不开当时的文化语境与时代背景。

一方面，自经济改革开放伊始，尤其到了八十年代中期，政治文化开始落潮，整个社会的主体生活、关注热点发生转移，作家不再以人民代言人、人民启蒙者或人民利益守护者的身份自居；另一方面，国门的打开，让我们更加全面而真切地目睹了西方的先进性与优越感，因此"赶超西方""走向世界"的情结也就更为深重，甚至有悲壮之感。在文学上，亦是如此。中国文学渴望走向世界，立足于世界文学之林，这既是一种强势的文学意识形态，又是一种弱势的文化自卑心理。

我们看到，"先锋"一词，从军事术语到文艺术语，它的本质内涵得到了阐发——超前、前卫、先进。这正好与现代性求新求变的意志相互契合。由于中国当代文坛对西方历时性思潮文化的共时性接受以及"先锋"这一概念本身的复杂流变特征，在中国二十世纪八九十年代的文化语境中，"先锋文学"的面孔是含糊不清的，它包揽了现代主义和后现代主义的内容，涵盖了现代主义与后现代主义的范畴。尽管，学术界对此有双重的界定与解读，但有一点是达成共识的：即是与传统现实主义对立及反叛的特征。另外，对"先锋派"的界定也是大致相同的：指的是二十世纪八十年代中后期涌现的一批深受西方现代主义文学思潮影响，以形式主义为旗帜，以叙事革命为核心，力图颠覆传统文学观念以建立新的叙事方式和价值判断的作家群体，其中以马原、格非、苏童、余华等为主要代表。

当马原、余华、格非等先锋小说家首次推出他们那具有新颖的艺术形式、独立异质思想的作品时，并没有太多人能够真正理解作品意义、把握作家的意图。其中主要的原因在于这些先锋小说确实在思想上与形式上都具有超越性与异质性的特征。小说中种类繁多的形式实验、技术技巧自然无需多说了，思想理念上的影响也来源复杂，既有外来的存在主义、精神分析学、魔幻现实主义、黑色幽默、结构主义等等，也有来自本土的中国式的虚无主义、宿命论、循环论……这些思想与形式的结合，将中国当代小说推向了一个新的境界。可以说，从这第一批的先锋小说开始，中国当代文学才真正与世界文学、西方文学接轨，中国当代作家在小说理念与形式技艺上才具备与世界文学"对话"的能力。

当然，具备这一"对话"能力的远不止这几位先锋小说家，我们单独把他们列出，主要还是因为这一批作家作品实现了对中国当代文学多年背负的枷锁的破除，超越了意识形态的、阶级斗争的、政治宣谕的种种局限性，从而回到文学本身，回到人性本身。比如余华的《一九八六》《现实一种》、格非的《迷舟》《褐色鸟群》都是典型的例证。

三、二十世纪八十年代先锋文学对"五四"精神的接续

客观地说，作为一种群体性的文学运动，二十世纪八十年代的中国当代先锋文学绝非仅仅局限于以马原、余华、格非、孙甘露等作家作品所代表的形式主义实验，其中还包含着勇敢的艺术反叛与技术革命，深刻的精神思考与现实批判。在这场先锋思潮中，以个体精神独立与自由为核心的现代启蒙主义仍是其本质诉求。

起初，在八十年代开放的文化语境，外来文化的新知识、新理

论、新元素不断注入中国当代的文化启蒙思潮中，使得启蒙思潮处于一个良好的持续开放、不断推进、自我更新提升的发展态势。随着学习与思考的深入，"到80年代中期以后，启蒙主义思潮的内涵也发生了深刻的变化，即其思想内核由启蒙主义向着存在主义的蜕变"①。对这个深刻的变化，学者张清华曾在论文《重审"80年代文学"：——一个宏观的文学史考察》对此进行详细分析。他认为："在80年代的语境中，这似乎是一个必然，因为对于整个的世界当代性文化思潮而言，启蒙主义只能作为'功能'范畴而出现，其作为'思想形态'的时代早已过去，而中国的作家和知识分子们无时不在幻想着与世界文学的对话——'走向世界文学'成为这个年代的一个神话。所以，必须以最快的速度占据当代文化与思想的高点，才有达成这种对话的可能。"②

因此，我们发觉，从八十年代中后期开始，在先锋小说、新潮小说、第三代诗歌运动中，文学凸显了"个人"的存在，张扬了自我的主体意识，文学的价值判断也由认知变成了发现，由坚信变成了质疑，由建立变成了拆解。

以上种种汇集成思想上的焦虑与躁动，促使作家们迅速地拿起了存在主义哲学、新历史主义等武器，并运用于文学写作之中，从而使得这种情绪得以暂时舒缓。

回顾中国当代文学发展历程，十七年文学、"文革"文学充分展现了中国农村现实、战争历史与革命经验，并强调了国家政治意识和主流意识形态。知识分子要么"放声歌唱"社会主旋律，要么沉默不语暗自神伤。直至十一届三中全会之后，社会拨乱反正，全面整顿与反思，知识分子整体上重新活跃起来，甚至趁着"平反"

---

① 张清华：《重审"80年代文学"：——一个宏观的文学史考察》，《文艺争鸣》2011年第18期，第14页。

② 张清华：《重审"80年代文学"：——一个宏观的文学史考察》，《文艺争鸣》2011年第18期，第15页。

的契机进入社会中心。知识分子尤其是人文知识分子的归来，带回了自我、独立、平等、自由、怀疑、批判、理性、人道主义、内心世界等精神气质，并将之融合进了二十世纪八十年代初的文化语境与时代氛围之中，于是，八十年代成为了"五四"之后的"新启蒙"时代，曾被"救亡"压倒的"启蒙"重新回归。

具体就文学而言，"回到文学本身"被提出，乃是立足于"纯文学"概念基础上的，试图使得"文学完全独立于国家、社会、政治、意识形态等等公共领域之外，从而是一个私人的、纯粹的、自足的美学空间"①，这也是文学摆脱现实政治束缚的有力依据与有效方式，因此，"集体"开始崩坏，个人叙事得以重新呈现。

八十年代初期，这种文学观念作为一种文学理想与追求在中国文学急于摆脱政治干预的强烈愿望与诉求中被建构起来。然而，由于过于强大的意识形态的力量，以及记忆犹新的历史教训，先锋作家选取了相对安全的形式主义探索的方式进入文学世界，并把这种文学观念推向了极限。这种独立自主的"纯文学"观念甚至被误解为是一种纯粹的"为艺术而艺术"的观念，这显然是对其单向度的认知与理解。在特定的历史境遇中，先锋作家们面对意识形态的纷争与博弈，无法书写现实、强攻现实，因此才选择了逃离现实而转向语言探索与形式实验。实质上，文学则以一种更为隐蔽、更为内在、更为自觉、更为人性化的方式存在并发生作用。当然，这种文学观念在九十年代后半期遭遇到了新的挑战与生存危机，这乃是后话了。

这便是先锋文学的出场背景了。直至先锋文学出现之后，文学大一统的观念与现实才被最终打破，先锋文学以一种决裂般的完全不合作姿态，从根本上背离了传统与理性，彻底放逐了现实与历史，并且以一个虚构的世界，瓦解了现实世界原本的秩序与结构，从而宣告历史理性的退场与现实世界合法性的崩塌。

———————————

① 蔡翔:《何谓文学本身》,《当代作家评论》2002年第6期, 第31页。

格非身上良好地呈现了这种变化，他的写作真正上道也正是得益于思想观念复杂转变的完成。其实，格非在先锋写作之前，也曾有过一段"现实主义"的创作时期。

> 我原来不是写先锋小说的人，我以前的小说一直都很规矩。……我记得我一开始写过一篇小说就是关于选举的，还有比如杀人案，什么公社书记杀了他的儿子等等，还有就是表现改革主题的，写了很多，但是我从来没有往外寄过，就是在公告栏上贴一贴。我一开始对恐怖小说很喜欢，我有一篇小说就是写一个人被杀，杀了三次没杀死。后来这些小说都没有收录到我的小说集里边，都是当时在我们的校刊、校报上发表过。[1]

可以说，当时格非的小说理念及创作实践与他的精神气质、知识构成以及价值体系并不是十分契合。这种"规矩"的传统小说甚至可以说是格非在大学期间一系列不太成功的文学练笔，尽管我们知道死亡、暴力、农村都与格非的童年经历有关联，但从根本上看，此时的格非写改革、写选举、写恐怖、写杀人案，仍然是"主题先行"并与己无关的写作。"虽然我读了很多的西方小说但是还是不能克服自己的习惯。……比如要表达一个主题，而不是表现自己，要表达的那个主题跟我其实一点关系都没有。"[2]

这自然与当时的主流意识形态对文艺创作的挟制以及传统现实主义文学的根深蒂固的影响有关，作家写作绝大多数还是基于现实、立足传统，受制于政治、历史、现实环境等因素。虽然从新时期开始，社会氛围、文化语境已经逐渐变得宽松开放，小说理论与观念也开始中西合璧，但我们看到文学主流诸如"伤痕文学""反

---

[1] 格非：《格非小传》，见《欲望的旗帜》，春风文艺出版社，2005年1月版，第279页。
[2] 同上。

思文学""改革文学"中的政治意图、"现实主义"思维方式都是显而易见的。直至不久以后"寻根文学""先锋文学"蔚然成风,小说观念才发生了根本性的革命。

就格非而言,他则要略微迟到一些,直至1986年他才"偶然"地创作了那篇"游戏之作"——《追忆乌攸先生》,从此开启了先锋文学写作之旅。

先锋小说一直被笼罩于形式主义的光环之下,"形式革命"所产生的广泛而深远的影响显然遮蔽了其背后的"意识形态涵义",人们大多在"向内转"的纯文学的话语体系中,从审美自律的角度对先锋小说的形式实验作单向度的批评与解读,而往往忽略了形式实验与社会现实、历史存在以及意识形态之间的复杂联动。事实上,解构的目的是为了重构,先锋作家的反叛实则是为自己的艺术理想与艺术探索寻找合法的依据,先锋作家的形式实验也并非脱离现实的艺术高蹈,它以隐晦曲折的方式行使着文学的社会功能。

学者洪子诚曾深入谈论"先锋小说"被遮蔽的另一层内涵:"它们(先锋小说)拓展了小说的表现力,强化了作家对于个性化感觉和体验的发掘;同时,也抑制、平衡了当代小说中'自我'膨胀的倾向。从这一点而言,其意义不仅仅是'形式'上的。当然,先锋小说那些出色的作品,在它们的'形式革命'中,总是包含着内在的'意识形态涵义'。"[①]这也就是说,先锋小说除了形式技艺上的美学意义之外,还有着内在的"意识形态涵义",而后者对"内容""意义"的消解,以及对非日常主题,如死亡、暴力、性等的关注,则必然与中国的历史背景、文化语境,以及"文革"遗留的创伤记忆不无关系。洪子诚认为我们应该看到先锋小说形式探索与内容深度的高度契合,而将先锋小说仅仅视为意义消解的语言游戏与叙事历险的看法是有失公允的。

以上,洪子诚的观点颇有创见。这是一种全面而客观的研究理

---

① 洪子诚:《中国当代文学史》,北京大学出版社,1999年8月第1版,第338页。

路，既肯定了先锋小说在叙事上的创新与探索，又揭示出先锋小说内在的"意识形态涵义"，从而改变了文学界长期以来对先锋小说偏狭的研究套路与思维定势。

我们回溯先锋文学的流脉，可以明确辨出其现代启蒙主义的思想逻辑与精神走势。即便是在现代主义的艺术主张下催生的文学思潮，依然以启蒙主义作为精神内核，体现出对人的个人本位价值的回归与凸显。譬如，追寻精神之自由，尊重独立之个体，肯定丰富的人性，以及探寻文化与价值重建的路径等。今天看来，这些都是先锋文学宝贵的精神遗产。正是得益于先锋文学不遗余力的启蒙与实践，中国当代文学才迅速转入个人化、日常性的发展轨道。

这场先锋文学运动的意义和价值是值得历史充分肯定的，它把握住了特定的历史机遇，不仅改变了中国文学既定的发展轨道，接续了"五四"文学的传统与精神，同时也创造了一个文学的黄金时代，为后人开辟了前进的坦途。当年，先锋文学那些离经叛道、旁门左道，今天已经成为后辈作家的宝贵的经验与重要的常识。先锋文学深入人心，但今天又似乎寂寂无痕，这也许就是先锋的意义所在。"它不一定要成为石头的纪念碑，但是一定会留存在文学中，在人心里。"①

所以，从二十世纪的宏观视野来看待先锋文学，我们可以更好地明辨，"作为一个运动或者思潮，中国当代先锋文学在根本上是对于'五四'现代性价值的一个重新确认，也是一个更为迫切的当代实践"②。尤其是在新中国成立后近四十年历程中，中国文学曾陷入了一个复杂而封闭的境地，并再次面临了一个与"五四"文学近似的危急关头。因此，"先锋文学"的意义与价值正是在这样的历史契机中突显出来。

---

① 张清华：《谁是先锋，今天我们如何纪念》，《文艺争鸣》2015 年第 10 期，第 29 页。
② 同上。

第二节　叙事的历险者与存在的勘探者

一、格非的独异性

在中国当代文坛，格非的名字是与二十世纪八十年代中后期那场轰轰烈烈的先锋文学浪潮连接在一起的。在这场文学革命中，马原、余华、格非被誉为中国先锋文学的"三驾马车"，他们的文学写作代表了"先锋"的艺术旨归与精神指向。

可以说，格非的文学写作之路既是先锋小说发展变迁的缩影，也是中国当代文学审美倾向与艺术探索向度的重要标志。因此，我们对格非其人其文的探讨与研究就必须在中国社会背景与先锋文化场域下进行与展开，同时，既要将格非作为先锋群像之一来考察，又要密切关注到格非小说的个性化特征。

格非的写作展现了一位纯文学作家持久且深入的精神追问与艺术探索。他有着成熟的文体意识与优秀的语言能力，这使他早期的先锋小说以形式实验著称，并凭借如梦似幻的叙事迷宫、精巧奇崛的叙事空缺、扑朔迷离的叙事圈套等，代表了先锋小说写作的高度与难度，同时，在格非那里，形式探索与内容深度又相互契合，两者构成隐喻关系，为中国当代文学开辟了另一种话语世界。

格非曾自述，他最初开始写作是因为被写作的自由所吸引，他说："我所向往的自由并不是指在社会学意义上争取某种权力的空洞口号，而是在写作过程中随心所欲，不受任何陈规陋俗局限的可能性。主要的问题是'语言'和'形式'。"[①] 从本质上说，先锋就是自由。这个自由应该理解为，不受任何束缚与压制，不墨守成规，不循规蹈矩。先锋是一直在路上的。只不过对格非而言，最初他选择的一种追求"自由"的路径或者方法乃是借助了写作中的

---

① 格非：《十年一日》，见《格非散文》，浙江文艺出版社，2001 年 9 月版，第 23 页。

"语言"与"形式"。这也是格非对二十世纪八十年代的文化语境做出的一个反应,他清晰地认识到,当前需要一种变革的小说形式来表达当代历史中崭新而混乱的现实图景。因此,格非扛起了语言与形式的大旗,以先锋的姿态开始了文学自由之旅。从表层上看,格非凭借"语言"和"形式"的方式对传统现实主义构成的秩序与常规进行激烈反叛与解构,从而获得写作上的解放和自由;实际上,从深层来看,格非是经由历史和虚构,进入了超越性的想象世界,探究现实世界里与人的存在相关的命题,包括"存在"还是"不存在"、"个体如何确证自己的存在"以及"个体的精神存在如何实现"的主题。格非在自己的"纸上的王国"里追问与思考这些相关命题,并试图寻找解决的路径与自我的定位。

"……作家试图通过写作来为自己在宇宙的时空中找到一个特定的位置……并非每个人都'愿意'或'能够'成为作家,因为并非每个人都对自身存在存有疑惑或追问。"[1]对格非而言,存在成为他写作的恒定主题。

因为对存在主题的关注,格非的作品显示出了孤寂的品格、玄思的意味以及出众的洞察力、准确性。在这个层面上,格非小说的意义并不仅在于形式美学,同样也在于内容主题上的丰满与深刻。

然而,我们发现一个事实。相对而言,格非的知名度一直是不温不火的。正如评论家陈晓明所言,"在所谓的先锋派群体中,格非总是被巧妙地放在中间位置,不那么突出,也不被冷落"。[2]"这或许是由于同其他新潮作家比较,他显出了过多的上海人和学院派的温文尔雅;既没有余华那种大刀阔斧直剖人性恶的果敢,又没有苏童那种将超现实直接组合进现实空间的勇气。"[3]

---

① 格非:《故事的内核和走向》,见《塞壬的歌声》,上海文艺出版社,2001年11月版,第33页。

② 陈晓明:《文学超越》,中国发展出版社,1999年3月第1版,第188页。

③ 张惠辛:《难以挣脱的彷徨——格非近作印象》,《当代作家评论》1989年第6期,第83页。

但是，陈晓明又坚持认为："他的作品总是有相当复杂的叙述结构，没有谁对形而上的生存问题像他考虑得那么深刻，那么坚持不懈，并总是能找到恰当的小说叙述方式。没有人像他那样，能在小说的叙述语句中，把复杂性和单纯性兼容并蓄。""多年以后，人们可能会意识到，在八九十年代并不红得发紫的格非，应该是 20 世纪存留下来的少数几个最杰出的中国作家之一"，"格非是这个时期最卓越的作家，一个真正意义上的未来大师"。①

在中国当代文坛上，格非这种不前不后，不温不火，不紧不慢的状态实在是颇有意味，这与作家的超越性写作、学院派风格、精英意识，以及作家本身的性情与气质密切相关。

二、叙事的历险

格非是一个文体意识很强的作家。在中国当代叙事艺术上不能忽略格非的突出贡献，因此学界重视并突出格非小说的叙事特征。但是，过于强调小说的形式革新意义与前卫的审美价值，反而忽视了格非小说内在的精神维度以及对现代人生存体验的思考。这是一种局限。对格非而言，他之所以选择某种特定的"语言"与"形式"，乃是源于他所要表达的特定的内容与主题。这也就是说："非此形式不能表现此内容，如果我们有新内容，就必须创造新形式。"② 还有学者为先锋作家辩解："这些热衷于形式探索的青年作家并不是一味照搬西方的理论，而确实是对中国当下的社会现实有强烈表达的需要，尽管有时他们的探索姿态因为过于前卫而使得人们的误解大于支持，我们还是应该承认这一批作家'捕捉住了漂游在整个人类精神疆域中不可祛除的诸种复调情结和深邃难解的人性

---

① 陈晓明：《文学超越》，中国发展出版社，1999 年 3 月第 1 版，第 188 页。
② 朱光潜：《诗论》，广西师范大学出版社，2004 年 11 月版，第 213 页。

冲突’。"①

因此，格非在写作中重视小说的叙事方式、反叛传统小说观念与写作技艺，以叙事历险、形式探索传达出对现实世界、历史与记忆、存在与时间的不真实感、不确定性、荒谬与破碎的状态等。这也是英国文学批评家 T·S·艾略特在评论《尤利西斯》时所持的观点：传统的小说模式一般指向并对接一个具有相对稳定性、确定性、连续性的社会秩序与社会现实，它难以表达"当代历史中那巨大的徒劳、混乱图景"②。于是，现代主义小说也就应运而生。

对格非而言，他始终在寻找一种谈论及书写变化了的社会现实与精神疑难的方式。他以足够的叙事智慧给我们带来一次又一次的叙事历险，呈现一个又一个形式先锋、意味深长的小说文本。我们来看他的中篇小说《时间的炼金术》。这篇小说颠覆了传统小说的叙事范式，小说叙事不按照时间先后顺序推动情节，而突破了时间的局限性，让时间在历史与现在、回忆与现实中自由穿行，在呈现人的欲望的同时引发对存在本质的思考。

《时间的炼金术》通篇是时间的跳跃和碎片，因此，展现出来的也就是感觉的碎片、现实的碎片以及真相的碎片。

"我"躺在床上想入非非，意识便不断地穿行在过去和现在之间，在少年时代的萌动、喧闹、火热与成年生活的孤独、冷落、背叛之间。其中既穿插了对乡村生活的追忆与遐思：对美丽少女杨迎的眷恋、对曾经的国民党上校杨福昌的怀疑、风骚的寡妇金兰、来路不明的张裁缝以及梳着齐耳短发的女教师；还描写了现实中"我"那岌岌可危、濒临破裂的家庭生活：妻子韩冰那赴不完的约会、红色的玫瑰花、暧昧的电话等。小说中的"我"分别以"观察

---

① 舒文治：《谈格非的〈唿哨〉——兼为先锋小说一辩》，《小说评论》1993 年第 5 期，第 48 页。

② ［美］艾布拉姆斯：《文学术语汇编》，外语教学与研究出版社，2004 年 8 月第 1 版，第 167 页。

者"和"回忆者"的视角来表现"现在"与"过去"两种时间内的破碎的场景与残缺的事实。小说就在时间的穿行跳跃中，以生活片断、记忆碎片的方式传达出对现代人的情感状况与生存境遇的深刻体察与思考，具有鲜明的后现代意味。这无疑是先锋小说家苦心孤诣的叙事探索。

三、存在的勘探

在二十世纪八十年代的先锋作家群体中，格非并非是最激进的一个，但无疑是最坚守的一个。他对存在真相的勘探，对语言、形式的迷恋，对智性写作的追求，纯净典雅的文风，平静而节制的叙事，等等，这一切使他成为中国当代文学中一个不可替代的存在。在先锋文学阶段，格非与余华、北村、孙甘露、莫言等同时代作家一样，大多书写诸如荒谬、虚无、暴力、人性、混乱等内容。有些作家的形式实验更为彻底，比如孙甘露的《信使之函》、北村的"者说"系列，在表现世界的虚无与混乱方面，更具有文本象征效果。然而，在这些先锋作家中，格非却是最为冷静、执着、坚决的。他在文学形式的外衣下，始终介入现实，并深入追问与勘探存在的本质。格非可以视为存在之境的探险者，他另辟蹊径，曲径通幽，从司空见惯的常态现实中发掘非常态的现象，并揭示其中深刻内涵。

比如说革命历史题材，曾是一个普遍的创作热点。在整个二十世纪的历史流变中，"革命"可谓某种集体无意识。在意识形态的教化影响下，大多数现代中国人，对于革命的想象是与崇高、牺牲、伟大等字眼相关的，然革命的真实面目因政治的遮蔽与历史的掩映而变得模糊不清，甚至面目全非。格非敏锐地对历史真实性产生了质疑，他对"革命"这类宏大的命题进行重新审视，试图还其本来面目。

《大年》便提供了一个生动的案例。一提起"革命"，人们立即会联想起一些固定的概念：诸如压迫、觉醒、反抗、浴血奋战、舍生取义、英雄精神、光明与胜利等等。尤其在中国传统文化的视野中，"革命"无疑具有明显的意识形态特征。我们看到格非的独辟蹊径与独树一帜。他看似漫不经心地跟随想象的集体无意识轨迹，在每一个貌似经典之处撕开一道裂缝，直至最终完全推翻原本固若金汤的认知与想象。格非挑战了人们的思维定势与想象惯性，并且颠覆了人们对世界的通常想象，以此传达出他对现实世界与现实秩序的质疑。而且，更为重要的是，格非由此发掘出潜隐于现实之下的晦暗地带，拷问隐秘的历史与真实，从而抵达了存在的本质，并暴露出粗粝、坚硬的存在真相。

　　《大年》是一个相当典型的革命历史文本。小说将故事背景设置在抗日战争时期，讲述一个村庄的农民因为饥饿难耐而在大年之夜哄抢地主粮食并引发武装暴动的故事。然而故事框架却不是我们所熟悉的红色经典小说的套路，故事里农民和地主的对立冲突并没有注入立场鲜明的阶级斗争内涵，而被归结于欲望的力量。

　　村子里游手好闲的豹子，因为生计潜入丁家大院偷粮被捉，由此豹子遇见了美丽的丁家二姨太，占有欲望开始堆积，矛盾与仇恨也开始集结。同时，匿藏于暗处的另一股欲望也在涌动。唐济尧利用鲁莽的豹子与丁伯高之间的矛盾，假借革命之名，除去地主丁伯高和盗匪农民豹子，而坐收渔人之利——占有了二姨太"玫"。《大年》披着革命历史小说的外衣，却摒弃了传统小说的二元对立模式，也并不遵循简单化的主流意识形态的历史叙述，反而从历史的缝隙与断裂之处独辟蹊径、另觅出路，将宏大革命的根由归结于欲望的角逐与利益的争夺，为我们展开了另一种全然陌生的历史图景。

　　格非在小说题记中写道："我想描述一个过程。"换言之，《大年》表达的重点不在于故事的结局，而在于呈现出一个鲜活、动态、全新的历史过程。格非以民间视角对宏大历史进行重新解读与阐释，从个人体验角度抒写带有主观性、偶然性、神秘性的历史印象，并且发现作为"结果"的历史与作为"过程"的历史两者之间存在着截然不同的巨大的差异，也许，这种差异背后潜藏的正是历史的真相与本质。

类似的写作还有莫言的《红高粱》，苏童的"枫杨树故乡"系列，刘震云的《温故一九四二》《故乡天下黄花》，余华的《一九八六》《活着》，格非的《边缘》《敌人》，等等。我们从这些作品中获取的可能并非是历史的真相，甚至是南辕北辙，大相径庭的结果，然而，我们必须承认，历史的真相只存在于现在与过去的对话与沟通之中，我们看重的是历史叙述中传达出的千姿百态的历史面相和丰富多元的历史经验。这些作家对历史的观念与态度，给我们提供了重新认识历史的多元视角和历史眼光。

格非作为一个文学创作者，一个人文学者，他的写作与研究常常互相印证，互为说明。他在《小说和记忆》里曾对写作这样比喻："写作只不过是对个体生命与存在状态之间关系的象征性解释。真正意义上的写作仿佛在一条幽暗的树林中摸索着道路，而伟大的作品总是将读者带向一个似曾相识的陌生境地。"① 具体地阐述开来就是，真正意义上的写作是作家对世界、对存在的寓言性表达，是在语词的密林中历经险阻，独辟蹊径，并抵达存在的陌生之地。对格非而言，写作是朝向陌生之地的叙事历险。

确实如此，自 1986 年发表处女作《追忆乌攸先生》至今，格非这三十多年的创作历程，充分展示出一位纯粹的先锋作家执着的艺术追求与自觉的文学使命。他在小说叙事历险中不断开拓当代汉语写作的生存空间，并且在形式探索中揭示出深厚的历史意蕴与存在哲思。他的小说世界，既有对人的存在与困境的探询与思考，又有独特鲜明的审美艺术个性，这就是一个神秘又丰富的"纸上的王国"。

---

① 格非:《写作和记忆》，见《迷舟》，花城出版社，2013 年 8 月版，第 188 页。

格非曾在 2014 年版的中短篇小说作品集中以《变与不变》为题作序，其中写道："编订、翻阅这些旧作，虽说敝帚自珍，但多少有点陌生感了，也时时惊异于自己写作在几十年间的变化。"① 格非坦承了自己的变化。其实，他在早年也谈过自己创作的转向问题。格非在创作对话中谈道："中国作家在经过了许多年'怎么写'的训练之后，应重新考虑'写什么'这一问题。"② 从"写什么"到"怎么写"，这是一个巨大的转变。在当时，这简直是匪夷所思的呼声，这自然还是基于中国文学传统对题材、主题、思想的高度重视。而事实上，在新时期的社会现实与文化语境下，中国文学确实急需一次彻底的解放。因此，先锋作家们响应时代的召唤，将写作的重心放在"怎么写"，使文学得以回到艺术本体。这才是真正意义上的文学先锋——一次次地从主流意识形态里出走，一次次摒弃核心价值理念——为当代汉语写作找寻新的出路与努力方向。

因此，在二十世纪九十年代，格非逐渐从先锋早期注重"怎么写"的形式实验，转向"写什么"的"存在与困境"的探索。他一方面将西方文化思想与现代小说观念深层内化，另一方面汲取中国传统文学资源，借鉴中国古典小说叙事模式，在日常化世俗化书写中，通过完整的故事情节、清晰的故事线索、个性化的人物形象描摹现实社会中人的存在及精神困境，并为之指出一条走出困境，抵达救赎的希望之路。

毋庸置疑，在漫长的写作之途，格非的先锋精神从未动摇，格非的存在之思也从未停歇。

---

① 格非：《褐色鸟群》，上海文艺出版社，2014 年版，第 1 页。
② 谢有顺：《我遇到的问题是整体性的——与格非谈〈人面桃花〉及写作问题》，《南方都市报》2004 年 6 月 28 日。

第三节　影响的焦虑：小说的歧途

一、影响的焦虑

今天我们回看先锋文学的历史及其代表人物，我们可以直接感受到当年的"先锋派"作家对"先锋"的桂冠是不以为意的，而且也没有作家是带着标签写作的。评论家为了相关研究、分析的针对性，才对其进行命名与分类。

就格非而言，我们将他称为先锋自然不会有什么疑义。正如前文所分析的，格非信奉"自由"的写作，秉承"先锋"的精神与气质，不懈勘探人的"存在"境遇。格非当年的所思所为的确是对时代的通常思想、常规秩序的一种挑战与超越，他与其他先锋同路人一道，拆解了世界原本的结构形式，重构了对现实的认知方式与视角，揭露了现实世界形式的虚伪与意义的匮乏，让我们更加辨清世界的真相与历史的本质，让我们更加重视内心的声音与无意识行为。格非始终对现实、对历史、对世界进行精神拷问，他那不懈的质疑与颠覆，直接暴露了现存秩序的虚无性、脆弱性与虚伪性，从而使得我们把握住存在的本质，看清自身所处现实的危机。凡此种种，构成了格非先锋立场的核心内容。

首先，我们要充分肯定格非对世界、历史、存在之思考的深入与透彻，他冷静地揭开了秩序井然的现实外表下所掩藏的无序、混乱、虚无与荒诞，呈现出身陷现实世界中的人的存在的卑微、无力与不由自主。格非以虚构的文学世界有力地撕毁了现实秩序的神话与谎言，让我们重新认识世界与存在的真相与本质。

我以为，没有人会怀疑格非思想的深度以及真诚度，然而，关键点在于：小说家作为一个存在的勘探者，他的使命并非仅在于勾勒世界的风景，更重要的还在于发现抵达风景的道路。对于时代之子而言，这个要求也许过于苛刻。因为时代与传统并没有为他们提供足够的精神养分与文化重视。尤其是经历了"十七年文学""文革文学"的历程，当代人的文化知识结构已变得十分贫乏而单一，个体存在的意义也被附着于诸如国家、民族、政治、革命等宏大主题上来。其实，在这宏大命题下，个体存在的信仰与追求是相当脆弱的，因为它忽略了与人的联系、与现实的联系。因此，新时期以后的国人，不得不面临着存在的危机与精神的困境。当神圣的精神家园一夜之间土崩瓦解，每个人必然要直面釜底抽薪后意义的废墟与存在的虚无。从这个角度看，格非及其先锋战友的写作自有其存在的合理性与价值性，它撕开了虚伪的外衣，让我们看到了世界光明与黑暗的同构性。然而，问题在于，仅仅发现与揭露存在的本相，还不足够于重建精神家园。当然，这里有时代局限性的影响，但事实上，这样的时代背景、历史积累、文化语境与思想状况，恰是中国当代文学最好的突围时机。同时，这也是时代对文学的考验。

其次，格非他们这一代作家还有着一个软肋，那就是原创性的贫乏。我们知道，这一代作家的写作始于对西方现代主义文学的学习、模仿与借鉴。事实上，这种学习与模仿，无论在哪个文学历史阶段，都实属正常。即使是在世界文学史上，这种对他者的学习与借鉴情况也是比比皆是。与前辈相比较，先锋作家们无疑是幸运的，因为他们恰逢一个文学的黄金时代，开放性地吸纳了西方现代主义文学资源，并收获了自己创造性的文学成果。然而，综合来看，无论是在文体、语言、形式技巧还是创作理念，先锋作家大多都还缺乏真正的独立性与个体性。后来，先锋作家在二十世纪八十年代末期逐渐寂寥消沉，一些学者甚至批评说："能玩的花样都玩完了。"这既是一个危险的信号，同时也是一个转变的时机。其实，当时的格非并不是迅速把握住了转变的机遇，而是在几乎穷尽了所有的道路之后才及时止步，并转换了文学的方向。

其实，当格非最初致力于形式实验时，尽管他在形式背后仍然探讨了形而上的主题，追问存在，思考真实性、确定性的问题，但他实际上仍然是远离事物本身的，是对社会和现实无能为力的。他对此也有过痛苦的疑惑与迷失，而且越来越感觉到这种疏离生活的姿态在当下的不合时宜。

格非迷恋小说语言与形式，他似乎并不缺乏对叙事艺术与审美艺术的兴趣与造诣，他的问题也许只在于：这形式实验的游戏应该深入到什么程度才止步？

在当时，作家们应该不是一开始就清醒、自觉地将这种对他者的模仿与借鉴视为一种必要的写作训练，更多的还是抱持着一种"震惊"体验之后的热情与好奇，以及一种精英意识与历史责任感，对社会旧秩序旧观念进行拆解与反叛。这也是先锋实验对于一位小说家的真正意义所在。

对于中国当代作家来说，二十世纪八十年代接受的来自异域的文学理论滋养与经典范本的指导，显得十分必要且意义深远。谈到对他者的学习与模仿，这是一个复杂多变并难以把握的问题。如果作家一味地陷于对他者的模仿与套用，那只能创作出缺乏创造性的仿作，并无太大意义。而作为一位具有强烈文体意识的作家，格非在其创作早期进行短暂实践后，他便娴熟地将西方现代小说里的各种手法、技艺运用于创作当中。直到九十年代中期，格非对自己已经游刃有余的写作方式产生了疲惫感，也对自己身处的社会氛围与文化语境产生了深深的质疑，这不仅意味着"模仿"与"借鉴"的结束，也导致了作家近十年的搁笔。

实际上，不少致力于先锋实验的作家都曾经陷入过"影响的焦虑"之中，他们纠结的问题是在经历了最初的模仿与借鉴阶段之后，作家怎么样摆脱外国作家或中国先锋前驱者的已有成就的影响，怎么样张扬自己的创作个性与本土气质，怎么样另辟蹊径，超越经典，走出一条属于自己的创作之路，这是他们面对的共同课题。

所以，从二十世纪九十年代开始，格非便开始了创作困境的突围。学者吴义勤在 1996 年题为《超越与澄明》一文中认为，在九十年代初，格非就已经漂亮地完成了艺术的转身："从 90 年度的《敌人》到 92 年度的《边缘》，格非几乎不着痕迹地完成了对既往艺术范式的全面突围，他不仅以清晰的时空结构和透明的情节线索消解了以往神秘晦涩的艺术倾向，而且还在对文本游戏色彩的抛弃过程中实现了风格由混纯向澄明的升华，并由此表现出了对'迷宫'式写作姿态的真正遗弃！"[①]

对格非而言，他好静多思的性情与舒缓清朗的文风，就预示了他面对这"影响的焦虑"时，思虑更深、更久。在九十年代中期《欲望的旗帜》之后，格非一度搁笔。他曾在自己的博士论文《废名的意义》中谈道："选择这个题目的初衷与我自己创作上遇到的问题有关。我自己的写作一度受西方的小说，尤其是现代小说的影响较大，随着写作的深入，重新审视中国的传统文学，寻找汉语叙事新的可能性的愿望也日益迫切。"[②]这里已经暗示了格非已找到解决问题的办法——在充分"汲取了异域的营养"之后，重回中国传统文学资源，转向中国抒情小说风格的趋势，直至 2004 年以《人面桃花》强势回归。《人面桃花》的面世是有着标志性意义的——标志着中国先锋小说家开始从西方的巨大阴影覆盖下走出来了，向内转向，重新回归中国传统，立足本土，以自己的方式重建具有中国气质与精神的文学。这种独立自信的姿态是中国当代文学健康发展与中国当代作家理性成熟的表现。

当格非不再沉迷语言与形式，而将真诚的目光投向他所熟悉的世界与人心时，他其实已经深入了社会内部。尽管作家个人的力量

---

① 吴义勤：《超越与澄明——格非长篇小说〈边缘〉解读》，《小说评论》1996 年第 6 期，第 19 页。

② 格非：《废名的意义》，见《塞壬的歌声》，上海文艺出版社，2001 年 11 月第 1 版，第 235 页。

与影响是有限的，但他已经"介入"了现实，并且形成了"一种召唤"，这便是当初先锋小说所无法企及的及物性、社会性与现实性。这也回归了文学原初与质朴的意义。

二、选择的困境

格非在他的小说世界里表现出对感觉化、寓言式写作风格的迷恋，他的《褐色鸟群》《青黄》《风琴》《迷舟》等再三演绎的都是一种叙事的循环与迷宫，一种历史的偶然性与不确定状态。然而，我们不得不承认的是，格非的许多作品能够在文学海洋里大浪淘沙后留存下来，主要的原因还是在于弥漫于作品中的既清奇又迷离的抒情气质，既简洁又典雅的叙事风格，而这些正是属于作家个性与气质的因子。

格非面对他者给予的"影响的焦虑"，就如同面临十字路口的选择，他该何去何从？在熟稔掌握外来的思维方式与表现方式的基础上，他凭借着高度的文化自觉，从中国古老文化资源汲取各种养分与元素，借鉴了中国现代文学传统中废名的文体探索经验，并用西方现代小说的理念与技艺重新整合，从而建构起一种新型的"中国式诗意"，讲述格非的中国故事。

在经历了二十世纪八十年代中后期的辉煌之后，中国当代先锋文学发生了很大变化，其中九十年代先锋作家群体的集体转向，是最饶有意味的现象。

我们看到，先锋文学的始作俑者马原突然急流勇退、销声匿迹，并逐渐淡出文学创作领域；先锋文学的勇猛闯将余华以其一贯的犀利敏锐，迅速从过去的艺术阵营中冲出，并开辟了自己的发展新路径；而格非作为先锋作家中重要的代表，他始终以自己沉静而内敛的性情对待周遭变化，他对小说的新思考与新创见则要在九十年代中后期，这与他本人的个性以及作品的风格是相一致的。

今天我们回看先锋文学，我们以为，即便是在先锋文学的鼎盛之时，它的弊端也是难以掩饰的。进入二十世纪九十年代后，随着社会文化语境的改变，作家审美创造力的贫乏，形式实验的"过犹不及"与"门可张罗"，先锋文学整体上出现了某种策略性的回调，这显然是一种复杂的文学自身的结构性调整。诸如此类的种种原因促使先锋叙事转型，而并非简单地概括为是对现实主义的服膺与回归。

　　先锋作家的集体转向可谓一个重要的文学现象，谁能一直沉湎于形式的实验，语言的狂欢？谁能在自己的时代一直忍受孤独与寂寞？谁能回避谈论与书写当下的现实与精神疑难？那么这种微妙的变化究竟是如何发生的？又是为何发生的？是由于先锋文学气数已尽？还是作家终于意识到了市场和读者的存在？我们今天又如何评价曾经红极一时的先锋文学？它对当代文坛的意义又如何？这便是我们接下来要谈论的问题。

第四章　文化转向与叙事转型

今天我们回看二十世纪八十年代先锋文学运动，越来越发觉它是相当不彻底、不成熟的。当年的先锋小说以其标新立异、特立独行的风格，在中国当代文坛可谓一石激起千层浪，掀起了一场由"写什么"转向"怎么写"的文学形式实验浪潮。然而，激情、自由、反叛的时光只持续了短暂的几年，便要宣告永远退出文学舞台？对传统与现实的挑战只是刚刚拉开帷幕，便要承认自己的败退？迅速崛起，又迅速销声匿迹，所有这一切都让人喟叹扼腕，同时也让人不得不用另外的眼光来审视这些先锋作家在八十年代的种种表现。

第一节　变化的缘起

二十世纪八十年代中后期，中国先锋小说的出现并不是一种偶然，既受到世界文学环境与资源的影响，也离不开中国改革开放创造的相对宽松的写作环境以及中国当代业已发生的各种文学潮流的铺垫与积累。对外开放使人们听到了"他者"的话语，西方几百年历时性经历的各种哲学思想与理念、文学理论与作品、文艺思潮与流派等铺天盖地共时性地涌进中国，强烈地冲击着我们固有的写作思想。于是，一部分人开始对传统现实主义文学的真实性、合理性

112

及不可侵犯性产生了怀疑。他们质疑、反抗、颠覆并创新，以一种决绝的姿态彻底颠覆了这种主流文学。"先锋作家把西方的现代主义、表现主义、心理主义、未来主义、新小说派、魔幻现实主义、后现代主义等各种各样的文学思潮都统统纳入他们文体实验的视野之内，中国当代文学的面貌由此发生了翻天覆地的变化。"① 因此，先锋的理念，以及随之而来的先锋的形式探索，开始成为新一代作家的写作主潮，从这里开始，中国掀起了近十年的先锋文学浪潮。

此次的文学浪潮对中国当代文学的贡献是巨大的，深远的。首先，它进一步否定了文学的政治"宣谕"功能，取消了文学的功利性，展现出当代小说写作的多种可能性，并且意味着中国文学开始真正进入世界文学的格局。

进入二十世纪九十年代，中国社会则进入转型加速期，政治、经济、文化、艺术等都相应地发生转型，作家们的小说创作观念也在悄然变化。

首先，"先锋就是自由""先锋就是反叛"，"先锋派"血液里固有的反叛性、异质性、先导性、变动性等本质属性决定了先锋作家们不可能固步自封、因循守旧，他们必须求新求变，不同流俗，时刻保持尖锐而彻底的文化批判精神。先锋小说以反叛正统，挣脱束缚，追求写作的自由与真实为己任，但却在消解传统写作套路的同时，陷入另一种僵化的模式化写作。这显然是一个致命的悖论。然而，中国先锋小说确实是在西方现代小说理论及经典作品的影响下发展起来的，对他者的模仿与借鉴在某种程度上限制了先锋作家写作的自由与创新。作品中博尔赫斯、卡夫卡、马尔克斯等西方文学大师的面孔清晰可辨。以至于，有研究者认为：先锋小说"是最经不起比较阅读的文本，我们可以读单个作家的单个作品，但不能读他的全集；可以读一个作家的作品，而不能把他放在先锋作家群体

---

① 吴义勤：《秩序的"他者"——再谈"先锋小说"的发生学意义》，《南方文坛》2005年第6期，第23页。

中去阅读"①。这里直指先锋小说类型化、模式化的弊病。事实上，先锋小说在创作主题、叙事手段上的文学实践已经违背了"先锋"本来的宗旨。这是先锋小说家们所不能容忍的缺陷，我们发现，这些当年的先锋弄潮儿其实洞悉了问题的症结。

叶兆言曾坦言："我们已经陷入小说实验室的囹圄，面对灿烂的世界文学之林，小说家惭愧而且手足无措。新的配方也许永远诞生不了。文学的选择实在艰难，大家在实验室里瞎忙一气，不是抱残守缺，便是靠贩卖文学最新的国际流行色。""小说的实验室很可能就是小说最后的坟墓。障碍重重，左右为难，除了实验的尝试和尝试的实验，小说家很难创造出自身以外的任何新鲜事来。""小说再也不激动人心，最后的道德感在崩溃，最后的故事情节在消亡。一切似乎都到了最后关头，如果我们不能再重新获得读者，坚守属于小说自身的最后的防线，小说的灾难就会演变为小说的末日。"②因此，对先锋小说家而言，从这个小说"实验室"中跳脱出来，则是势在必行。

其次，先锋小说的缺陷随着形式探索的深入而逐步凸显。过多的形式实验，损害了小说的意义；超前的反传统的写作特征，导致它无法获得大众普泛意义上的共鸣。比如《褐色鸟群》中的"晦涩"、《迷舟》中的"空缺"、《锦瑟》中的"迷宫"、《请女人猜谜》中的语言狂欢、《现实一种》的冷酷等等，这些无不给读者带来阅读接受上的障碍，考验着读者的智力与耐心。正如学者南帆所说："他们企图通过语言撼动世界，但他们所依托的支点难以承受世界的重量。"③因此，先锋作家们的叙事历险逐渐中断于冷眼与淡漠之中。他们只好重新找回"意义"的创作支点。

① 吴义勤：《秩序的"他者"——再谈"先锋小说"的发生学意义》，《南方文坛》2005年第6期，第24页。

② 叶兆言：《最后的小说》，《中篇小说选刊》1988年第4期。

③ 南帆：《文学的维度》，上海三联书店，2002年版，第223页。

第三，伴随着改革开放的深入，城市化进程的推进，市民阶层的壮大，审美趣味的改变，作家们切身感受到大众文化和消费主义带来的巨大的社会影响，作家的创作心态相应也产生变化，因此，也不得不应时而变，顺势而为。其中一个更为直接的影响因素就是，由于体制改革的原因，二十世纪八十年代先锋小说的主要发表阵地，如《昆仑》《漓江》《小说》等文学期刊相继停刊或者转型，这对先锋小说来说是巨大的压力和沉重的打击。

应该说，这场先锋文学革命唤醒了许多作家文体意识的觉醒。格非和他的先锋同道献出一部又一部玄奥晦涩、荒诞不经，却又具有魅惑力的作品。先锋作家们在大胆解构了传统小说模式之后，一度沉迷于技术的迷津中，但技艺的修为并不是文学的全部。他们很快意识到了小说形式与技艺的局限性，小说必须承载更多精神上的内容才能拥有永久的生命力。因此，先锋小说在经历了多次的尝试、震荡、突围和挫折后，应该重新回到人的心灵追问、存在感悟之中，应该回到人类的精神原野，回到对存在境遇的深度探测，提示并回答人们内心的焦灼与期待。

同时，经历了过多的形式历险与游戏，先锋文学也产生了"形式的疲惫"，陷入意义的虚无。因此，二十世纪九十年代之后，在社会重心、文化语境、审美趣味都发生了极大变化的背景下，先锋作家面临着艰难的道路选择，他们有的坚守文学创作的初心，始终保持纯文学的艺术品格与追求；有的进入了市场运作轨道，迎合商品经济与消费文化的需求；还有的作家选择了搁笔，从此在文坛销声匿迹。

当然，我们更多地看到，先锋小说家开始有意识地进行创作的调整与尝试——小说的叙事历险逐渐褪敛了极端的面貌，作家们纷纷撤离小说形式的实验场域，开始重新思考文学与历史、文学与存在之间的关系。先锋作家们经过技术上的调整，很快便携作卷土重来，清晰完整的故事结构、跌宕起伏的故事情节、晓畅平白的语言，都重新回到了小说叙事中。可以说，九十年代后的先锋作家们在经历了或长或短的沉寂之后，陆续在不同的写作变化中重新出发，创作了大批优秀的文学作品，比如余华的《活着》、苏童的《米》、格非的《欲望的旗帜》《人面桃花》等作品，它们褪去了极端形式的外衣后，真正实现了与现实的对接，显示出由"形式的先锋"向"精神的先锋"的转变。

在新时期文坛，格非的名字是和这场著名的小说先锋运动联系在一起的。他以"最年轻的先锋作家"身份出道，并且成为先锋小说家中的"三驾马车"之一，他连同他的先锋战友完成了中国当代小说从"写什么"到"怎么写"的根本性转变。格非的代表作《追忆乌攸先生》《迷舟》《褐色鸟群》《锦瑟》等以善于营造小说叙事的"迷宫"，制造无法填补的"空缺"闻名。他试图通过小说的形式探索抵达"存在"。这个时期的格非给人的感觉是一个不动声色的"智性"作家，他的写作兴趣在哲学或者说是"玄学"上。

自 1986 年开始，格非历经三十多年的文学创作，他的小说"在空间／时间、先锋／日常、理想／颓废、现代／传统、表现／抒情等方面，表现出一个当代作家对时代和个人关系的自觉反思"[①]。目之所及，格非作品数量并不多，其中长篇小说有七部，中短篇小说共计四十四篇，文学随笔、理论著作七部。综观整个创作历程，格非有变化之处，也有不变之处。迄今为止，其小说大致呈现出三种不同的样态。

在创作早期，格非以先锋的姿态步入文坛，他的作品现代派风格浓郁，形式先锋，内容晦涩，侧重对抽象层面的精神问题的思考，以形式探索表达人的生存体验，即历史的不确定性、现实的荒诞与虚无、秩序的混乱、存在的不真实感等等。譬如《褐色鸟群》《迷舟》《青黄》等。《迷舟》讲述北伐战争历史，小说中的"萧"去榆关之原因，被其部下鲁莽的六发子弹坐实成无法弥补的"空

---

① 梅兰：《格非小说论》，《文学评论》2016 年第 4 期，第 84 页。

缺"。"叙事空缺"使得这篇小说陷入巨大的谜团，真相最终隐而不见。而《褐色鸟群》则运用了典型的博尔赫斯手法，故事中复有故事，故事通向下一个故事，就像小径分岔的花园，总有下一幕风景呈现。这就构成了格非笔下扑朔迷离的神秘世界。这也是格非创作前期的"纸上的王国"。

中期是在九十年代前期，此时，格非写作中的先锋色彩渐减，风格逐渐澄明疏朗，内容上回归日常生活的琐碎表象，小说也变得平易好读，可谓小说先锋性与小说主题逐渐兼容阶段，两者相得益彰。譬如《敌人》《边缘》。发表于 1995 年的长篇小说《欲望的旗帜》，已无多少莫测高深的玄学色彩，开始逼近现实，以先锋手法书写新的时代问题，着力表现一个欲望化时代里人的精神贫困和信念沦落。格非那先锋文学的写作方法与其小说表达的颓丧堕落的现实相互契合，成就了一部应对时代剧变的精神档案。

格非在 1995 年完成长篇小说《欲望的旗帜》之后，在文坛沉寂了近十年。他几乎停止了小说创作，而将精力转移到中外小说理论研究上，并先后出版了多本文论集、评论集、文学随笔、理论研究等，如《小说艺术面面观》《塞壬的歌声》《小说叙事研究》《卡夫卡的钟摆》《文学的邀约》《博尔赫斯的面孔》《雪隐鹭鸶——〈金瓶梅〉的声色与虚无》以及博士论文《废名的意义》等。

格非事后曾谈及这近十年的搁笔，他认为"写作的问题只可能是精神的问题"。他说："……那段时间我出现了精神危机，被很多问题困扰着。甚至，有段时间什么都不想写，最喜欢的音乐听不进去，上世纪 80 年代，我们这批人总觉得自己身处在一个隐秘的中心。我们对热火朝天的社会带着嘲讽的眼光，认为自己掌握了真理，掌握了生活的精髓。在自己生活的圈子充满自信，自由地生活着。到了上世纪 90 年代社会变了，出现了另外一些人。这时我总有一种感觉文学的环境不再属于我们了。我对读者完全没有信心，没有办法满腔热情地去写作……我觉得可能会过去，只有耐心地等待。当时的心态像卡佛说的不抱希望，也不绝望。"①这里明确表明，作家遭遇了言说的焦虑与精神的危机。究其原因，其一是作家自身的原因。在早期，格非过于追求形式的实验，而忽略了文学的及物性，导致文本与现实的脱节与疏离，文本与精神、价值、困境无关，他的创作自然缺乏长久的生命力。其二，读者对先锋文学特立独行的风格、面貌由最初的新鲜好奇，到后来因形式实验愈演愈烈而产生"形式的疲惫"，读者最终弃之如敝屣。格非面对这冷遇与失语，必然要寻求突围。他终于意识到："中国作家在经过了许多年'怎么写'的训练之后，应重新考虑'写什么'这一问题。对社会现实和历史的麻木、问题意识的消失、意识形态规训下的贫乏等等，都是严峻的问题，撇开这些问题去谈叙事艺术是没有什么意义的"。②于是，作家开始思索"小说写法上的改变与调整""试着抛开那些我所迷恋的树石、镜子，以及一切镜中之物"③，苦苦寻觅一种适合当下的"恰到好处的形式感"。其次，因为作家遭遇的问题是一个整体性的问题——勾连着时代、社会、价值体系、文学语境以及作家自身等方方面面，所以在焦虑、困顿、自我怀疑的状态下，格非开始回归中国传统文化资源，从中寻找依托的根基与突围的路径。"这些年我一直在汲取中国传统小说和西方经典小说、现代主义小说等著作，其中对中国古典小说的理解还很欠缺，三十岁以后我花了大量的时间去研读历史，包括《二十四史》等。"④直至 2004 年《人面桃花》面世，我们明确感受到格非从内至外的澄明与清晰，作家彻底实现了创作困境的突围，迎来了创作的又一个春天，我们暂且将此阶段归类为创作

---

① 格非：《带着先锋走进传统》，《新京报》2004 年 8 月 6 日。

② 谢有顺：《我遇到的问题是整体性的——与格非谈〈人面桃花〉及写作问题》，《南方都市报》2014 年 6 月 28 日。

③ 格非：《序跋六种》，见《格非散文》，浙江文艺出版社，2001 年 9 月第 1 版，第 221 页。

④ 格非：《带着先锋走进传统》，《新京报》2004 年 8 月 6 日。

后期。

古有云，"冰冻三尺非一日之寒"。格非的这种转变并不是信手拈来，更不是一蹴而就，而是经历了漫长的积累与探索的过程。

在上世纪八十年代初，进入大学的格非热衷于外国文学作品，他的理由是："这得感谢感谢鲁迅，他叫我们一本中国书都不要读。我和其他作家差不多，都受到这个时尚的影响，在大学里从三年级开始基本上都读西方的小说。"①这是八十年代初期年轻的文学研究者的通病。直至格非面临写作困境与精神危机之时，才由原来"狂读西方的书"，转变为"系统地、大量地阅读中国的典故"，回到中国传统文化资源中汲取养分，其小说理念也逐渐改观。格非认为，要表达复杂的现实，要增加小说的丰富性，不必非得效仿西方的各种主义和策略。其实"中国传统小说中，很多问题都解决得很好"，"这会给我们带来新的视野"②。可以说，在九十年代，格非基于中国传统文学及文化的浩瀚资源，试图重建一种新的写作向度：在兼顾先锋性与传统性、现实性的前提下，将小说的形式美学与意义深度进行融合。"江南三部曲"的写作鲜明地呈现出这种新的写作向度。

从《人面桃花》开始，我们首先感到其外在形式的变化，先锋性逐渐退隐，以隐蔽的方式内化于文中，小说外在的面貌已渐渐向简朴、明晰回归，但这样的回归，又绝不是简单地回到传统文学的套路中来。小说内容上以故事性、思想性、现实性见长，对精神困境的思考也更深入现实、贴合时代，进而更加直接地追问内心关于存在的疑难，并且将西方先锋精神与中国抒情传统暗合，重构中国当代小说审美趣味。

自 2004 年至 2011 年间，格非相继推出了"江南三部曲"，包

① 格非、李建立：《文学史研究视野中的先锋小说》，《南方文坛》对话笔记一《新时期文学中的格非》2007 年第 1 期。

② 格非《学习海明威，写作很快乐》，格非的博客 http://blog.sina.com.cn/0gefei。

括《人面桃花》《山河入梦》《春尽江南》，这可谓格非创作后期的重要代表，从中可以见出其视野、志向及精神气质。这三部作品延续了对"乌托邦"母题的书写与探讨，其中的主要人物具有某种前后承续关系，因此也被评论界称为"乌托邦三部曲"。当然，"江南三部曲"中仍然还有先锋文学的痕迹，比如叙事的跳跃与空缺，小说氛围的神秘与压抑等，但总体上看，小说通俗易懂，语言风格简洁典雅，并且回归了日常生活，介入社会现实，思考抵达存在的路径——"乌托邦"的问题。

这三部长篇一经面世便引起文坛的重视与热议，其中的原因显而易见，一是先锋作家的余威尚存，二是格非近十年的创作沉寂，让读者对其抱有高度的关注与期待，当然，更为重要的还在于其总体文学风格令人耳目一新。

历史地看，在这三十多年的创作历程中，格非有变化者，亦有不变者，与其说格非的写作发生转型，毋宁说他的写作始终处于变与不变之间，始终保持着形式与主题的内在延续性，始终坚守自己的品格与气质，始终保留了一些不变的元素与因子，即对精神困境与欲望诗学的关注与思考，其实，从本质上看，这就是对人的存在的执着沉思。

随着历史车轮不可逆的前进，时代在变，社会在变，人心在变。那么，在变化中，真实的问题仍旧在折磨着每一个作家。什么是真实？如何回到现实？我们所看到的现实，是这个世界的真实吗？真实正在变成一个梦想，当这个梦想无法获得证实时，先锋作家们普遍感到一种精神无所依托的恐慌和焦虑，因此，他们有的皈依了宗教，有的回归了传统，都是试图在文本中重建新的世界图景作为精神家园。如格非的桃花源世界，北村的精神迷津，余华的人性寓言，苏童的欲望之流等。或许他们选择的文学突围的方式不尽相同，但他们在精神上都是始终保持先锋的姿态，观照人类的存在与精神危机，并试图找寻解决问题、实现救赎的路径。乌托邦诗学就在这个时候吸引了包括格非在内的作家群体的注意力。

第二节　格非的变与不变

二十世纪九十年代以后，格非的写作逐渐发生了令人瞩目的变化，对此，格非曾在题为《变与不变》的代序言中有过清晰的表达："编订、翻阅这些旧作，虽说敝帚自珍，但多少有点陌生感了，也时时惊异于自己写作在几十年间的变化。"①

> 我过去认为文学可以帮助社会进步，可以揭露某种真相，可以揭示某种真理。可是到了80年代，我发现文学可能更重要的是关注我们自身对生命的理解。在这个问题上，东西方对此有完全不同的解释。②

我们发现，格非十分坦诚地谈到自身文学观念的转变，他的关注点转移到人的生命与存在，他找到了与自身价值体系、精神追求相契合的表达对象。此后，"向内转"的叙述方式与"向内看"的关注人的精神与自我的思想主题，便成为他的写作中持续稳定的内核。实际上，格非写作的内核还是与先锋精神暗合并同构的。

其实，二十世纪九十年代以后的中国文坛，对格非的创作转变存有截然不同的评价，有的为其"先锋不再"而扼腕叹息，有的视其回归乃现实主义的胜利。综合来看，各种文学评论的焦点在于"先锋延续"与"回归传统"这两个关键词上。

事实上，我们发现，格非的作品从1989年的短篇小说《风琴》开始，便已经出现了一些值得注意的变化。《风琴》尽管走的还是

---

① 格非：《褐色鸟群》，上海文艺出版社，2014年1月第1版，第3页。

② 格非：《用稀缺的精英立场写小说》，《时代周报》2010年6月16日。

先锋文学的老路数，但小说内部其实已经出现了一些崭新的思想元素。后来，这种微妙的变化在《敌人》《边缘》《欲望的旗帜》中得到进一步显现。

一、从精神困境到日常救赎

在格非的创作历程中，作家那冥想型的气质、郁郁寡欢的面相，与其笔下的作品主题及风格是非常协调一致的。格非始终关注知识分子的命运，揭示知识分子的精神欲望、困境与危机。从早期的《追忆乌攸先生》开始，到《边缘》《欲望的旗帜》、"江南三部曲"等，他的作品写尽了百年来中国知识分子精神历程，这都体现出格非向内的关注与考量，他试图从知识分子的视角阐释此时的事物，表达出对时代和个体关系的自觉反思。

在格非早期的先锋小说中，小说的语言、结构、意象、叙事是作家特别关注的文学因素。这些二十世纪八十年代的作品，没有清晰的历史背景、时代特征，没有鲜明的人物形象，没有完整的故事情节，小说家就基于这模糊的线索与形而上的立场，开始深层的精神探索。尽管小说的意图覆盖于各种形式策略之下，但是我们还是可以轻易把握作家的写作意图——表达个体与世界的紧张关系，作品中人与社会、历史、命运、欲望、自我之间的分裂与错位俯拾即是，因此，人的精神苦痛、悔恨、浮躁、空虚、困顿等问题随处可见，随之而来的种种失败与死亡也就成了这些精神困境与危机的注解或者是解脱。

九十年代后的格非告别了"先锋神话"，试图在虚构的世界里梳理当下的精神现实境况，并由此开始了严肃的创作转向。在格非后来的小说中，同样的写作命题被内化入现实生活领域，并赋予了人性的内涵，乃至具有了强烈的社会现实意义。同时，"现实"的威力更为粗暴与强悍，对主人公的精神碾压更为彻底与深重。相对于格非早期作品里隐晦的现实与显而易见的死亡，格非九十年代后的作品中更多地出现破败厌倦的情绪，灵魂虚无的处境。

比如《欲望的旗帜》，哲学界泰斗贾兰坡教授的自杀，子衿的谎言，曾山的迷惘，张末的爱欲纠葛，欲望成为压倒性的因素，摧毁了人类的精神家园，用作者的话来说，他是以此测量当代人精神废墟溃败的程度。

再比如《不过是垃圾》中亿万富翁李家杰"是在厌倦中死去的，不想在这个世界上留下任何痕迹"[①]；"也许，我们每个人在心底里都想过别人的日子，这就是这个世界的根本悖谬所在。"[②]我们安身立命之所是如此的脆弱，不堪一击。

《春尽江南》，格非写出了诗人之"死"，实则是虽生犹死。在日新月异的新时代，"'诗人'这个称号，已变得多少有点让人难以启齿了"[③]，诗人"端午竭尽全力地奋斗，不过是为了让自己成为一个无用的人。一个失败的人"[④]。

这些作品显然对接了当代中国的社会现实，传达出作者对中国现实与经验的深入思考。格非是一个相当自我的作家，他常常情不自禁地将自己的精神气质、自我感受投射在文本及人物当中，从而使得自己的作品与社会现实构成"重要的隐喻和象征关系"[⑤]。其实，这也是作家与作品中的主要人物构成的一种间接的互文性关系。在其林林总总的作品人物中，我们都可以感受到隐含着的作者的男性身份——一位具有沉思冥想气质的郁郁寡欢的知识分子，在时代的洪流中苦苦挣扎而不得，最终寂寂无声，黯然落幕。《让它去》《不过是垃圾》《蒙娜丽莎的微笑》《隐身衣》《望春风》中都有

① 格非：《不过是垃圾》，春风文艺出版社，2007年10月第1版，第246页。

② 格非：《蒙娜丽莎的微笑》，海豚出版社，2010年10月第1版，第109页。

③ 格非：《春尽江南》，上海文艺出版社，2011年8月第1版，第61页。

④ 格非：《春尽江南》，上海文艺出版社，2011年8月第1版，第13页。

⑤ 格非：《废名的意义》，见《塞壬的歌声》，上海文艺出版社，2001年11月第1版，第236页。

精神面貌相似的男性主人公，他们构成了具有鲜明特征的格非式的人物谱系，作家通过小说中的人物传达出他对世界隐喻性的寓言式的看法。

作为"学院派作家"，格非具有强烈的知识分子使命感，他十分关注时代精神的变化与知识分子的精神境况，他书写知识分子的灵魂堕落、失败命运以及生存困境，并对此进行了沉痛的反思。

自二十世纪九十年代以来，中国知识分子的社会地位、作用与价值已是江河日下，他们不仅无法继续充当精神领袖和启蒙者的角色，而且一再地被边缘化。因此，在商业文化背景下，对知识分子自身的精神问题的思考与探索，成为中国知识界的首要任务。

格非的"江南三部曲"则将对知识分子的精神反思放置在中国晚清以来风云变幻的百年历史中，既描写了激进主义思想掀起的社会运动，又表达出对时代浪潮中或与世沉浮，或遗世独立的知识分子深切的同情，揭示出中国的命运与知识分子精神存在之间的密切联动关系。具体来说，这三部作品对接了中国现代化进程中的三个不同历史阶段：国民革命初期、上世纪五六十年代、改革开放后，对其中的历史背景、社会现实的描写也只是轻描淡写，浅尝辄止，然而，作家向现实靠近的意图是明显的。"当历史正在进入一个实利时代，怀想和追问一个远逝的梦想（梦想正是另一种形式的乌托邦），这对于重新思索中国人的生存境遇和精神出路，有着不容忽视的价值和意义……有意思的是，格非并没有在小说中沉湎于乌托邦的玄想之中，而是处处表露出渴望回到个人生活的真实图景中的冲动。"① 这是一个作家成熟的表现。经历了先锋"写作训练"之后的格非，从中国传统文化资源里汲取养分，并借以阐释当下个体存在的境地与问题。格非在精神追问中认识到，"一切精神生活的幻象将归于日常生活的安慰。后者终将收留前者。这是格非从传统文化的浸染中得到的向内超越的启示，也是格非与现实的一种

---

① 谢有顺：《格非长篇小说点评》，《南方都市报》2005年2月28日。

妥协。"①

卷帙浩繁的"江南三部曲"涵盖了中国追寻现代经验的百年历史，从《人面桃花》中辛亥革命的背景，转入《山河入梦》里上世纪五六十年代政治意识形态鲜明的新中国场景，再进入上世纪末市场经济浪潮中的发展中国家空间，讲述了家族三代人的理想与追求在坚硬的现实世界中如何被蔑视与被摧毁的故事，可谓知识分子的精神成长史。在波诡云谲的时代风云中，个体面对梦想、欲望、名利、追求等，如何陷入，又如何解脱，最终留存的却是生命的日常与素朴的面相。

《人面桃花》里的秀米要为天下造一个桃源世界，然而她的乌托邦梦想最终破灭。她的内心无人了解。经历了革命、失败、入狱、出狱之后的秀米，缄口不言，遗世独立。然而，"禁语"这一章是全书最温暖与最诗意的，其中对日常生活本身琐屑细微、真切可亲的质感表现得淋漓尽致，这便是秀米一生中最平静与幸福的生活。

"她还是第一次正视这个纷乱而甜蜜的人世，它杂乱无章而又各得其所，给她带来深稳的安宁。"②秀米第一次发现了生活之美。她退回自己最后的庭院，种花草，读闲书，观星象，访古梅，像一个古代士大夫那样过着隐居的生活。她还学会了种菜、洗衣、绱鞋、筛米、打年糕、剪鞋样、纳鞋底等作为女人最普通最实在的事。人世如此温暖，生活如此真实。秀米获得了内心的平静，也开始了对命运的禅悟。往事历历在目，"她觉得自己就是一只花间迷路的蚂蚁。生命中的一切都是卑微的，琐碎的，没有意义，但却不可漠视，也无法忘却"。"原来，这些最最平常的琐事在记忆中竟然那样的亲切可感，不容辩驳。一件事会牵出另一件事，无穷无尽，深不可测。而且，她并不知道，哪一个细小的片刻会触动她的柔软

---

① 梅兰：《格非小说论》，《文学评论》2016年第4期，第85页。
② 格非：《人面桃花》，春风文艺出版社，2004年9月第1版，第233页。

的心房，让她脸红气喘，泪水涟涟。"①这些往事，原以为不曾经历，亦从未记起，却一刻也无法忘却。精神的躁动、困惑与危机最终终结于琐屑的日常生活，乌托邦梦想最终回归了生活本真及生命存在。在历史行进过程中，日常生活承担了救赎的功能。

让我们再来看《春尽江南》里的绿珠。绿珠，这个涉世未深的善良女孩，她似乎要与现实世界及常态秩序为敌，她苦苦寻觅人生的意义，追求内心的梦想，却在现实实践中节节败退，"大自然基金会"实质上是一个名利的头衔，云南"龙孖"项目也无非是一个变了味的花家舍。她并未意识到，在追名逐利欲望横流的当下，乌托邦的梦想根本没有任何栖身之所。所以，绿珠最终决定去做一名普通的幼儿园老师。她给端午来信："几年来的漂泊和寄居生活，让她感到羞愧和疲惫。她希望在鹤浦定居下来，过一种踏实而朴素的生活。她还强调说，在当今时代，只有简单、朴素的心灵才是符合道德的。"②这也标志了日常生活对人心的救赎。其中隐藏了格非对乌托邦的一种理解和思考。

而诗人端午俨然是一位不合时宜的具有中国传统文化隐士品格与气质的现代人。他在世俗面前处处碰壁，然而始终独守一份生命的自然与超脱，他能从理论上对社会现实作出客观精要的总结与评点，但在生活中却对房产的纠纷，婆媳的矛盾，儿子的教育，妻子的出轨等种种问题束手无策，无能为力。用妻子的话来说，他"竭尽全力地奋斗，不过是为了让自己成为一个无用的人。"③在这诗性隐匿的年代里，以谭端午为代表的知识分子已经无路可走。这也是作者无比灰心与失望的判断。而妻子家玉，这个努力跻身时代洪流的律师，却在名利的欲望中迷失，直至身患疾病，才幡然醒悟，回到生命最初的本真状态，表现出人的尊严。

① 格非：《人面桃花》，春风文艺出版社，2004年9月第1版，第246—247页。

② 格非：《春尽江南》，上海文艺出版社，2011年8月第1版，第372页。

③ 格非：《春尽江南》，上海文艺出版社，2011年8月第1版，第13页。

"江南三部曲"以几代人的乌托邦构思与实践为内在主线，考察了知识分子的精神世界，描写了中国人的向内超越之路，其中日常的救赎力量得到彰显。在"现实"的压力之下，落魄的人物却在日常生活中找寻到精神的平静与自足，乃至安身立命之本，例如失败后一无所有的秀米、亡命天涯的佩佩、仕途无望的谭功达、不合时宜的谭端午，皆是从最朴素的现实日常生活中获得生命的自足与精神的依托。

　　当然，在中国，对"日常"的审美与书写是有着曲折命运的。就中国当代文学而言，在文学新时期之前，"日常"的主题在各种类型的文学作品中，都被不同程度地概念化、模式化、意识形态化。现代文学阶段的周作人的"文化"日常、沈从文的"闲笔"日常、张爱玲的"都市"日常等等，都是不被当时的社会主流所接纳的。

　　直至二十世纪八十年代后期，新写实小说的出现才标志着纯粹的"日常"生活经验重新回到我们的视野。进入九十年代以后，中国当代小说中的日常生活书写与审美抒情逐渐成熟发展，并出现了一批批优秀的经典作品，比如《马桥词典》《许三观卖血记》《平原》《一句顶一万句》等等，既展现了风土人情、方言习俗、地域特点、传统文化等方面，又从日常生活与普通人性的角度阐释历史与人生。这不仅是对中国当代小说审美维度的拓展，也是对中国当代文学宏大叙事与功利性写作的反拨。

　　格非的"江南三部曲"从精神探索出发，最终驻足于日常生活的救赎，这显然是一种与以往宏大的历史叙事立场相疏离的文学书写。但我们也要清晰地看到，格非从精神困境到日常救赎的转变，并不是纯粹地回归到世俗日常的抒写上来。格非对"日常"的接纳至少有两个层面，一是对以《金瓶梅》《红楼梦》为代表的中国古典小说传统的回归与呼应；二是基于现代性批判的背景，以日常伦理与世俗精神来对接当下的社会现实。这两者的交融结合才形成了格非那兼顾文学的"及物性"与"疏离感"的日常书写。

二、从形式策略到抒情传统

正如前面我们所分析的，格非的创作历程并非坦途，其中的高低起伏，起起落落，常常有柳暗花明之意味。尤其是格非在九十年代中期后近十年的蛰伏沉寂，今天看来，那是他在为写作积蓄深厚的文化根基，建立新的写作向度。

先锋作家受西方现代小说影响极深，他们采纳的各种小说理念、形式与技法，也大多来源于西方现代派，比如现实的荒诞性、意义的不确定性、视角的个体性、意识的流动性、语言的陌生化、结构的空间化、情节的跳跃性，等等。这些手法虽然有着出色的表现力，但如果不基于对现实的观照与丰满的审美主体之上，那么，现代派手法则无法直接抵达中国现实与中国经验。这个"软肋"尤其体现在长篇小说创作中。

对格非而言，一方面，西方现代主义小说的影响已经深入骨髓，对"空缺""迷宫""重复"等技巧的使用是炉火纯青、游刃有余。另一方面，中国古老文化、文学资源以及中国现代文学传统里京派作家废名的文体探索经验深刻而全面地改变了他原本的文学观念。

整体地看，作家的写作一般总会有着相对固定的内核，即，写作中始终不变的主题与气质。对格非而言，他的写作内核是精英知识分子对存在命题的思考。这种精神立场与人文气质不仅来自西方文学的熏陶，也汲取了中国传统士大夫文人的精髓。"（格非）纠合了现代西方各种思想与观念的作品，同时，他也自觉地传承了兰陵笑笑生和曹雪芹们所创造的中国叙事传统……他是中国固有传统与现代的双重意义上的知识分子性的自觉传承者。"[1]

格非早期被冠以先锋的作品显然是惊世骇俗的，其中迷宫式的

---

[1] 张清华：《知识，稀有知识，知识分子与中国故事——如何看格非》，《当代作家评论》2014年第4期，第84页。

结构、空缺的叙事、迷离的故事、荒谬的情节、神秘的氛围等等，都是先锋文学鲜明的艺术特征。进入九十年代后，格非的作品表面上现实性加强了，事实上，依然延续了先锋的品格。比如，《敌人》里自始至终都未露面的敌人，《欲望的旗帜》中始终未解的贾兰坡教授的死因，《隐身衣》那"悬念丛生的无头案"，这些俨然是典型的叙事空缺。此外，格非的小说中还运用了大量的跳跃、重复、闪现等先锋技巧。

尽管九十年代以来的格非小说依然保持了先锋的品格，但总体还是令人耳目一新，尤其是进入新世纪后，格非小说中的传统因子则更为明显。我们发现，格非的写作修复了几近中断的中国小说叙事，从小说的结构、内容、技法、语言、时间理念乃至审美格调上，都回到了隐匿许久的中国传统。这里有必要对"传统"作说明。格非眼中的"传统"并非是落伍、僵化、因循守旧的历史"遗产"，而是需要无数个"当代"不断发现、激活并丰富的"历史沉积物"。

格非在新世纪初以《废名小说的叙事研究》作为博士论文，这一选题是与他当时的创作困境有关的。他坦承："选择这个题目的初衷与我自己创作上遇到的问题有关。我自己的写作一度受西方的小说，尤其是现代小说影响较大，随着写作的深入，重新审视中国的传统文学，寻找汉语叙事新的可能性的愿望也日益迫切。"[1]

格非并未否定西方现代小说对其创作的深刻影响，但他也逐渐意识到中国传统根性的重要作用。他曾在《中国小说的两个传统》中谈及："不管当年的现代性启蒙如何极端，小说的传统资源还是顽强地参与到了近现代文学变化的历史进程中。整个中国近现代的文学固然可以被看成是向外学习的过程，……也可以这么说，在中国古代的小说史中，还没有一个作家能够完全自外于这种

---

[1]　格非：《废名的意义》，见《塞壬的歌声》，上海文艺出版社，2001 年 11 月第 1 版，第 235 页。

共时性的向内／向外的双向过程。"① 这是对中国小说发展历程中所受到的内外影响的客观看法，既肯定了他者的辐射与浸染，也强调了自我根深蒂固的因子。新世纪以来，格非在访谈中多次谈到对中国古典小说传统再认识的问题，他认为"好的小说都是对传统的回应"②。

显然，格非对待传统的态度是鲜明的，任何优秀的作品都必须置身于自身的文化根基与审美传统中，这使得作品具有更强大的生命力与创造性。然而，格非回归中国传统文学资源，自觉地重构小说的抒情传统与审美经验，并非意味着简单地退守传统，而是重建——"重建，是要将传统中的文学资源做现代转换"③。从某种意义上说，在现今全球化语境下，格非重建当代小说与传统文学的关系，也是一种勇敢而别样的先锋写作姿态。具体地说，他的小说既从知识分子的视角坚守现代性批判的立场，又立足本土吸取中国传统审美经验，这两者有机结合便形成了格非式的审美重构。这种重构直指先锋派的现实意义缺失与文化无根的历史遗留问题。

这种写作倾向在新世纪以来的"江南三部曲"、《隐身衣》《望春风》中得到充分的实践与展示，中国古典小说的艺术手法随处可见，比如白描手法、借景抒情、诗词典故的化用、草蛇灰线的布局谋篇、书信日记的嵌入、俗文学的悬疑情节、循环往复的时间轮回等。

2004 年面世的《人面桃花》，则标志着格非抒情与审美经验的重构，开始讲述"中国的故事"。其中，小说中插入了大量张季元的日记、父亲陆侃的遗稿，此处便是对书信、日记传统叙事功能的继承，这既是一种自我情感的抒发，一种内心世界的披露，也是减

---

① 格非：《中国小说的两个传统——格非自述》，《小说评论》2008 年第 6 期，第 44 页。

② 丁杨、格非：《好的小说一定是对传统的回应》，《中华读书报》2007 年 2 月 14 日 005 版。

③ 余中华：《重建与古典文学传统的关系——格非论》，《理论与创作》2008 年第 2 期，第 83 页。

慢小说叙事节奏、增强抒情气氛的策略。同时，这种写法也让读者更加接近故事的真相，乃至作家眼中的历史真相。《山河入梦》中佩佩在逃亡路上给谭功达的书信，那便是女子细密如麻的心事泣诉，这才让赋闲的谭功达幡然醒悟，冒险的书信揭开爱情的面纱，然而，一个流亡者与一个逃亡者内心相爱却终生错过了。

其次，小说语言摒弃了先锋早期创作中欧化痕迹较浓的叙事语言，而通过整合诗、词、铭、记、志、史等多种中国古典叙事资源，形成一种既有浓郁的古典诗词意境，又有文言散文遗风的现代叙事语言。《人面桃花》中诗词、戏曲戏文频频出现，既为小说增添古朴典雅之风，也暗合了小说中人物的心事与命运，这种互文性的书写，使得小说意蕴深长。

第三，小说设置了大量的意象，如金蝉、瓦釜、冰花、苦楝树和紫云英的阴影，既有中国古典意象之美，又具有影射人物命运之意，两者相得益彰。《山河入梦》里始终浮现的苦楝树和紫云英的阴影，竟然暗藏着姚佩佩对谭功达的一片芳心。这个意象之"意"直至最后姚佩佩袒露心扉才得以明示。

> 就在这个时候，我又看见了远处那片紫云英花地。哦，紫云英！我看见花地中矗立着一棵孤零零的大楝树。恰好，一片浮云的阴影遮住了这棵树。我心里忽然一动，就把眼睛闭上了。心里想，现在我把眼睛闭上，我在心里默默地数十下。如果这事真的能成，等我数到十下的时候，睁开眼睛，就让这片阴影从大楝树上移走吧。可我闭上了眼睛，就再也不敢睁开了。足足等了七八分钟之久，当我睁开眼睛一看，天哪！那片阴影还在那儿……
>
> 它还在那儿。一动不动。而在别的地方，村庄、小河、山坡上，到处都沐浴着灿烂的阳光。苦楝树下那片可怜的小小的紫色花朵，仿佛就是我，永远都在阴影中，永

远。它在微风中不安地翕动，若有所思，似火欲燃……①

这无疑预示了姚佩佩与谭功达相爱相知却终究不得的情感命运，令人伤感不已。

此外，还有颇具神秘诗性的叙事结构，循环混沌的时间观念，触景生情、情景交融的写作手法等。小说刻意模仿《金瓶梅》《红楼梦》等古典小说以及古代俗文学的悬疑笔法，将风雅的诗词歌赋点缀于刀光剑影、儿女情长之中。《人面桃花》中喜鹊学诗，更是对《红楼梦》中的黛玉与香菱的诗文唱和情节的借鉴。其中尼姑韩六的醒世警句"其实，我们每个人的心，都是一个被围困的小岛。"②在"江南三部曲"中隔空呼应，既是作者的感触，也是人物的心境。此时，人类的迷惘早已跨越了时空界限，归结于此。

格非在中西文学资源影响下，探寻出一条既承续过去又融入新机，既有鲜明的现代精神又有古典小说韵味的当代汉语写作的诗性之路。这可谓格非在新世纪以来主要的文学成就，他在中西文学资源的基础上，完成了中国文学的抒情与审美经验的重构，修复了中国传统的小说叙事技艺。

三、欲望的沉沦与升华

在三十多年的创作历程中，格非始终有着恒定的思考，比如对欲望的书写，当然，"欲望"的问题带出了"精神困境"的问题，以及人的存在的问题。尽管在格非前期的先锋小说中，形式实验是小说夺目的外衣，但是小说深层探讨的依然是欲望的问题：勃发、被压抑、被挫败。他中后期的小说则让欲望直接走到了小说的前台，展现出"欲望"横流的现状，对欲望主体进行审视与批判，并

---

① 格非：《山河入梦》，作家出版社，2007 年 1 月第 1 版，第 345 页。
② 格非：《人面桃花》，春风文艺出版社，2004 年 9 月第 1 版，第 275 页。

深入思考如何安放欲望的问题。我们可以清晰看到，就"欲望"书写来说，这是一个从隐到显，从浅渐深，从抽象到具体的过程。前期，格非的小说侧重于表现抽象的形而上层面的精神境况，而九十年代中期以后，小说变得具体而形象，直面社会的欲望以及人的精神困境，并思考存在的问题。

《欲望的旗帜》是格非欲望书写的重要文本，作家显然试图以此绘制一幅中国当代知识分子的精神画卷，并探测当代人的生存迷津、精神废墟的程度。"它只是一把刻度尺，我想用它来测量一下废墟的规模，看看它溃败到了什么程度。"①

在格非的创作历史上，《欲望的旗帜》必定是一个重要的标志物——格非的写作转向对现实社会的堕落与颓败的正面批判，对人心的迷惘与自我的迷失的深刻反思。此作品巧妙地从一次学术会议讲起，通过塑造一系列当代知识分子群像，描写他们纷繁的学术活动和日常生活，复杂的情感和难抑的欲望，借此表达作家对社会现实、文化语境、精神生活等的关注与思考，俨然一幅人文知识界的浮世绘。

"欲望像一面升起的旗帜"，迎风猎猎，昭告世人。那么，在欲望这面大旗的召唤与指引下，人们该去向何方？这篇小说不仅书写了人们形而下的物欲横流与情欲交错，还把笔触深入到当代人的精神世界，表现了在这欲望膨胀的社会，知识分子群体的精神病症与精神危机。

格非对欲望以及欲望带来的关于精神问题的思考是十分深入的，尤其对于他所熟悉的知识分子领域。《春尽江南》则是通过"诗人"在新时代之遭遇，将目光"聚焦于当下中国的精神现实"。

格非坚信："在社会现实的外衣之下隐藏着另外一个现实，那是一种潜在的存在，它是一种尚未进入大众意识的真实。作家的使命之一便是对这种现实进行勘探与发现"②，这里显然是西方现代小

---

① 格非：《欲望的旗帜·后记》，春风文艺出版社，2005 年 1 月第 1 版，第 245 页。
② 格非：《小说叙事研究》，清华大学出版社，2002 年 9 月第 1 版，第 6 页。

说观念的影响与延伸。作家应当发现与表达人们尚未意识到的现实真实，即存在，这是对现实与传统一种更为深刻与准确的把握。此时，格非致力于勘探的是现实的本质，以期抵达现实背后的存在。

第三节　乌托邦的诗学

"我当然是理想主义者，"格非如是说，"每个人的内心都有自己的乌托邦冲动，当然他也必须面对严酷的日常生活。""中国人的'乌托邦'情结比西方人的更为浓厚——早在春秋时期，中国人就已经有了乌托邦的想法。什么是乌托邦呢？乌托邦并不一定要与'科学''民主'之类的宏大叙事相连，它是每个人心中的一个理想社会，是深藏于我们内心深处，由我们自主经营的一小片绿洲。"① 很显然，乌托邦书写呼应了格非内心关于存在的思索，或者说，乌托邦就是一种存在，一种不可能实现却又渴望实现的存在。

"乌托邦"是一个地道的舶来词，始于英国托马斯·莫尔的同名作品，但现在早已不是英国人的专利，已被世界诸多国家和民族使用，成为一个世界性的概念。托马斯·莫尔在给他想象的理想国度命名时，玩了一个文字游戏，用一种典型的机智合并方式将 en（美好）和 ou（乌有）两个希腊字糅合在一起，形成一个具有双关含义的新词"utopia"，意指那是一个"美好但不存在的地方"。"乌托邦"这一中文译法，是音译和意译相结合的绝妙翻译。"乌"为子虚乌有，"托"即"寄托"，"邦"乃家园、邦国、地方。故乌托邦指根本不存在的、无所寄托的、虚无缥缈的地方。在中国和西方，这个词的俗语用法都反复重申莫尔的双关含义：好地方是乌有之乡，乌托邦是个不错的想法，但却完全不能实现，甚至有时候其

---

① 林韵然：《格非和他的〈人面桃花〉》，中国高校网，http：//www.cunews.edu.cn。

积极因素完全丧失，而沦为"不现实""不科学"的同义词。

从形式上看，乌托邦是用文字描绘的、不存在的理想社会，大多数时候以一种虚构文本的形式出现，表现为形形色色的乌托邦文学作品。但乌托邦的价值和意义并不完全在于其形式上，而主要存在于其功能中。

乌托邦的首要功能就是"疏离"（estrangement），使我们与现实产生距离，以便从超越的视点观察现实中的种种弊端，并有针对性地设想一种或几种优于现状的、可能的理想社会。所以乌托邦首先表现出对现实的批判精神。其次，乌托邦针对现实的苦难所描绘出的、指向未来的美好图景，对人产生一种"慰藉"（solace）的功能，支撑人们在苦难中顽强生存。第三，乌托邦具有"改变"（change）的功能。乌托邦的美景并不是空中楼阁或海市蜃楼，它是关于解决现实弊端的最佳途径的指示性描述，是人类历史发展长河中不断的步伐调整。三种功能共同作用，构成了乌托邦对人类历史的重要意义并贯穿了整个人类发展历史。由此，从乌托邦功能的角度看，它是"内在于人的生存结构中的追求理想、完满、自由境界的精神冲动，是人存在的重要维度，是对存在的研究与揭示"。[1]所以乌托邦是真实的，"它显示了人本质上所有的那种东西。每一个乌托邦都表现了人作为深层目的所具有的一切和作为一个人为了自己将来的实现而必须具有的一切"[2]。

其实莫尔从来没有将他的乌托邦看成是"最好的""完美的"地方，也从未将他描绘的理想社会看作是僵化不变的蓝图。"乌托邦"从来就不是一个自明的、僵化的概念，而是一个流动的弹性的概念，是描绘的并非"最好"的地方，却是永远悬置于当下现实之上的"更好"的地方、"更好"的可能性、"更好"的选择。由此，甚至可以说，二十世纪西方兴盛的所谓反乌托邦小说仍然是针对现

① 姚建斌：《乌托邦文学论纲》，《文艺理论与批评》2004年第2期，第57页。
② ［美］保罗·蒂里希：《政治期望》，四川人民出版社，1998年版，第214页。

实并指向未来的乌托邦写作，仍然具有批判和超越的功能，它从反面描绘和揭示人的存在，指出现状的弊端，以及这些问题可能会带来的可怕后果。

如今，"乌托邦"一词进入中国不过是百年，但这一概念在进入一个完全异质的文化语境后，其内涵已经受到过滤，原有的功能和意义被部分地削减，新的内容则被添加于其中，形成了对乌托邦及乌托邦文学形形色色的"误读"。长期以来，"乌托邦"一直被当作了"实体化"的理解，被大多数人仅仅看作是理想社会，或不可能存在的福地洞天的代名词。这种误读的结果，赋予了人们头脑中不可胜数的美妙意象。如此一来，在我们的价值判断体系中，"乌托邦"便以两种对立的身份出现：其一是指"积极的""向上的""催人奋进的""美好的"，在遥远的将来有可能实现的；其二是指"虚妄的""不真实的""荒谬的""空想的""白日梦式的"，无论在什么时候都不可能出现的。事实上，自从人类遭遇"乌托邦"问题以来，这两种褒贬对立极其鲜明的极端性评判倾向就一直伴随着人类社会的发展历史和人类的思想史。

我们不妨对乌托邦做出这样的描述：乌托邦是内在于人的生存结构中的追求理想、完满、自由境界的精神冲动，而这种精神冲动正是人的存在的重要维度。简言之，乌托邦是对存在的研究与揭示。这样来看，乌托邦就主要不是指一种实体性的存在，而毋宁是一种价值指向的目标。

作为一种本体性的精神，这种乌托邦冲动内在于每一个有正常心智的个体（主体）的生存结构之中；每一个特定时代的阶级（阶层、团体、集体），每一个民族都有着与自身历史、社会现实性相互动态制衡的乌托邦。没有乌托邦的个体或民族是不可想象的个体或民族。时代的更迭，社会的变革，个体、主体的发展，人类的进步，乌托邦做出的贡献功不可没。

然而，今天，"乌托邦"成了"空想"或"不科学"的代名词，这已是不争的事实。在人们的日常言谈中，"乌托邦"一词不再代表对未来美好生活的想象，而成了"白日做梦""异想天开"的同义词。正是在乌托邦观念严重贬值的现代社会中，人们沉浸于享受消费的极度快感和自由中，理性与道德的界线日益瓦解，人们逐渐沦为非理性的存在。乌托邦作为一种纯精神性的存在，与物质现实构成一种对立，显出它的拯救世俗的精神力量，并在对现实的批判中发挥着积极的作用。我们要立足现实，但不能丢弃乌托邦。它的存在促使我们重新思考社会生活，从而指出生存与发展的新的可能性。"乌托邦是人类持久的理想，是一个永远有待实现的梦。乌托邦的死亡就是社会的死亡。一个没有乌托邦的社会是一个死去的社会。因为它不会再有目标，不会再有变化的动力，不会再有前景和希望。"[①]人类由此开始用乌托邦拯救自身。

事实上，如果我们穿越工具理性的遮蔽而从价值理性的层面上来看待它，那么乌托邦巨大的话语力量就会呈现出来。特别是，乌托邦情怀对于一个写作者尤为重要。乌托邦最大的精神魅力就在于它能超越任何被给定的存在物而向存在的无限可能性敞开。而且，它具有强大的理想昭示功能，使人面对自己产生勇气，面对困境产生希望，人的存在也便具有了无限的可能性，从而为现实性的存在提供了必要前提。英国作家王尔德说："不包含乌托邦在内的世界地图，是不值一瞥的。因为它缺少承载人性的地方，但如果人性在那里降临，它就会展望，并看到一个更加美好的国家。人类的进步就是乌托邦的实现。"[②]蒂里希也曾指出，要成为人，就意味着要有乌托邦，因为乌托邦植根于人的存在本身，"没有乌托邦的人总是沉沦于现在之中；没有乌托邦的文化总是被束缚于现在之中，并且会迅速地倒退到过去之中，因为现在只有处于过去和未来的张力之中才会充满活力"[③]。

---

① 张汝伦：《理想就是理想》，《读书》1993 年第 6 期，第 54 页。
② 张隆溪：《乌托邦：观念与实践》，《读书》1998 年第 12 期，第 62 页。
③ ［美］保罗·蒂里希：《政治期望》，四川人民出版社，1998 年版，第 162 页。

对于人类历史，乌托邦都是必不可少的，它意味着对既定现实的批判与超越，对终极价值的追寻与探索。而对于艺术创造者，乌托邦同样具有不可替代的意义。它能激发艺术创造者的灵光，激发他们对艺术固有模式的反叛与创新，从而使艺术充满永恒的灵动之气质与持久的冲击力，而不致陷入世俗化与粗鄙化的平庸状态。

实际上，重返作家自己的心灵世界，建构个人的话语空间，在某种意义上也表明作家应当保持必要的乌托邦情怀。当我们强调先锋作家要遗世独立，其实就是期望他们内心拥有对抗现实所必不可少的乌托邦精神。这是作家赖以支撑自身信念的理想家园。"乌托邦的意义不在于它能实现与否，而在于它与现实对立，在于它对现实的批判意义。意识形态告诉我们，存在的就是合理的；而乌托邦则表明：存在的是必须改变的。"①乌托邦的一个建设性功能就在于能够帮助我们重新思考社会生活的本质，指出新的发展可能性，它是先锋作家的一种精神支柱，可以时刻提醒作家应该在艺术上逼视怎样的高度，同时也可以赋予他们对抗传统和现实的勇气与力量。

先锋浪潮过后，沉寂近十年的格非对存在的思索似乎已经变得更为清晰。以《人面桃花》的发表为标志，他开始了新的存在之旅。格非借助了"乌托邦"这一古老的文学命题，更加直接地面对中国自身的历史与现实，更加细腻地描写中国人的生存情状与精神难题，以二十世纪初中国革命者心中的乌托邦冲动为蓝图，在《人面桃花》中塑造了一个桃花源世界，并在这个世界中，让我们看到了梦想的力量，以及梦想一旦越过现实和人性的逻辑，成为一种激进的社会实践之后可能带来的灾难。而接下来的《山河入梦》《春尽江南》，延续了同一个"桃源"梦想。一代又一代的寻梦者，怀揣着乌托邦的梦想，尝试着在当下建构一个可以安放内心的精神家园，而这乌托邦的实践被证实是失败的。存在的希望总是和理

---

① 张汝伦：《理想就是理想》，《读书》1993 年第 6 期，第 55 页。

想、梦想、乌托邦交织在一起，可存在如何才能走向真切的现实？格非的写作，为中国人在探索理想社会的道路上，留下了文学性的路标。

今天，我们谈论先锋文学，事实上是在谈论一段三十年前的历史。无疑，先锋文学对中国当代文坛的影响是深远的，它在上世纪八九十年代既获得了无比的赞誉，也承受了肆意的诋毁，它在夹缝中奋力前行，最终以不可阻挡之势，完成了一场轰轰烈烈的"无边的挑战"。然而，悖论也在于此，当"先锋文学"度过了"苦难的历程"，并逐渐在社会文学结构中获得了合法身份之后，"先锋文学"的"先锋性"便丧失殆尽，"先锋文学"的使命也便宣告终结。

当年，这一批年轻的先锋作家以其写作主题的深刻性，文本结构的复杂性，艺术探索的极端化等，在中国文坛独树一帜。然而，随着时代的推进，社会的转型，"形式"的式微，先锋作家群体发生各自的艺术转向。学者谢有顺认为："有人由此称先锋群体已经分化，但我更愿意用另外一种说法，即，先锋作家在前一时期的意义已经完成。"[1]也就是说，历史上作为一个有具体所指的"先锋作家"群体已经解散，但这些具有先锋品格的作家却在不断地超越自身，寻求新的写作路径。原来的"观念之上，形式第一"的文学理念已经退隐幕后，小说的"意义"重回历史的舞台。同时，他们所留下的艺术遗产却广泛地进入了中国当代小说写作的每一个环节，从不同的维度激发了后来者的艺术潜能，直接影响了中国当代多元化文学发展格局的形成。

对格非而言，在二十世纪九十年代，他的早期的先锋使命已经完成，他以崭新、独立、个人化的写作姿态向世人表明，中国作家在充分汲取了异域的文学养分之后，已经开始立足本土，回归传统，凭借自身传统文化积淀以及现代文学理念阐释自己的时代，讲

---

[1]　谢有顺：《先锋小说再崛起的可能性》，《山花》1995 年第 2 期，第 58 页。

述属于中国的故事，并从中找寻精神内核与存在本质，进而创作具有中国灵魂的文学。

因此，《人面桃花》重要的标志性意义正在于此，它代表了中国先锋作家艺术出走与重构的一种路径。正如谢有顺所言："正常的写作，应该是及物的，当下的，充满现实关怀的，所谓的写作使命，也只有在这里才能被建立起来。技术的先锋是有限的，一个有自由精神的作家，他所要追求的是成为存在的先锋。"[①]进入新时代之后，余华、格非、莫言、北村、叶兆言等先锋作家都在积蓄力量，重新出发，他们的写作基于坚实的现实大地，深刻触及人类当下的精神疑难，叩问心灵的问题，勘探存在的秘密。他们依然是时代的先锋。

---

① 谢有顺：《文学的路标——1985年后中国小说的一种读法》，广东人民出版社，2009年12月版，第213页。

第五章　欲望与困境：知识分子的精神史

　　对人的存在与欲望的思考与表达，一直都是文学创作中的重要主题。欲望，从人的角度讲，是人类一种原始的本能，一种基本的生理与心理的需求。欲望，有其自然性，也有其社会性，它总是与特定的时代背景、社会体制、文化语境、现实现状关联与对接。在中国特定的历史文化背景下，欲望书写经历了由禁锢到解放、由隐秘到公开、由非法到合法的曲折过程。就中国当代文学而言，在新时期以前的社会语境下，欲望与日常这类带有个人化、私人性色彩的概念是难以成为公共领域探讨的命题的，即便是存在，欲望也是被批判与否定的对象。因此，"欲望"在新中国成立后长期处于"沉默"与"失语"的潜隐状态。直至改革开放后，进入文学的新时期，人的欲望才获得复苏与言说的契机。

　　在格非的写作历程中，他对存在与欲望的主题始终保持着高度的关注与深入的探索。其中，对欲望的关注、书写与质询，成为小说的恒定主题，这也成为格非小说诗学中的重要组成部分。格非的"欲望"书写呈现出鲜明的自我意识与个性特征。

　　首先，格非选择了从知识分子的视角介入现实，表现"欲望"的复杂面相与深刻内涵，既不简单流于"日常化""私人化""身体性"层面的解读，也不直接归结于时代与社会的现实反映，而是通过欲望介入存在，在勾勒特定时代的人类精神版图的同时，探究当下人的存在问题。

其次，格非对"欲望"的思考与表达有着从抽象到具体的变化过程。在九十年代前，格非较少对现实生活直接描写，他的小说以形式实验著称，然而其形式外衣之下仍然是欲望本身——表现为欲望被压抑、被挫败、被隐匿的故事，以先锋的形式隐喻式地传达出他对"欲望"与"存在"之思。比如，《追忆乌攸先生》以追忆的方式讽刺了权欲对历史的遮蔽，《大年》探讨的是欲望与革命的隐秘联系。

而二十世纪九十年代后，随着改革开放与市场经济建设初见成效，社会风尚与文化语境相应发生变化，人们对物质财富的追求，对消费享乐的迷恋，将人的精神追求挤压至边缘。格非敏锐地捕捉到精神与心灵世界的萎缩，因此他的写作着眼点也逐渐从形式的、抽象的转移到现实的、具体的层面。作家对现实的忧虑逐渐凸显出来，格非笔下则是对被欲望所裹挟的个体的审视、嘲讽和批判，他试图挖掘日常化故事背后深层的人的精神危机与生存本相。比如《傻瓜的诗篇》正是从知识分子的视角切入现实，以欲望介入存在。小说故事发生的场景由乡村转入都市，小说题材开始与社会现实紧密勾连，直接面对当下知识分子的生存境遇问题。而《欲望的旗帜》更是一把用来"测量废墟的规模"以及"溃败程度"的刻尺。至此，"欲望"显然已经构成了格非小说的诗学体系。

同时，格非的欲望书写还带有鲜明的男性视角，即，小说大多选取男性身份的欲望主体，在两性对立关系中，将作为欲望对象的女性视为"迷失者""出轨者"等带有贬损意味的形象，小说的立意也在于以两性的对立来表现如影随形的欲望困境，直至最终对欲望的否定。

在现今，众多作家关注"欲望"，书写"欲望"，但并非都能从林林总总的表层的欲望现象抽身出来，思考与探索深层的精神困境。而格非的"欲望"书写既基于广泛的现实表现，又借此进入到人类存在困惑的思考，以期抵达存在的本质。这是格非对中国当代文坛的贡献，也是他始终坚守的文学使命。

第一节　智者的迷惘

一、知识分子的欲望书写

在先锋作家群体中，格非可以说是最专注于知识分子书写的作家，其他先锋作家如马原、莫言、余华、苏童、北村等还是较少触及知识分子题材，即便偶有个别作品出现知识分子形象，如马原《冈底斯的诱惑》中进藏的大学生、余华的《一九八六》里自戕的中学历史教师等，但这些小说人物大多只是一个符码，徒有知识分子的身份，却不具备知识分子的本质特性，小说的主题意旨也在他处。格非则不然，他的知识分子书写持续且深入，他不仅是这类题材创作数量最多的先锋作家，而且也是对知识分子生存处境、精神际遇质询最深的当代作家之一。

在长达三十多年的创作历程中，格非塑造了一系列知识分子群像，这些人物与作家本人似乎可以互为镜像，小说人物带有作家的精神气质：沉思的、冥想的、忧郁的落魄者的形象。在他的小说里，这一类知识分子有归隐的古代官员、现代革命者、孤独的男性诗人、人文学者、知名教授、精神科医生等等，他们天性软弱却满怀渴望，内心犹疑却又对未来充满幻想，他们身处边缘置身事外却又冷眼旁观时代变幻人性百态，既疏离俗世坚守内心又怀疑人生批判现实，格非塑造了一群不合时宜的人，一群社会的疏离者。然而，无论他们选择了什么样的人生道路，最终都难逃"历史中间物"的宿命。

从《追忆乌攸先生》中的乡村知识分子乌攸先生开始，知识分子的启蒙神话就一再破败，乌攸先生的失语与丧命便是真理的缄默与政权的野蛮。进入二十世纪九十年代之后，格非创作的一系列知识分子题材作品，则将关注点转移到现代城市知识分子，是对知识分子在时代转型时期里的精神境遇的思考。如《初恋》《雨季的感觉》《凉州词》《月亮花》《沉默》《打秋千》《戒指花》等，到《傻瓜的诗篇》《欲望的旗帜》时，现代知识分子的神坛已为废墟，其中对知识分子的反讽与批判辛辣且深刻。到了《春尽江南》则暗示了现代知识分子在当下之"死"。从某种意义上看，格非的知识分子书写可谓一个急剧转型时代的精神档案。同时，这些以城市空间为故事的主要场景，以知识分子为主要描写对象，以欲望、精神、困境、存在等为思考命题的作品，具有浓郁的冥想气质与鲜明的智性色彩，因此，"欲望书写"与"知识分子叙事"也就成为格非小说中重要的风格化标识。

格非以智性冥想的风格，以欲望介入知识分子的精神世界，揭示出特定时代背景下，人的欲望与精神的纠葛冲突带来的困境与颓败。格非不仅敏锐地把握住时代的病症，铺写了欲望横流人心变幻的现实，也深入思考了知识分子思想的变迁，写尽了知识分子的迷惘与困惑。

二、知识分子的迷惘

格非惯于从男性知识分子的角度切入现实，介入欲望，因此，我们看到格非的作品中大多以男性为欲望主体，以女性为欲望对象，作品中充斥着男性视角下的关于女性的各种带有倾向性的想象，包括贬损的、厌倦的与失望的。所以，他的欲望书写是经由两性的矛盾对立来呈现人的欲望困境，进而表达对欲望的否定。

在格非早期的先锋小说中，我们可以看到各种类型的男性知识分子屡屡跌倒于女性身体的诱惑、耻辱、救赎之上。而作品中出现的革命、战争、犯罪、死亡、回忆、写作、隐居、精神病等等，无不缘于神秘而强大的女性欲望对象所带来的衍生物。比如《褐色鸟群》《蚌壳》《风琴》《大年》《锦瑟》《雨季的感觉》《湮灭》等作品中，女人的身体与性欲频繁地出现在出轨、外遇、强奸、卖淫、早孕、乱伦、滥交等问题中。女人成为一个危险的信号，随时可以触发欲望的洪流。不过，格非前期的小说专注于表现抽象的精神困境与危机，而九十年代中期之后的相关思考与探询则更深入社会现实，更切合了时代的脉搏。《欲望的旗帜》中在浪漫与欲望的纠缠中迷失的张末，一方面心怀对爱情的渴求，一方面又沉迷在邹元标的情欲之中。《不过是垃圾》通过描写一个大学时代男生们的女神苏眉在二十年后的彻底堕落，摧毁了他们心中的最后的圣洁与美好。《春尽江南》里追逐名利、频繁出轨的家玉，则俨然象征着当下中国社会的欲望横流与道德败坏。这些欲望对象引发的后果则极大地揭示出欲望主体所经历的心灵磨难、精神苦痛、死亡威胁乃至时代的堕落。

换言之，格非对女性有着先入为主的刻板印象，这种倾向性十分鲜明的认知投射在他的作品中，从本质上看，女性几乎都是欲望的载体，几乎可以等同于罪恶、缺陷、弱点、谎言等负面因素，而男性往往成为女性及欲望的苦难承受者。比如《马玉兰的生日礼物》中那一连串骇人听闻的亲族间残酷仇杀就是源于一个女人的心口不一，言不由衷。年轻貌美的马玉兰带着三个未成年的儿子寡居，她的丈夫之弟朱大钧对她想入非非确实不假，但实质上朱大钧在遭到嫂子的拒绝后从未再扰。然而，没有人读懂女人欲迎还拒的复杂心理，其实马玉兰对朱大钧的眷恋更为刻骨铭心。她在漫长的等待中逐渐心生怨恨，并且开始自问自答，叫骂诅咒。

她对大儿子朱尚金说："你要是有种，就替我去把朱大钧那个狗日的杀了。"[①]绰号"大金牙"的朱尚金选定在母亲生日当天去

① 格非：《马玉兰的生日礼物》，见《相遇》，凤凰出版传媒股份有限公司、译林出版社，2014年1月第1版，第100页。

袭击叔父朱大钧，"让她大吃一惊是他送给母亲最好的礼物"①。结果，朱尚金误中叔父的"空城计"，并在返回途中被官兵剿杀，只剩一颗金牙。金牙的存在使仇恨进一步加深。马玉兰的二儿子朱尚银接续承担了复仇的使命。他同样选择了在母亲的生日当天行事，然而，却被叔父收买的奸细下毒身亡。朱大钧将马玉兰二儿子、三儿子的人头一同奉上，至此，马玉兰不得不走上了漫长的复仇不归路。可以说，正是马玉兰无心之失与口舌之快直接导致了她的三个儿子前仆后继的死亡。

有意思的是，相较而言，女性人物在格非后期小说里，却敛去欲望的意味而承担起男性主人公的灵魂拯救者的使命。比如"江南三部曲"里的张季元和陆秀米、谭功达和姚佩佩，《望春风》里的赵伯渝与春琴，这些男女之间的爱恋与情感的前提是对欲望的隔绝，而立足在心灵相知或相濡以沫之上。从精神分析学的角度看，不在场的缺失，恰恰是最有价值的部分。"江南三部曲"、《隐身衣》《望春风》等作品都是将男女主人公的欲望悬置、淡化乃至空缺，也许，无法实现的欲望才是真正的欲望。

这似乎意味着，在格非后期的欲望书写中，作家将欲望介入现实后，并没有将欲望对象——女性形象刻板化，而尝试着将"女性／欲望"剥离开来，以"反欲望"的姿态否定"欲望"并解决"欲望"带来的种种问题。当然，作品的核心依然是一个在漫漫的精神长路上下求索的男性形象。

同时，我们也发现，格非对待欲望始终抱持着否定与批判的态度，他看到了欲望横流带来的人心不古，世风日下，而忽略了欲望的另一层积极的社会意义。

---

① 格非：《马玉兰的生日礼物》，见《相遇》，凤凰出版传媒股份有限公司，译林出版社，2014年1月第1版，第101页。

第二节　欲望的诗学

格非对欲望书写形成了他的小说诗学，他关注"欲望"之困，探索"欲望"之解。在他长达三十多年的创作历程中，"欲望"主题始终是其不变的写作内核。学者张柠在《叙事的智慧》一书中曾充分肯定格非的长篇小说《欲望的旗帜》在中国当代文坛中的重要意义："我没有认为格非的《欲望的旗帜》是欲望诗学的最恰当的分析文本，而是说在中国当代小说创作中，它为'欲望'这个新的诗学问题提供了更多的分析可能性证词。"[1]

一、《大年》：欲望和革命

1988 年，格非发表了一部革命历史小说《大年》，这部小说短小精干，精致简洁，却又内涵丰富，意味深长。《大年》选取了新中国成立之前的中国现代史，描写了抗日战争时期的一个村庄，农民由于不堪饥饿，在大年之夜哄抢地主粮食并发生武装暴动的故事。这样的故事套路在革命历史小说中并不新奇，根据惯常的红色经典小说的叙事套路，我们基本可以凭空想象、还原这类小说的故事原型：地主欺压剥削，农民民不聊生，经过中国共产党的动员组织，农民终于觉醒反抗、投身革命，最终推翻封建统治阶级，伸张人民正义。然而《大年》的故事发展进程并没有简单地遵循常规化的逻辑关系，也没有直接沿袭简单化、套路化、机械化的主流历史叙事模式，而是将细腻的笔触深入至历史的罅隙与断裂之处，在百转千回又似是而非的故事中反思历史，发掘人性，展现另一种陌生而又全新的历史景观。

在小说开篇的题记中，格非就表明了自己的写作意图："我想

---

[1]　张柠：《叙事的智慧》，山东文艺出版社，1997 年 5 月第 1 版，第 59 页。

描述一个过程。"①这个过程，自然不是简单地对现实进行反映，也不能直接定位为一种生活本相的呈现，我们想必要从"存在"的角度来理解与考量。这一"过程"意指一种正在行进的存在状态——包括历史与人的状态。即《大年》所要表达的重点不在故事结果，而在于呈现出一个鲜活、动态、不断更新的历史过程。这种认识是符合格非的新历史主义观念的，历史是不确定的，是偶然的巧合，甚至是由人的欲望所写成。

这是历史长河中被遮蔽与被掩藏的另一种波澜壮阔，那就是汹涌难抑的欲望和激情。这也是格非小说始终关注的对象与反复书写的主题。

从这个角度看，《大年》是一个相当典型的欲望书写文本。故事里农民与地主之间的对立冲突乃至仇恨没有注入立场鲜明的阶级斗争内涵，而是归结于占有欲望的爆发。

《大年》有四个主要人物：开明地主丁伯高、乡村医生兼新四军联络员唐济尧、青年农民豹子以及丁伯高的二姨太玫。其中这三个不同身份的男性内心深处都对玫有着强烈的占有欲望，因此牵扯出三个男性之间的角逐与争夺。

美丽的二姨太玫是小说关键的核心人物，小说中的主要矛盾冲突都是因她而起，但是小说对其着墨并不多，而且基本没有正面的描摹，而是借着他者的眼光侧面反映她的迷人魅力。她的美丽使丈夫丁伯高沉醉。

> 丁伯高在挨着玫的梳妆台的一张靠背椅上坐下来。他静静地看着玫，长长地吐了一口气。他想起玫刚刚嫁过来的时候还时常梳着女学生模样的短发，看上去还像个孩子，现在，她颀长的身材，长发中散发出来的松脂一般的

① 格非：《大年》，见《褐色鸟群》，上海文艺出版社，2014年1月第1版，第108页。

少妇气息使他沉醉。①

而，玫的美丽无意中又俘获了豹子。游手好闲的豹子因为夜盗丁家粮仓被抓，豹子被吊在梁上挨打。他被打晕过去，又在一个女人的说话声中苏醒过来。这时，他看到了丁家二姨太玫。

> 他仰起头就看见二姨太漂亮的眼睛，二姨太也正朝他看。二姨太不认识他，可为什么她一边说着话一边看他呢，豹子觉得难受。
> 二姨太是一个美丽的女人。
> 豹子又一次仰起头，脊背上一阵火辣辣的感觉，他的目光接触到她脖颈上的肌肤，腑脏里聚集了一种模糊的欲望。他不愿意那个女人看他的裸体，不仅仅是因为羞怯，他感到一股咸咸的痰堵在他的喉咙口。②

从此时开始，占有的欲望便在豹子的内心生根发芽，而随后他主动要求参加革命，纠集农民暴动，处死丁伯高，这些并不是因为他对革命的觉悟与对命运的觉醒，而是缘于豹子潜意识中对二姨太玫的一种隐秘而强烈的占有欲望。因此，革命在豹子这里就成了发泄欲望、实现欲望的一种方式。

即使豹子"他并不怎样憎恶丁伯高，他只是想杀人。尤其是他回忆起腊月初二的那个夜晚，丁伯高的二姨太瞥他时的眼神，他模模糊糊地觉得，杀人也许是一件挺有趣的事"③。

同时，匿藏于暗处的另一股同样的欲望也在汹涌，那就是唐济

① 格非：《大年》，见《褐色鸟群》，上海文艺出版社，2014年1月第1版，第126—127页。
② 格非：《大年》，见《褐色鸟群》，上海文艺出版社，2014年1月第1版，第114页。
③ 格非：《大年》，见《褐色鸟群》，上海文艺出版社，2014年1月第1版，第125—126页。

尧埋藏内心深处的对于玫的情欲——这便是小说中革命最原初最基本的动机与动力。

> 午后，唐济尧在书斋里觉得无聊至极。他是一个很能克制的人，但是这些天总有一种不安和躁动的心绪伴随着他。尽管他能确切地知道引起他烦恼的那个东西，但他不愿意在那个东西上耗费心力。那个东西光洁而美丽的影像不知何时刻在他脑中久久不去。[①]

至此，玫的美丽不仅俘获了革命的对象丁伯高，也俘获了革命的主体豹子和唐济尧。在强烈的欲望驱使下，唐济尧利用鲁莽的豹子与丁伯高之间的矛盾，假借革命之名，除去地主丁伯高和盗匪农民豹子，而坐收渔人之利——

> 许多天以后的一个早晨，玫来到了唐济尧的宅前。三天后，村里纷纷议论着关于玫和唐济尧失踪的事。[②]

作为欲望对象的女性，引发了男性欲望主体之间的角逐、争夺、交战，并最终消解了历史与革命的宏大意义。《大年》将女性放置于革命历史背景以及战争／暴乱的宏大场景中，探究革命与欲望之间的因果关系，从而揭示出历史的真相与本质。这也是先锋小说家对待历史一以贯之的姿态，其中蕴含着消解与反讽的深意。

在格非构建的历史书写中，欲望是一个核心因素。正是这根源于生命深处的无法抑制的本能欲望支配着人物的情感与行动，导致历史与命运也变得随心所欲、无从掌控，这也是格非历史观的体现。

---

① 格非：《大年》，见《褐色鸟群》，上海文艺出版社，2014年1月第1版，第123页。

② 格非：《大年》，见《褐色鸟群》，上海文艺出版社，2014年1月第1版，第142页。

二、《欲望的旗帜》：精神的废墟

谈论欲望的命题，自然不能越过格非 1995 年发表的长篇小说《欲望的旗帜》。这部作品对格非而言意义非凡。可以说，这是格非写作历程中的分水岭。从《欲望的旗帜》开始，格非告别了历史的废墟与家族的颓败，他的作品在艺术风格上淡化了先锋形式实验的色彩，语言也变得平白晓畅，传统雅致；在小说内容上，则回归当下的现实和生存的此岸，关注作家熟悉的现代知识分子领域，深入探究人的精神困境，即欲望困境的问题。这也是先锋作家在二十世纪九十年代的重新出发。

《欲望的旗帜》讲述了一个看似荒谬但却本质真实的故事。作家巧妙地设计了一场哲学学术会议作为叙事背景，小说以会议的筹备、召开、中断和落幕为故事的叙事推进，表面上绘制了一幅人文知识界的浮世绘，而实际上展现的却是中国世纪末的精神图景——"社会是欲望的加油站"，人的精神世界已经崩塌，而欲望的旗帜在废墟上飘扬。

格非直面现实人生的勇气和深刻令人不得不佩服，他试图以一种较为宽广的笔触来摹写价值转型过程中的中国知识界众生相，进而揭示当下人的主体性失落、尴尬、困苦、焦灼的精神状态。他描绘了"大学"与"学者"，却没有给读者呈现象牙塔的"崇高"和"神圣"，反而是越过大学神秘的高墙，暴露出当下知识分子的灵魂苦痛与精神危机。

这部作品对时代与社会的讽喻、批判的意义是十分鲜明与深刻的，然而，格非在小说后记却一再否认它的讽喻意义："朋友们对它的喻世意义强调得有些过分，我因而怀疑这部作品是否出自于另一个人的手笔。"[①] 但是，透过文本的表层和故事的肌理，我们还

---

① 格非：《序跋六种》，见《格非散文》，浙江文艺出版社，2001 年 9 月第 1 版，第 223 页。

是能够强烈地感受到它对现实的批判向度和对存在的思考强度。在此，格非显露出了中国作家少有的勇气。"它只是一把刻度尺，我想用它来测量一下废墟的规模。看看它溃败到了什么程度，或者说，我们为了与之对抗而建筑的种种壁垒，比如说爱情，是否能够进行有效的防御。"①

因此，毋庸置疑的是，这部小说具有强烈的现实意义、鲜明的哲学意味以及浓厚的悲观情绪，它可谓格非第一部真正意义上的现实小说力作。

小说中设置了两条线索，其一是一场哲学学术会议的过程，其二则是张末的爱情理想与现实。小说开篇便是一个引子。

> 九十年代初期的上海。一个重要的学术会议将在这里举行。由于某种无法说明的原因，知识界对于这次会议普遍寄予了过高的期望，仿佛长期以来所困扰着他们的一切问题都能由此得以解决。②

这是一次"意义重大"又主旨不明的哲学学术会议。"知识界"对此寄予了厚望，期待着会议能解决一切令人困扰的问题。这本来也是哲学的使命。然而，这次会议的进展却十分不顺。会议召开前夕，主持人哲学系教授贾兰坡突然跳楼自杀；会议期间，会议赞助商邹元标因诈骗案被捕，哲学系博士宋子衿在桃色事件中纠缠不休，乃至发疯，这个看似庄重的学术会议变得狼狈不堪。实质上，这次会议并不探讨哲学问题，更不解决现实问题，而只是展示各自的欲望。

佛学院慧能院长对曾山说："实际上，所有的会议都只是一个借口。它就像一个没有货物的集贸市场，人们从各地来到这里，却

---

① 格非:《欲望的旗帜·后记》，春风文艺出版社，2005 年 1 月第 1 版，第 245 页。
② 格非:《欲望的旗帜》，春风文艺出版社，2005 年 1 月第 1 版，第 2 页。

不知道要买、或者卖些什么。"①慧能院长将学术会议视为是"空无一物"的集贸市场，而事实上，对于老秦之流来说，会议确实就是一次人才交流会。其中对当前中国学术界现状的辛辣讽刺与调侃不言而喻。

《欲望的旗帜》揭示了这些代表社会精神支柱和价值规范的专家、教授、学者等精英知识分子的精神面貌，他们早已放弃了对"真理"与"智慧"的追求，早已忘记了"启蒙"与"良知"的使命，而将自身的"知识"作为追名逐利实现欲望的一种特殊手段。在这次会议上，与会的众多学者在神圣而崇高的哲学面前各怀心思，人格分裂。比如，曾山希望探讨自己心中郁结的哲学疑问，并能在会议上与前妻见面；子矜希望在会议发言中一鸣惊人、功成名就；老秦则企图利用会议资源来谋取个人利益。每个人都有自己的欲望与意图，每个人都只为自己的利益奔忙，每个人都被为自己的欲望所操控。

在学术会议开幕式的晚宴上，学者们的话题竟然无关学术，而是地方戏与"牛鞭"，这是对以"启蒙与解放"为己任的人文知识分子莫大的讽刺。再加上会议前的死亡事件与会议中的诈骗犯事件，与其说这是一个会议，不如说是一场闹剧，一场潜在欲望的狂欢，一场个人欲望的表演。这才是会议的主题，而思考哲学则是一件多么愚不可及的事情。其实，这背后是人们思想上的极度贫乏与精神上的沉沦自弃。人的精神追求早已被遗忘了。

哲学研讨令人出乎意外地滑向欲望的现实与荒谬的生存。哲学，或者说，形而上的精神研究，已成为滑稽现实的调味剂。事实上，原本纯粹单纯的知识界，早已被唯利是图的商业思维与追名逐利的个人欲望严重侵害了，或者也可以说是知识界对金钱与欲望的缴械投降与投怀送抱，在欲望的时代里丢失了知识与精神的品格与操守。欲望无限膨胀，如同一个巨大的磁场，将人们紧紧禁锢，并

---

① 格非：《欲望的旗帜》，春风文艺出版社，2005 年 1 月第 1 版，第 95 页。

操纵了人类的命运方向。

《欲望的旗帜》以欲望介入现实与存在，深刻而全面地展现了在价值失范的年代，知识分子在道德、爱情、信仰等精神危机与困境之下的狂欢与迷失，既是对知识分子群像的摹写、讽刺与灵魂拷问，也是对人的精神存在被漠视的悲哀。

在荒诞与反讽的文化语境中，《欲望的旗帜》对二十世纪九十年代的人文精神进行重新考量，对现代知识分子进行正面强攻，绘制了世纪末知识分子的精神肖像。我们发现，人文精神早已被欲望压垮，二十世纪八十年代举足轻重的启蒙主体已经沦落为二十世纪九十年代浮躁喧嚣的欲望身体。小说中四处弥漫着一种浓重而颓败的末世气息，这种气息因为源自于人物的灵魂深处，所以具有更强烈的现实指向意义与更深刻的现实批判意味。

我们结合小说文本分析人物各自的言行与心态，可以轻易判断，这些时代精英知识分子都被卷入"欲望"的旋涡之中，做着徒劳无功的垂死挣扎。

贾兰坡是这所大学哲学系的名誉系主任，在国内外学术界有着显赫的声望。他发起、组织了这次哲学年会，却在会议前夕突然死亡，给众人留下了难解之谜。他的死因被作者设置成"空缺"，甚至直至小说结尾，作者也没有直接揭开谜底。格非以贾兰坡之死这一事件勾连起与其生活境遇相关的人与事，从他人片段式的印象、回忆、言说中不断拼接、还原、呈现贾兰坡分裂的精神世界。

在弟子宋子衿眼里，贾兰坡"平常是一个既练达又朴素，既谨慎又疏狂的人"[1]，擅长在不同场合扮演不同的角色。他的妻子贾夫人则觉得丈夫"是一个生活在过去时代的人，他的很多想法都已不合当下的潮流。这些年来，他一直在与校方进行着一场他注定不能获胜的战争"[2]。而在张末的眼里，贾兰坡还是一个道貌岸然的伪

---

[1] 格非：《欲望的旗帜》，春风文艺出版社，2005 年 1 月第 1 版，第 11 页。

[2] 格非：《欲望的旗帜》，春风文艺出版社，2005 年 1 月第 1 版，第 25 页。

君子、一个私生活不检点的性变态者。

这是个矛盾且分裂的人物。他一方面仍然坚持着自己的理想，认为"倘若没有哲学，人与猪何异"，一方面又告诫老秦"如今的学术界已不再探讨什么真理，而是热衷于如何使人大吃一惊"[1]；他沉迷于与资料员偷情，却在聆听贝多芬雄壮有力的《英雄交响曲》时流下眼泪。这种人格的分裂毫不留情地展示出大学校园里知识分子自命清高背后的卑琐与污浊，也隐约暗示了贾兰坡后来自杀的原因之一。

同样地，处于灵魂分裂状态的还有师兄宋子衿。这个哲学博士天天梦想成为一个闻名世界的伟大作家。学习哲学，使他获得了认识事物、分析事物的能力，但智慧的哲学人生却又赋予他无尽的内心苦痛。也许正因如此，他不爱哲学爱文学，借助文学的虚构世界来逃避矛盾重重的坚硬现实。他无论何时何地总是谎话连篇，"谎言犹如一种润滑剂，使他在与人交往时的紧张情绪得以缓和"[2]。他还狡黠地自诩道："假如我对你说谎，那是因为我想向你证明，假的就是真的。"[3] 实际上，子衿是在高度的精神紧张中不断说谎，他甚至没法分辨想象的真实与现实的真实，他不愿意面对强大而坚硬的现实，更不愿意正视自己精神上的症结。他总是在混乱的男女关系中周旋，在欲望的河流中沉浮。这本质上是他的精神萎靡与绝望。惟有妹妹对他天真质朴的拥护和崇拜，使他在失落与困顿中寻找到理想与自尊，寻找到内心的妥帖与安宁，寻找到安放灵魂的家园。

其实，从根本上看，子衿最后的疯狂正是缘于外部世界与内心世界之间的纠结与颠倒。当子衿在一阵暴风雨般的掌声中"风度翩翩地走向主席台，朝听众们挥手致意"，然后宣读他的"诺贝尔文学奖"获奖感言时，人们终于意识到这位才华横溢的哲学博士，追

---

① 格非：《欲望的旗帜》，春风文艺出版社，2005 年 1 月第 1 版，第 172 页。

② 格非：《欲望的旗帜》，春风文艺出版社，2005 年 1 月第 1 版，第 117 页。

③ 格非：《欲望的旗帜》，春风文艺出版社，2005 年 1 月第 1 版，第 19 页。

寻文学之梦的青年作家，在他自己精心营造的虚幻世界中，陷入了"精神分裂"的崩溃与疯狂。

小说中似乎还有一个理性的人物曾山。然而，在一个价值失范、思想贫乏的时代里，理性已是浮泛无根，已无立锥之地。曾山一直在寻找与确证，希望确定自己的追求、自己的位置、自己的历史，因此，曾山执着地探究哲学与时代的关系，试图从理性与智慧中寻找答案——存在的意义与价值，结果自然是无功而返。于是，曾山只好从具象的形而下的层面上去确定自身意义，他求助于婚姻、爱情，乃至孩子，但他依然找不到精神的确信与支撑，依然陷入了孤独、迷惘、痛苦以及难以言说的虚无中。导师之死、师兄之疯，以及会议进程中各色人等追名逐利丑态百出，这些都让曾山亲历了精神支柱的坍塌。他想抓住爱情，以此作为生存的支撑，但是爱情也无法抵挡欲望的洪流。因此，曾山痛苦地撕碎了自己那"连他自己都不会相信"的论文——《阴暗时代的哲学问题》——哲学根本解决不了时代的问题，也解决不了个体灵魂的问题。

格非的作品中以爱情为主题的不多。但格非却说，"爱情故事处于前台，其他目标附着其上"，因为爱情是人类最珍贵的东西，如果没有个人性，就承担不起社会的重负。有时格非本人反复强调他就是写了一个爱情故事而已，但人们似乎更乐意从中解读出存在、历史、社会批判等内涵。事实上，爱情亦是存在的一种。《欲望的旗帜》便是如此。

张末无疑是小说中的最后一个浪漫主义者。这个渴求爱情的优秀的浪漫主义者，她串起了小说的第二条叙事线索。张末的形象极具象征意味，她一直在憧憬、追求梦想中的纯真无瑕、完美无缺的爱情。还是在读小学的时候，张末就开始了心目中对于爱情的憧憬与遐想。

　　　　在想象的画面中，一个男人朝她走过来。但她看不清他的脸。他一声不吭地来到她的身边，握住了她的手。在寂静之中，她听见那个男人在她耳畔悄声说：走吧，我们回家。

然后，她就跟着他回了家。①

这是她期待中纯粹的爱情，这美好的爱情理想给她带来了梦幻中的黄金岁月。对张末来说，她的爱情没有沉思，没有犹豫，她只需要一种简单的打动。这幅纯真与美好的画面缠绕了张末的一生，并指引她寻找归宿。张末的一生是追求爱的一生，而又永远处于精神之爱与肉体之爱的矛盾中。在另一个隐蔽的角落，她却不由自主地卷入这样的爱情现实：爱情的不美好与男人的不可靠。

现实总是背离心灵。第一个偶像是她的钢琴教师，一个被艺术学院开除的教师。他的琴声中似乎有张末梦幻里忧伤的画面。钢琴教师的离去证明了，美好的不可企及与难以预计；年轻英俊的药剂师引发了她心中欲望的朦胧渴望，她内心充满了恐惧与焦灼，但他却躺到了母亲的床上，这举动证明了理想与现实的巨大反差；曾山是个有着哑铃脸型的憨厚男子，他给予她安全感，更因为他是第一个主动热烈追求她的男子，张末终于结了婚，却又离了婚；邹元标是张末生命中最奇特的人，偶然的邂逅，双方都产生了不可压抑的激情，这完全是情欲的魔鬼，是一种生命本能的吸引，但张末强大的理智每一次都保护了她。张末只能隔着很远的距离来想念曾山，她眷恋曾山的爱情然而只愿意在信上缅怀他。钢琴教师、药剂师、曾山、邹元标都无法填充张末梦幻中虚设的男人的位置。

少女时代的经历与记忆深刻影响了张末成长后的情感追求——她企盼那"简朴又神秘的爱情"②，这就跟她关于背带裤的梦想一样，象征着她对一种简单纯粹、纯洁清新的爱情以及清静澄明、出

---

① 格非：《欲望的旗帜》，春风文艺出版社，2005 年 1 月第 1 版，第 47 页。

② 格非：《欲望的旗帜》，春风文艺出版社，2005 年 1 月第 1 版，第 47 页。

尘脱俗的人生境界的渴盼。然而，欲望的时代自然是无法给予她纯洁清澈的生存之境的，因此，张末永远买不到那条"背带裤"，永远实现不了自己的爱情理想。然而，张末一方面追求纯洁的爱情、积极的人生、智慧的哲学，但另一方面，她又难以抗拒欲望的侵袭与吞噬，所以她就像一个涉世未深的天真少女，不仅轻易地接受素昧平生的邹元标的邀约，享受着想象中的激情——"董事长将她越抱越紧，她的身体驯服地迎向他"①，她甚至发现，"放纵与疯狂，它是肢体的一个小小秘密，是她与身俱来的好奇心所培植起来的秘密"②。我们可以发现张末自身的犹豫游离与矛盾重重。其实，张末也好，曾山也好，子衿也好，他们都在这种希望与绝望、清醒又糊涂的逻辑怪圈中，并走向不同程度的疯狂。

张末长久地生活在愿望的达成与破灭之间。她一次次去买梦想中的背带裤，只是为了空手而还，为了下一次这个愿望可以再被提及。对她而言，愿望的意义仅在于反复被提及，生活只不过是一种无限耽搁的快乐。她是那么感性，并企图用感性及理想来反抗这个粗糙的现实。因此，她的理想常常改头换面以不同的形式出现：首先是一条永远不会出现在她的衣橱里的、她非常想得到的背带裤。这条她理想中的背带裤只会永远挂在服装店橱窗里。橱窗外的她却在品味着快乐："我知道它在那里。挂在玻璃橱窗里。"③其次就是一本似乎永远也读不完的书——《卢布林的魔术师》。对于书籍，张末自有她的一套见解。似乎一本书的好坏，要看它是否能激起睡眠的欲望。她只会生活在梦中。和曾山的爱情是她为实现梦想所能找到的对付现实的最好武器。她用梦想与世隔绝，拒斥现实中的一切。

然而，她的梦想在她后来的成长岁月中屡遭破灭。在这样一

---

① 格非：《欲望的旗帜》，春风文艺出版社，2005年1月第1版，第87页。

② 格非：《欲望的旗帜》，春风文艺出版社，2005年1月第1版，第210页。

③ 格非：《欲望的旗帜》，春风文艺出版社，2005年1月第1版，第189页。

个时代里，世界越来越像是一个欲望的加油站，无人关注自己的内心。纯真美好的爱情只能是遥不可及的乌托邦。

在张末给曾山的一封信中，张末不厌其烦地谈到了她关于一朵玫瑰的奇遇：

前些天，我骑车去新街口的唱片店买CD，在经过一条狭窄、潮湿的街巷时，我看见弄堂口的水泥路面上有一朵玫瑰花。

那是一段刚刚绽放的玫瑰花枝，一定是哪个从花店买花的人从这儿经过，不小心掉落了一枝。

我当时首先想到的就是将它捡起来。因为它毕竟是一朵完好无损的玫瑰。可是，一个奇怪的念头使我没有立刻这样做。我忽然想到，街巷里的自行车川流不息，人群拥挤嘈杂，而这朵玫瑰既未被行人踩踏，也未受到自行车轮的碾压。

……

我在旁边的一个水果摊前站了差不多有一个小时，只是为了验证一个预感。在十二月的阳光之下，花朵显得沉甸甸的，在破败不堪的水泥地上是那么的触目。行人匆匆走来，匆匆离去，神情专注地赶往一个个不知名的地点。没有人朝它看上一眼，也没有人弯腰去拾起它。但它始终是一朵完好、鲜艳的玫瑰，没有遭到任何践踏。所有从那儿经过的人、自行车都奇迹般地绕开了它。

我想起了埃里蒂斯笔下的那朵童贞的雏菊：人们没有践踏它，也许只是出于一种本能。女人容易被一种简单的事实所打动。对我来说，此刻，这个午后，在潮湿路面上的一朵玫瑰已经说明了一切。它不慎失落，却无形中受到了呵护。我还为此流了泪。

我甚至觉得，这个世界的丑陋似乎被我们夸大了，有着木乃伊般空洞眼神的南京居民给人以一种温暖的亲切之感。在这一瞬间，世界又变得传说中的那般美好……

　　可是，这个念头只是在我脑子里一闪而过。我很快就发现，在我蹲在地上远远注视着那朵花枝的过程中，放在自行车筐中的一只皮包早被人用锋利的刀片划了一个长长的口子，里面装着的五百元钱不翼而飞。……①

　　假如不是她的皮包被一枚锋利的刀片划开，她差一点儿就与这个乏味的世界达成了和解，她差一点儿又燃起生活的信心，她差一点儿就来了上海，她差一点儿就回到曾山身边。但始终是差一点，这一点是难于逾越，或者说是难以放弃的。爱，始终无法到达。评论家谢有顺撰文道："我庆幸格非没有让她达成这种和解，这让我想起苏格拉底在死亡面前不妥协的坚决，我们时代是多么需要这种勇气和精神啊"，但是，"没有本质的生存就不可能有满足，也不可能有尊严而言。因着这个问题没有解决，张末没有勇气，也没有信心回到上海，回到她过去的爱人（曾山）身边。她只能徘徊在车站这样一个尴尬的地方。就在这时候，'长期以来蛰伏在她体内的那头怪兽正用清晰而有力的节奏敲打着她的腹部，并在她的耳边悄悄地提醒她，让她放弃挣扎，放弃抵抗……'张末要抵抗这种欲望的袭击，惟有依靠梦想的力量；当梦想又遭遇到失败之后，便只剩下一些缅怀梦想而有的忧伤之情了"②。

　　事实上，张末清醒地意识到了症结所在，她试图通过爱情来认识自我、确定自我，但是在欲望的裹挟下，她又难以自持，无法找到存在的意义。因此，对张末而言，理想的爱情不可企及，正如存

---

① 格非：《欲望的旗帜》，春风文艺出版社，2005年1月第1版，第214页。

② 谢有顺：《最后一个浪漫时代——我读〈欲望的旗帜〉》，《当代作家评论》1996年第2期，第11页。

在的意义无从获得一样。

在这个年代，当生活中充斥着荒谬、滑稽、放纵、麻木、空虚、享乐及不真实感的时候，人们原以为爱情会是最后一块净土，最后的安慰和止痛剂。然而，事实上，爱情却成为了欲望的加油站——在欲望的巨大魔力之下，每一个个体都在劫难逃。曾山与张末都从完美人生的哲学角度，去追求自己理想中的爱情，也就只能事与愿违了。

确实，人是一个不断探究自身的存在物。人类生活的真正价值正是存在于这种审视与探究之中。格非选取了人性中最丰富的那种精神模态——爱，在爱的叙说中逼视人的精神存在。其实，爱，或者被爱，无论其过程还是与之构成的生存背景，都维系着人类生命的全部内涵。

读毕全书，我才明白，为什么许多学者和批评家都将这部作品归为社会问题小说之列，而作者自己认为它只不过是一部爱情小说而已。这关于爱的叙说不仅是一种具有永久魅力的对象，亦是追问人的精神存在的一个重要标尺。在这欲望的年代，真挚、纯洁、美好、质朴的爱情无力坚守，无法企及，结果正如小说中的一句话："我知道爱情是怎么回事，在它不可企及的廊柱的阴影下，我只能自惭形秽。"①

原来，在精神的废墟上，我们筑起的爱情壁垒并不能对欲望进行有效的防御与对抗。这就是格非的实验结果。

《欲望的旗帜》将"哲学"与"欲望"设置成二元对立的矛盾共同体，这可谓作家良苦用心。在小说中，一群研究智慧之"哲学"的学者们被现今形而下的"欲望"所利诱，而跌落神坛。这几乎构成了当前中国知识分子精神生活实况。当然，格非并不是否定哲学自身的价值与意义，而是基于令人触目惊心的现状展开对当下学术界乱象的理性反思。应该说，今天的哲学困境并不是哲学出

---

① 格非：《欲望的旗帜》，春风文艺出版社，2005 年 1 月第 1 版，第 196 页。

了问题，而是"人"出了问题。这便是格非内心深处巨大的痛楚与悲哀。

在《欲望的旗帜》里，无处不在的欲望席卷了社会与人心，原来知识、道德、文化的力量是如此羸弱，在欲望来袭时不堪一击。人们对欲望的渴求远远超越了对知识的渴望。《欲望的旗帜》则在现实的学术会议的叙述框架下展开了对精神困境，乃至欲望困境、存在困境的书写。格非并不仅仅停留在传统现实主义的反映层面，他还深入探索人的存在的问题。他写出了欲望之下的生存之痛，精神之痛——从这个意义上说，自杀与疯狂其实是精神苦痛的必然结果。因此，贾兰坡的死亡和子衿的疯狂并不是意外。

其实，格非后来补写小说序言时曾明确表明自己的写作动机："尽管很多学者和批评家将这部作品归入社会问题小说一类，然而在我看来，它不过是一部爱情小说而已。曾山和张末虽是虚构的人物，我毫不掩饰对他们的喜爱。我不能想象，岁月的重负与荒诞是否已经将他们压垮，褪尽他们身上仅存的一点真实感以及略带痛楚的敏锐，但我知道，假如他们守住了那份真实，也许会在宿命的泥淖中陷得更深。"①

格非写就这部《欲望的旗帜》，既表现出作家对时代、现实的敏锐把握与深刻领悟，也透露了他对人性、欲望、精神存在的理性探询。小说是作家对世界的一种寓言式的理解与表达，《欲望的旗帜》直接以"欲望"为题，从"欲望"进入当下社会现实，进入知识分子群体的精神世界，并展开批判与反思。格非用《欲望的旗帜》击碎了我们最后仅存的希望——象牙塔内的精神崩塌与美好爱情的幻灭。在这样一个"空前混乱的时代"②，"这个世界越来越像是欲望加油站了，无人去关注自己的内心"③，人们生活在欲望

---

① 格非：《序跋六种》，见《格非散文》，浙江文艺出版社，2001年9月第1版，第225页。

② 格非：《欲望的旗帜》，春风文艺出版社，2005年1月第1版，第205页。

③ 格非：《欲望的旗帜》，春风文艺出版社，2005年1月第1版，第56页。

的洪流与精神的废墟中，失去判断的能力、生活的确信以及心灵的追求。

三、《不过是垃圾》：颓败的诗意

"欲望"的命题自然带来了精神的堕落、生存的颓败、存在的虚无等衍生话题。在格非的《不过是垃圾》里，"我"的大学同学李家杰是在厌倦中死去的。在他眼中，所有的一切都不过是垃圾——金钱、物质、生命，包括"我们的苏眉"。在大学时代，苏眉是众多男生苦涩的暗恋对象，她矜持、清高、洁净、沉默少言，"她的纯洁维持着我们这个肮脏世界仅有的一丝信心"①。李家杰在大学期间苦苦追求苏眉，而苏眉始终对他不屑一顾。大学毕业后，李家杰趁着时代的东风创业成功，成为名重一时的上市公司总裁。在花天酒地、纸醉金迷的生活中，他从身体至精神都开始了颓败。"据说他得了十几种病，正在扩散的癌细胞和心血管堵塞也许较为致命。"②在生命的最后时期，李家杰想到了自己那遥不可及的梦，那青春时代的美好象征，那天使般纯洁的苏眉。于是，李家杰决定去承德找苏眉。

> 我去承德，挑了这么一个时间，起先，我没有什么肮脏的欲念。我知道自己活不多久了，只想与她见个面，告个别。甚至，我想哪怕远远地瞅上她一眼，就够了。谁知道后来却发生了那样的事……③

---

① 格非：《不过是垃圾》，见《蒙娜丽莎的微笑》，上海文艺出版社，2014 年 1 月第 1 版，第 179 页。

② 格非：《不过是垃圾》，见《蒙娜丽莎的微笑》，上海文艺出版社，2014 年 1 月第 1 版，第 175 页。

③ 格非：《不过是垃圾》，见《蒙娜丽莎的微笑》，上海文艺出版社，2014 年 1 月第 1 版，第 199 页。

事实上，苏眉早已不是昔日清高的女神，她对李家杰来访的暧昧姿态鼓励了李家杰，李家杰以金钱为筹码，经过讨价还价，最终以三百万的价格把苏眉"做掉了"。李家杰打碎了众人心目中念念不忘的完美花瓶。在这个欲望的时代，社会是一日千里，人心也是变幻莫测，而令人伤感的是，这个干净纯洁的人却已扭曲堕落了。至于李家杰，他得到的并不是如愿以偿的快慰和满足，而是更加深重的绝望与厌倦。

李家杰对"我"说：

> "不管怎么说，她是一个时代的象征，可这个时代已经永远结束了。从承德返回北京的路上，我脑子里的确只有一个念头：该死，我的确该死了。现在，这个世界已没有什么让我牵挂的了。"
>
> ……
>
> 二十八天之后的一个风雨之夜，李家杰在中日友好医院病逝。……他不让家人在墓碑上刻下他的名字，因为他是在厌倦中死去的，不想在这个世界上留下任何痕迹。[①]

从故事的结局中，我们可以感受到李家杰彻头彻尾的身心颓败，以及对生命荒凉深入骨髓的厌倦，这里显然带有萨特存在主义式的悲凉与绝望。人间最后的净土、世界最后的信心、最后的希望被无情摧毁，那么，人类该如何面对存在？格非思考的依然是在后现代语境下现代人的精神信仰问题。小说中，苏眉是一个时代的美好象征，但那个时代已经终结了。美好的事物都被金钱与欲望残忍地毁灭了。格非在小说中借李家杰之口反复提起霍桑的小说《年轻

---

① 格非：《不过是垃圾》，见《蒙娜丽莎的微笑》，上海文艺出版社，2014年1月第1版，第206—207页。

的古德曼·布朗》，这其中颇有深意。从某种意义上说，《不过是垃圾》与《年轻的古德曼·布朗》可谓异曲同工。

　　　　李家杰道："古德曼自己去赶赴魔鬼的盛会，这还不是最可怕的，因为他还有一个天使般纯洁的露丝，这个世界上还有一个干净的人，这对他极其重要。"①

　　妻子露丝之于古德曼，正如苏眉之于李家杰，原本都是纯洁神圣的存在，是人们最终的精神支柱，她们的纯洁维持着一个肮脏世界仅存的一丝信心，但作家却都冷静地将她们置身于"魔鬼"的行列，不给人们留下丝毫的希望与最后的净土。

　　格非发现，二十世纪九十年代以来，中国社会一日千里，社会人心江河日下，欲望与金钱勾肩搭背，携手并肩，深刻地改变或者扭曲了当下国人的精神与灵魂。作家遭遇了人性黑暗、见证了人事巨变，这内心的悲哀、忧虑与激愤是显而易见的。

　　当然，小说中还有形形色色的被欲望裹挟的失魂的人们，他们是溃败的时代精英。《不过是垃圾》弥漫着浓郁的时代颓废感、末世的气息与愤慨的情绪。事实上，小说题目《不过是垃圾》就暗藏了格非对于当下世态人情的基本态度，小说立意也是激愤的控诉与拷问，情绪则是消极与悲怆的，而到了后来的《蒙娜丽莎的微笑》则还是给人们留存了一个积极的念想——胡惟丏至死都没有流俗——借以安慰人们被欲望折磨的心灵。至于，在俗世欲壑中，人的精神存在的问题、人的心灵栖息的问题、人的内心超越的问题等等，始终是格非的文学执念。

---

① 格非：《不过是垃圾》，见《蒙娜丽莎的微笑》，上海文艺出版社，2014 年 1 月第 1 版，第 198 页。

第三节　"声色"与"虚无"：时代性的两个面相

一、欲望的真相

在欲望横流的时代，坚硬的现实、物质的铁律扫荡着人的精神追求和内心的诗意，欲望与理性，物质与精神，彼此交织又角力，其中形成的张力成为推动小说叙事的动力。人们在物欲与情欲的裹挟中渐渐远离了纯真，身心疲惫，灵肉沧桑，见证了都市繁华表象下的荒芜与凄惶。作为时代精神支柱和价值规范的知识分子也在物质世界里，被推向了历史的边缘，被人生的虚无感紧紧包裹，陷入无尽的迷惘与空虚之中。格非冷静地描摹了时代的轮廓，呈现出当下欲望对精神存在的冲击与挤压，以及知识分子、精英主义的溃败。

作家以悲悯的情怀、沉思的气质赋予了笔下的现代知识分子超越性、寓言性特点，从而使得小说主旨引向深层的精神向度以及审美价值。格非笔下的故事有着言说不尽的韵味，在他那里，小说不仅仅是生活的影子，小说家也不仅仅是时代的书记官。他以冷峻的笔墨记录了中国社会的精神现实，深入思考现代知识分子的生存处境问题。

小说中的现实只是一个具有隐喻意义的背景，它指向当下颓败无望的人类生存环境。而现实中的个体清醒地面对着绝望与虚无，或者苦苦挣扎，或者随波逐流，在欲望的废墟上渴望意义的重生。格非对此现实是抱持着反讽、批判与无限悲哀的态度的，但他并没有将现实的种种乱象简单地归结于社会变迁或者人心不古，而是深入到存在的层面探究人的精神困境问题，即人的存在的本然性问题。

在我们看来，这种观点是有其消极意味的。作家以小说的方式表达个体与世界的关系，格非则以"欲望"介入了当下的现实，并进而介入了存在，然而他却有意无意地回避了社会的、时代的层面，淡化了文学的社会性特征，而将作品中呈现的问题引入到一个本源性的形而上的领域里。这种写作倾向应该说跟格非的文学追求相关，格非曾表达了这样的观点："我不是反对文学的社会性，不是说文学不要表现社会，而是说文学表现的领域应该更大，更加开阔。"[①] 而且，他还认为，"文学中还有一个硬核，我把它称之为对感时伤生、时间的相对性、生死意义等的思考和追问"[②]，因此，他在思考具象的现实问题时，即便对当下饱含批判性，他依然自觉地把思考的深度引向了形而上层面。这也与作家本人冥想的精神气质契合。

二、从欲望到存在

格非思考的依然是存在的命题。在欲望疯狂膨胀的时代，人如何面对精神困境，如何实现精神自救？人该如何存在？这也是格非欲望书写的意义，从欲望的角度书写时代的精神史，并不断探究人自身的存在问题。

格非从欲望的角度书写时代的精神境遇，批判了欲望，却忽略了欲望的双重内涵，其实，从个体的层面与从社会的层面来解读，"欲望"的价值与意义迥然不同。我们不能断然地否定欲望。欲望依然有它的积极作用。

当我们将格非众多的欲望书写作品与他后期的《雪隐鹭鸶——〈金瓶梅〉的声色与虚无》进行对读，我们会发现，格非有"言行不一"之处。我们知道《雪隐鹭鸶——〈金瓶梅〉的声色与虚无》是格非对《金瓶梅》的赏读，然而，此书却跳出了文学研究的窠臼，而广泛涉猎了文学史、社会史、思想史的学理分析。格非试图

[①] 钱伟长总主编：《上大演讲录 2007 卷》，上海大学出版社，2009 年 2 月第 1 版，第 82 页。

[②] 同上。

通过《金瓶梅》所展现的晚明时期世相、世情、世态，深入了解文本背后的社会经济、文化思想背景，从而全面把握晚明的深层社会本相与历史情境。同时，重要的现实意义在于，格非发现："《金瓶梅》所呈现的十六世纪的人情世态与今天中国现实之间的内在关联，给我带来了极不真实的恍惚之感。……我甚至有些疑心，我们至今尚未走出《金瓶梅》作者的视线。"①历史与现实是如此惊人的相似，让人恍惚间犹觉晚明历史并未终结。

此外，在这部论著中，格非又经由《金瓶梅》中欲望主体所表现出来的一种全新的人生观念，来反思晚明社会现实，并在某种程度上，从人性的角度肯定了欲望主体的本我性、本能性与合理性。对此，学术界也有相关发现："……将晚明社会伦理道德观的崩塌与资本主义经济萌芽联系起来，从资本主义经济和晚明心学的角度，在价值观上重新阐释了《金瓶梅》里的欲望主体，即求真（相）去伪（情）。换句话说，在《雪隐鹭鸶》中，格非正面肯定了欲望主体的'诚'与'真'，从自然人性的角度确定了欲望的合理。"②应该说，格非在《雪隐鹭鸶——〈金瓶梅〉的声色与虚无》中表达了对《金瓶梅》大描大绘背后所掩藏的欲望及其主体的极大程度上的肯定。然而，有意味的是，格非在他自己的欲望书写文本中却表现出与此相左的观念与态度。

三、欲望书写的矛盾

前文我们已经谈过格非对欲望主题始终保持关注、书写与探究。学术界对于格非的欲望书写也有多角度的解读与阐释，有的是从弗洛伊德的精神分析学入手，有的利用萨特的存在主义理论，还

---

① 格非：《雪隐鹭鸶—〈金瓶梅〉的声色与虚无》，译林出版社，2014年8月第1版，序言第1—2页。

② 梅兰：《格非小说论》，《文学评论》2016年第4期，第92页。

有的抓住后现代主义的"消解""拆解"策略，等等。而《雪隐鹭鸶》这部批评之作，凭借对《金瓶梅》的讨论而引出作家对欲望命题的总体认识与全面总结。该论著提示的对欲望的肯定与格非小说文本中传达出的对欲望的否定，这两者的相左相悖，将会是格非欲望书写研究的新视角。客观地说，欲望本身就是一个复杂的概念，我们很难从某一个维度去解读与阐释。从个体角度看，欲望固然有其破坏性及消极意义，而从社会角度看，欲望所包含的革命性、颠覆性与建设性却又是积极而进步的。

我们梳理格非的"欲望"书写，其中屡屡涉及"知识分子"与时代、历史、社会"相爱相杀"的慨叹，这与格非的人生经历、性情气质不无关系。格非捕捉到欲望的现实与人心，并以此介入人的精神存在的问题，他呈现了欲望自身的必然性、客观性、普遍性与破坏性，发现"欲望"的存在本质。应该说，在他的小说创作里，表达出对"欲望"命题全然的否定与批判的态度。值得玩味的是，这里恰恰体现出了作家的矛盾。

毋庸置疑，在中国当代文学史上，格非置身于同时代的作家群体中，既有群的属性与特征，又具备了时代的先锋异质性，他既勇敢，又敏锐，既冷静，又睿智，既不失赤子之心，又满怀悲怆失落之意，他从个人化的视角介入社会现实，从欲望的层面切入精神存在，始终思考与勘探着人的内在精神线索与心灵动向。于格非而言，这些都是一位文学家天然的使命与责任。

第六章　桃花源：存在的秘境

　　今天，作为潮流的中国先锋文学已经载入史册，它对中国当代文学的影响却是静水深流，绵远流长。我们看到，二十世纪九十年代以来，先锋作家们逐渐从形式主义高地撤退并转向现实，文学在形式上又回到了朴素和平易，在内容上又与时代现实逐渐建立了联系。格非正是如此。他十年磨一剑，在新世纪以"江南三部曲"再现了百年中国的历史沧桑巨变，直面百年中国遭遇的精神难题。他的写作面貌开始走向朴素、明晰，他似乎在一步步地挣脱形式的伪装，进而更加迫切地逼问内心中那个存在的疑难。如同存在真相的显形有一个过程，格非对这一真相的寻找，也是一个不断深化的过程。他对存在的省思，有着思想者的深刻，也有着文学家的诗意。在经历了对"存在还是不存在""如何证明个体存在"等问题的形而上追问后，格非对存在的探询，开始和中国经验相勾连，他试图在中国的生存情状里发现新的写作领地。

　　于是，他找到了"桃花源"这一古老的文学母题，作为乌托邦的中国实践进行书写。在这个乌托邦情结（或称桃花源梦想）的塑造中，格非不再虚拟小说的时间背景，而是将之真实对应于中国的某一个历史时段，进而在历史和梦想之间，寻找连接存在的精神链条。他通过呈现乌托邦的梦想及其实践结果，进一步思考"个体的精神存在如何实现"这一主题。格非要向我们证明的是，乌托邦也是一种真实的存在。

在这长篇三部曲中，格非揭示了乌托邦理想在时代变迁中不同的展现形式，以及它对历代人的精神生活的影响，既探讨了中国现代化进程中的悖论与冲突，也表达出作家对现代化语境下知识分子精神际遇的反思。他巧妙地处理了写实与寓言的关系，从《人面桃花》中陆秀米、张季元毕生追求的大同世界，到《山河入梦》中谭功达心心念念的社会乌托邦，再到《春尽江南》中谭端午无奈退守的审美乌托邦，作品中一代又一代的寻梦者怀着同样的乌托邦梦想，努力地在自己的时代构建一个超越现实的乌托邦世界。

格非在精神文化层面梳理并反思了中国百年历史进程，从人性与精神的意义上完成了对中国二十世纪革命史和现代史的重写。从中可以辨出格非的历史观与真实观，他并非追求宏大的正史，而是重视个体在具体的历史境遇中的生存体验史与精神蜕变史，因此，在格非的文本中，那些鲜活个体的内心的苦痛、快乐与隐秘也就成为历史中最动人的、最真实的细节。

作为一名富有"诗人哲学家"气质的小说家，格非自觉地深入探讨近代以来中国人的生存困境与精神裂变的问题，即勘探人类的精神存在。这也是格非写作的精神内核之一。

第一节　革命乌托邦

一、大同梦

2004 年，格非推出长篇三部曲之一《人面桃花》。这部小说，仍然是那种令人熟悉的"关注历史的个人书写"。他主要探讨了中国式乌托邦图景及其脆弱性，以及梦想与现实、历史与存在的隐秘关系。他坦言要写三部曲，分别选取中国社会的不同阶段加以表现，同时，这三部曲的小说母题带有延续性——都与他对"乌托邦"及"梦幻"的思考有关。

格非将小说取名为《人面桃花》，自然会使人联想到唐朝诗人崔护的那首诗："去年今日此门中，人面桃花相映红。人面不知何处去，桃花依旧笑春风。"因此，这也自然使人猜测这是一部爱情小说，事实上，格非亦反复澄清他写的就是一个爱情故事。但就作品本身而言，"人面"与"桃花"却分别代表着两个意味深长的符号——革命与爱情，或者说政治与欲望。爱情总是挣脱不了欲望的纠缠，而革命却不断走向乌托邦，走向那破灭的梦想，这似乎是一种人类历史的宿命。由此，《人面桃花》主题的沉重、寓意的深远、语言的精致典雅等，都给人带来强烈的震撼。

《人面桃花》是以中国近代史上的辛亥革命作为书写背景，在革命历史的宏大场景中展现丰富的人性图景，探询人的生存状态。历史，作为一种知识，既是一种告知，又是一种遮蔽。无数的真正的历史被湮没于黑暗之中。正如格非所说："总还有另外的东西，这些东西在我们的视野之外，在黑暗当中，我们现在需要有一种光把它照亮，让它呈现出来。"[①]毫无疑问，《人面桃花》试图照亮的是我们耳熟能详的生活的另一面，比如，积聚在每个个体心中的不同的乌托邦冲动、变动不羁的具体情境中生命存在的实在性、鲜活性。小说在呈现人的乌托邦梦想中推动着叙事的前进，而小说潜在的叙事动力则是小说中乌托邦诗学的建立。

乌托邦的梦想潜藏于每个人的内心。小说以"普济"和"花家舍"为叙事背景，在看似杂乱无序的时空中讲述不同层面的人的乌托邦冲动。如果我们把《人面桃花》简化为一句话，似乎可以这样表述："几个人追求他们梦想的故事。"小说分四个章节，或隐或现地讲述了四个人追求四个梦想的故事。但这四人都是世人眼中的"疯子"，因为"天底下的读书人，原本就是一群疯子"，他们渴望世界大同，但这个梦想却隐含着疯癫的危险。

---

① 格非：《小说艺术面面观》，江苏文艺出版社，1995 年 10 月第 1 版，第 127 页。

小说以陆侃的出走为开篇，小说第一句话是"父亲从楼上下来了"。这个疯子平日动弹不得，今天竟然腿脚麻利，神气活现地自己下楼来了。他不慌不忙、从容冷静地离开了普济，临走，给女儿秀米留下了预言般的最后一句话："普济马上就要下雨了。"时代确实已是"山雨欲来风满楼"。陆侃作为作品出现的第一个人物，格非对其着墨并不多，但陆侃这个沉迷桃源梦境的隐士形象却通过他人视角跃然纸上。陆侃被罢官回乡，执意要在普济修造世外桃源，虽然他的理想并没能实现，并且书中也只是通过别人之口道出此事，但是它不失为一个开始。

　　接着出现的是革命党人张季元，他不仅有着明确的革命理想与社会目标，还有着属于自己的革命组织。张季元与他的同道人企图改变整个中国，创造一个他们理想中的大同世界，然而他们同样失败了，这也直接导致了张季元的死亡。初到普济的张季元曾即兴说了一番骇人的"疯话"：秀米一家人在饭后聊天时，说到女子嫁人的事，张季元就插嘴说，往后结婚不需要三媒六聘，也不用与父母商量。如父母不同意便"把他们杀掉"，如女孩子不同意也"照样杀掉"。甚至主张"在未来的社会中，每个人都是平等的，也是自由的。他想和谁成亲就和谁成亲。只要他愿意，他甚至可以和他的亲妹妹结婚"[1]。张季元似乎在说玩笑话，实际上说的也是正经话。显然，张季元及其"蜩蛄会"是极端现代理想主义的代表。他们接受了现代启蒙主义的思想，试图"毕其功于一役"，一举建成一个与传统彻底决裂的理想社会。可以说，父亲陆侃与表哥张季元在秀米的精神成长中，扮演了"引路人"的角色。父亲陆侃是公认的疯子，梦想着在普济造一条"风雨长廊"，以使村人免除日晒雨淋之苦；同样被村人视为疯子的表哥张季元，在日记中展现了一个完全未知却令人疯狂向往的"大同世界"。作为陆侃的女儿，陆秀米自然秉承了父亲的精神气质，于是，他们的梦想融合成秀米半生的奋斗目标。

---

[1]　格非：《人面桃花》，春风文艺出版社，2004年9月第1版，第36页。

当秀米被绑架到花家舍的时候，全书第一次出现了一个已经付诸实践了的理想社会。王观澄苦心孤诣地创造了他的世外桃源——一个与世隔绝的理想社会："桑竹美池，涉步成趣；黄发垂髫，怡然自乐；春阳召我以烟景，秋霜遗我以菊蟹。舟摇轻飏，风飘吹衣，天地圆融，四时无碍。夜不闭户，路不拾遗，洵然有尧舜之风。就连家家户户所晒到的阳光都一样多。每当春和景明，细雨如酥，桃李争艳之时，连蜜蜂都会迷了路。"①……接下来，轮到了主人公秀米。这个只断断续续读了几天私塾的未见过世面的乡村少女，第一次进入读者视线时完全是一副张皇失措的模样，但她走上革命道路，追求"桃花源"的社会理想又有其必然性。

小说细致地讲述了秀米心理和生理的成长、变化和遭遇，讲述了秀米人生的求索、变幻的生存及莫测的际遇。小说没有刻意去渲染、铺张历史感，也没有竭力去搜寻"宏大"意义，而从历史生活中一个小人物的或微小或壮烈的际遇、存在状态表达一种历史情境、人生追求和生命存在。可以说，秀米宿命般地被父亲人生失败的阴影笼罩着，父亲有关"桃花源"式的理想图景、乌托邦梦想奇怪地缠绕着她。同时，革命党人张季元的出现更是引发了她对深闺之外的神秘世界的无限向往，照亮了她那迷惘而孤寂的人生，唤醒了她内心的狂野与情欲。因此，秀米对张季元的一份痴恋亦是她的精神支柱。改造现实、平等、自由、大同思想，都构成她质朴的前进动力。应该说，秀米的革命举动无疑带有自觉的成分，即一种创造历史的乌托邦主义激情，但从另一方面来说，秀米本人又并非是一个自觉的革命党人，她只是被时代的大潮、革命的巨浪裹挟进去的一个小人物。

然而，历史正是普通人的历史，是每个人的历史。个人才是历史的主体。那些积聚在每一个个体心中的永恒的乌托邦冲动与欲望，构成了历史或革命最个人化、最人性化的基本动力。

---

① 格非：《人面桃花》，春风文艺出版社，2004年9月第1版，第100页。

在作者刻意隐去了一段历史之后，秀米再次回到了家乡。这是一个陌生的秀米。她超常的冷漠，却不顾一切地投身革命的理想。小说呈现出一个女子对理想社会的构想与实践，她以一己之力在普济这个偏远的小山村里进行尝试。她组建"革命队伍"，这支队伍混杂了各种各样的人：接生婆、屠夫、乞丐、寡妇……他们对她的所思所想根本不感兴趣，连她的"铁杆军师"翠莲都说她是个疯子。她计划设置育婴室、书籍室、疗病所、养老院，甚至殡仪馆和监狱，等等，这些不切实际的想法一旦遭遇现实就被击得粉碎。女性人生、命运与一般历史紧紧纠结在一起。透过她的人生，我们看到了古今无数相似的桃源梦的绽放与凋落的过程。她要消除生的痛苦和烦恼，希望"每个人笑容都一样多，甚至就连做的梦都是一样的"，"每个人的财产都一样多，照到屋子里的阳光一样多"。①

二、革命的顽疾

在众人眼中，秀米也成了"疯子"。应该说，举凡理想主义者，其理想主义的激进与信念，偏执或冲动，都可视为具有某种程度的"疯狂"。秀米等革命者的理想因其先知先觉而不被常人所理解，这也常是历代先行者共同的命运。更重要的是，无论是陆侃的现代桃花源、张季元的大同世界，还是花家舍的土匪窝，抑或是陆秀米的普济学堂，所有这些乌托邦设计都指向一个共同目标，那就是：希望把所有的人都变成一样的，不仅生活一样，连心中所想都一样，从而使每一个人都享用共同的善和幸福。这样的设计抹杀了个体的差异性、特殊性，显然脱离了社会现实与人性真相。因此，陆侃的"疯"和陆秀米的"疯"，其实都是"乌托邦力量导致的悲剧性狂想与现实发生'断裂'造成的错位"②。"就像爱情经常走向欲望一样，

---

① 格非：《人面桃花》，春风文艺出版社，2004年9月第1版，第201页。

② 张学昕：《格非〈人面桃花〉的诗学》，《当代作家评论》2005年第2期，第41页。

革命也常常走向它的反面，成为杀戮和灾难的缘起。《人面桃花》很清楚地告诉我们，既然一切的灾祸、混乱都由心生，那么，救治的良方也应从心发起。众多的革命蓝图、乌托邦实践之所以纷纷走向失败，有些甚至还酿成大祸，都因为在其中掺杂了太多个人的私心和欲望。……说到底，脱离了天道人心，革命冲动和乌托邦实践距离疯狂也就一纸之隔而已。"[1]

历史唯物主义认为，事物发展具有必然性，即使有偶然性，也不过是一种形式而已。偶然性从根本上来说，并不能改变历史前行的方向。在历史进程中，一切都是清晰可辨的，势在必然的。格非对这种决断的历史把握与坚定的未来预测显然并不认同。十年前，他就在随笔《小说和记忆》中写道："我承认，在很长一段时间中，我确实一度对历史怀有很大的兴趣……我对历史的兴趣仅仅在于它的连续性或权威性突然呈现的断裂，这种断裂彻底粉碎了历史的神话，当我进一步思考这个问题时，我仿佛发现，所谓的历史并不是作为知识和理性的一成不变的背景而存在，它说到底，只不过是一堆任人宰割的记忆的残片而已。"[2]因此，《人面桃花》依然排斥了宏大、正统的历史叙事，消解了历史事件的意义及价值，并且一直不断借笔下革命者之口表达对革命本身的反思。小说中，张季元、王观澄、陆秀米都抱有改造社会的理想，心怀共同的桃源情结，但他们对革命的意义、对理想的认识仍然是不清晰、不确定的。他们对自己的理想有时持一种怀疑的态度。

张季元作为一位革命党人，他有明确的社会理想、奋斗目标和完善的组织，并且是曾经历艰难苦险的英雄人物，也曾表露这样的想法："我觉得我们正在做的事，很有可能根本就是错的，或者说，

---

[1] 谢有顺：《革命、乌托邦与个人生活史——格非〈人面桃花〉的一种读解方式》，《当代作家评论》2005 年第 4 期，第 92 页。

[2] 格非：《小说和记忆》，见《塞壬的歌声》，上海文艺出版社，2001 年 11 月第 1 版，第 15 页。

它对我来说一点都不重要，甚至可以说毫无价值，的确，毫无价值。好比说，有一件事，你一边在全力以赴，同时，你却又明明怀疑它是错的，从一开始就是错的。"① 甚至，张季元说出惊世骇俗的一句："没有你（妹妹），革命何用？"② 革命的投机取巧与荒诞不经在革命者的心声中袒露无遗。而秀米在经历了起义、革命、改革等一系列行动之后，也说出了类似的话语："她不知道她正在做的事是否是一个错误，或者说，一个笑话。"③ 她的所作所为既有书生意气、果敢坚毅，亦有知识者梦游般的迷离恍惚，这种复杂的精神特质也使她对革命事业不断产生怀疑，因此，所谓的革命便渐渐退到了远处，一切宏大意义都在革命者那里迷失了，革命者自身也迷失在历史的迷雾中。确实，在历史的迷津中，只有个人的生命悸动、内心丰富的生存体验，灵魂的孤独、寂寞、惆怅……才是最鲜活、最真切的。

三、日常生活的力量

秀米的一生不为人所了解。她在历史洪流之中始终是疏离淡漠、落落寡合。经历了革命、失败、入狱、出狱之后的秀米，缄口不言，冷漠遗世。这是秀米对过去的彻底告别，也是对自己的惩罚与折磨。"除了享受悲哀，她的余生没有任何使命。"④ 然而，"禁语"这一章是全书最温暖、最诗意的，其中的日子亦是秀米一生中最为幸福的时光。她第一次正视这纷乱又宁静的世界，杂乱无章而又各得其所，给她带来深稳的安宁与温馨。她退回自己最后的庭院，种花草，读闲书，观星象，像一个古代士大夫那样过着隐居的

---

① 格非：《人面桃花》，春风文艺出版社，2004 年 9 月第 1 版，第 69 页。

② 格非：《人面桃花》，春风文艺出版社，2004 年 9 月第 1 版，第 136 页。

③ 格非：《人面桃花》，春风文艺出版社，2004 年 9 月第 1 版，第 187 页。

④ 格非：《人面桃花》，春风文艺出版社，2004 年 9 月第 1 版，第 232 页。

生活。她还学会了种菜、洗衣、绱鞋等作为女人最普通最实在的事。人世如此温暖，生活如此真实。秀米获得了内心的平静，也开始了对命运的禅悟。往事历历在目，"她觉得自己就是一只花间迷路的蚂蚁。生命中的一切都是卑微的，琐碎的，没有意义，但却不可漠视，也无法忘却。""原来，这些最最平常的琐事在记忆中竟然那样的亲切可感，不容辩驳。一件事会牵出另一件事，无穷无尽，深不可测。而且，她并不知道，哪一个细小的片刻会触动她的柔软的心房，让她脸红气喘，泪水涟涟。"①这些往事，原以为不曾经历，亦从未记起，却一刻也无法忘却。乌托邦梦想最终回归了生活本真及生命存在。

无疑，父亲陆侃的桃源梦想、张季元的大同世界，以及秀米的普济学堂，最终均以失败告终了。《人面桃花》可谓一部关于"乌托邦"的小说，然而，它却既不是"乌托邦"的颂歌，亦不是"乌托邦"的挽歌。这部小说似乎充满了悖论。归根结底，这与格非自身复杂的态度相关。格非并不否认"乌托邦"于他的重要性，他的内心潜藏着乌托邦的梦想，他以为任何时代任何人都应心怀乌托邦或者爱做白日梦，但同时，他又意识到乌托邦理想实践过程中的非理性、残酷性以及必然的失败。格非在写作中展现了这种个人与现实，与梦想，与灵魂之间的冲突——这显然是存在的冲突。

第二节　政治乌托邦

一、县长的痴狂

在人类历史上，"乌托邦"思想一直存在。陶渊明的桃源胜境，康有为的大同世界，都是中国历代知识分子的梦想和憧憬，是令人

---

① 格非：《人面桃花》，春风文艺出版社，2004 年 9 月第 1 版，第 246—247 页。

向往的"乌托邦"乐土。而西方对乌托邦的追寻更早，从希腊柏拉图的《理想国》开始，到十六世纪英国托马斯·莫尔的《乌托邦》一书，描绘出西方人心目中最完美的人类社会制度和生存状况。无论是中国的"桃花源"还是西方的"乌托邦"，其实均是同一个概念的不同名称而已，只不过呈现的面貌不同，都是指一种没有私有制压迫、人人平等自由、物质生活和精神生活均丰富和富裕的大同社会。它就像一面镜子，通过它，可以看到我们的心灵史、文化史。这个人类大同的梦想会一直延续下去，因为有了这个梦想，我们的现实才不会变得那么可怕。

今天的人不太会想"乌托邦"的问题或不太做白日梦。其实文学的职能之一就是做白日梦，为现实生活重压之下的人们提供一个喘息的机会。诚如张大春先生所说，文学带给人的往往是"一片非常轻盈的迷惑"①，它既不能帮助人解决人生问题，也不会减少这些问题，它的存在，或许只是"一个梦、一则幻想"而已。假如文学不再集中描述存在的景象，也不再有效解释精神的处境，那么人类就将失去某种做梦的权利，文学也将不再处于它自己的世界之中。

《山河入梦》是"江南三部曲"的第二部。它仍是格非的"一个梦"。它继承了第一部"寻找一个桃花源"的主题，道出乌托邦年代一个理想主义者的失败命运，探讨了人类的精神出路和现实困境。格非以文学的方式表达了郁结自己心中的困惑。

故事发生在1952年至1962年间的江南农村。上世纪五十年代初，正值少女花季的姚佩佩，父母双亡，从上海来到梅城投奔姑妈，流落于梅城浴室卖澡票，偶遇梅城县县长谭功达。谭功达心怀怜惜，帮助姚佩佩成了梅城县委办公室的一名秘书。作为一县之长，谭功达本应是革命的弄潮儿，但他迷恋于乌托邦的历史激情，计划修建庞大的普济水库，一心要将梅城建成社会主义的桃花源。作为已过而立之年的男人，谭功达在情感上混沌无知，他一方面对

---

① 张大春：《小说稗类》，广西师范大学出版社，2004年5月第1版，第1页。

姚佩佩情有独钟，却又与文工团的舞蹈演员白小娴建立恋爱关系。他迷迷糊糊、落落寡合，疏于人事而耽于幻想，怜香惜玉有余而当机立断不足，不仅在各种"恋爱"事件之中节节败退，而且在勾心斗角的权力场上四处碰壁、一败涂地。水库大坝一夜之间发生溃堤的惨剧，谭功达只有黯然离职，恋情亦被中断，而且鬼使神差地匆忙与一个农村寡妇成婚。而姚佩佩的命运更加不济，在朋友诱骗下被省委副秘书长金玉强奸，姚佩佩一怒之下杀死了对方，从此踏上了漫漫的逃亡之旅。谭功达被降职为"巡视员"，他来到花家舍之后惊奇地发现，自己梦寐以求的"社会主义桃花源"已经在这里提前实现。正迷离于"花家舍"的谭功达却收到了逃亡中的姚佩佩的来信，此刻，他才意识到自己一生最爱之人是姚佩佩。他的精神与她一起亡命天涯，直至最终姚佩佩归案被枪决，谭功达也因包庇罪和反革命罪在梅城监狱死去。

小说中的男主人公谭功达是一个具有知识分子精神气质的革命者，他与母亲陆秀米一样，是个痴迷于"乌托邦"理想的人物。他本是苦出身，作为人民百姓官，却不思饮食布帛，反求海市蜃景。又是修大坝、挖运河……又是实行"村村通公路"计划、丧葬改革、沼气推广等等，做起了共产主义大同的桃花梦。应该说，造大坝发电，建沼气池照明，村村通公路，运河达四方，这是十分美好的发展蓝图，是社会主义新农村的桃源胜景，但在二十世纪五六十年代的中国，"反右""大跃进"，三年困难时期，新生的国家蹒跚学步，艰难向前，试想"跑步进入共产主义"是多么荒唐与可笑。诚然，谭功达的政治理想是超前的，不切合现实实际的，但是，从另一个角度来看，伟大的理想在一个污浊混乱的环境中也是无法生存的。而谭功达竟然与外祖父陆侃、母亲陆秀米有着相同的"乌托邦"精神结构。他无意识地重复着他的前辈们对理想的偏执与"疯狂"的浪漫，沉浸在共产主义乌托邦理想中。他坚信自己是了解这个社会的，但他又确实始终不明世界的真相，他执着于自己内心的理想世界，愚钝又善良，可怜又可悲。

可以说，谭功达是感性、热血、理想、浪漫的"诗人政治家"，在错综复杂的社会生活中，他执拗地追求自己的社会乌托邦，构筑自己的理想蓝图，他失败失意却从未放弃。这样一个痴人，在情感上同样是一副"呆相"。他一见到漂亮的女人就眼睛发直，浮想联翩。初次到达花家舍，公社派小韶来接他：

> 她胸前别着一枚毛主席像章，眉眼有几分长得像白小娴，又有几分像姚佩佩。只是不像小娴那么矜持，也全无姚佩佩的阴郁和忧戚。这时，谭功达的心头立刻泛出一丝落寞和忧伤，仿佛每看到一个漂亮的女孩，都会在心里埋下哀伤的种子……那枚毛主席像章的小别针会不会扎到她肉里去？在胡思乱想之际，目光就渐渐地变得飘忽起来，一动不动地看着小韶，发了呆……①

谭功达的"花痴"形象，有些贾宝玉的味道。他经历了四位女性，如果说白小娴和张金芳的出现使他的生活显得荒诞不经，那么小韶则使他在生命的困厄贫瘠之中获得暂时能够存在下去的勇气。姚佩佩是小说中惟一理解谭功达的人，正是她的爱，给了谭功达重回自我的信念。但是，"每个人的心都是一个被围困的岛屿，孤立无援"，在谭功达和姚佩佩同时陷入一种无援的境地时，我们看到格非笔下的世界，实际上是一个异常冰冷、荒芜的世界。人就像身处那湖心弹丸之地"花家舍"，在对世界的茫然四顾之中，难以走出历史，走出现实，走出自己的阴影。

其实无论是陆侃、丁树则、陆秀米、张季元、花家舍兄弟，还是谭功达、郭从年和姚佩佩，他们生命中潜在的"乌托邦"梦想，正在成为变动不羁的岁月里被一代代人所接续、修复的存在依据和

---

① 格非：《山河入梦》，作家出版社，2007 年 1 月第 1 版，第 268 页。

精神幻象。最终，一场洪水冲垮了乌托邦的美好蓝图。乌托邦遭到了生存的本能反抗。谭功达的梅城美好规划黯然收场。

二、花家舍的秘密

当他作为巡视员下放到"花家舍"人民公社时，谭功达惊奇地发现，自己梦寐以求的"社会主义桃花源"已经在这里提前实现。在他看来，花家舍富足、安宁、有序，"这或许是世界上最美好的地方，甚至比他所梦想的共产主义未来还要好！"[1]花家舍实现了谭功达全部的桃源梦想——健全的人民公社、完善的各种社会机构、井然有序的社会生活、路不拾遗夜不闭户的民风民情等等，这里奇迹般地实现了他一直努力实践却不断失败的目标。

花家舍乃地处湖心的小岛，实际上它也是格非心中的孤岛，在"江南三部曲"的第一部它是个土匪窝，在第二部它是社会主义试验田，岛上风雨长廊四面贯通遮阳蔽雨，公社社员自主劳动诚实计酬，没有行政命令，没有规章制度，没有领导上级，"没有人能真正看得见公社，而公社却无处不在"[2]，"每个公社社员都是常春藤上的一朵小花"[3]，共繁荣同命运。这一切，让谭功达惊奇，尔后惭愧，再到愈发地钦佩与留恋，他朝思暮想的梅城理想蓝图在此成为现实。谭功达就像来到了自己的梦中，然而，很快，谭功达却不得不从梦中痛苦地"醒"来——小说主题的探讨也由此深入。

然而，花家舍又似乎总有几分云遮雾罩般的神秘。这里的人们总显得满腹心事，抑郁寡欢，总是不苟言笑，沉默不语，原来，因为《101就在你身边》，"每一扇窗户背后，都有一双充满警惕的眼睛"[4]。这也正如奥威尔的《1984》里说到的，"big brother is

---

① 格非：《山河入梦》，作家出版社，2007年1月版，第277页。
② 格非：《山河入梦》，作家出版社，2007年1月版，第316页。
③ 格非：《山河入梦》，作家出版社，2007年1月版，第274页。
④ 格非：《山河入梦》，作家出版社，2007年1月版，第331页。

watching you"。其实，这也是那个年代中我们的日常经验，人们的一举一动，一言一行，一切的一切，都是在光天化日之下。甚至连思想都有罪。所以，赢球的篮球队队长自己发了疯，天真烂漫的少女要被规训成"举止端庄、不苟言笑"的新人。花家舍的一切仿佛被一只无形的手牢牢掌控，井井有条却呆板机械，表面和谐却内里互相揭发检举。一个个体生活被完全掌控的世界究竟是一种怎样的生活？这里所有人生活在无形的压力之下，战战兢兢，如履薄冰。谭功达开始意识到乌托邦理想的悖论与潜在的巨大危机。这种超越历史理性、对抗人的生存本性的"理想"终究逃不脱被颠覆的结果。

曼海姆曾在《意识形态与乌托邦》中提出，乌托邦一旦成为实践模式，必然沉积为一种意识形态，并与既定的意识形态合谋。维持现存秩序是意识形态的功能。由此可以认为，意识形态是过去的积淀，是现实的存在，而乌托邦是对未来的期望和憧憬。乌托邦一旦取代意识形态，从不在场变为在场，它就立刻蜕变为意识形态，成为一种既定秩序的维护者，甚至可以说，是对个体个性化自由化的压制者。乌托邦理想一旦实现，却立即解构了自身的意义与价值，超越性也就丧失殆尽了。

在奥威尔的《1984》中，乌托邦就已蜕变为实现了的国家意识形态，以极端、专制、强暴的方式维护既定的社会秩序。在这个社会中，国家凭借至高无上的权力，剥夺了个人的私生活，无论在工作场所、宿舍，还是在公共场所，个体都处在电幕的监视与控制之中。也就是说，每个人的全部生活永远暴露在统治者的眼光下，每个人的全部闲暇都被各式各样的集体活动所填满，个体也就在活动中处于各式各样的组织监控之下。小说开端就出现一幅巨照：很大的面孔，有一米多宽，大约四十五岁，留着浓密的黑胡子，面部线条粗犷英俊。不论你走到哪里，画面中的眼光总是跟着你。下面有文字说明：老大哥在看着你。在这个未来的以伦敦为中心的大洋国，由从不露面，然而无处不在的"老大哥"为首的"内层党"统治。国家严密控制社会生活的每一个领域以及每一个生命个体。更致命的是，这种控制深入到人的灵魂深处。集体言说渗入了人类个体的每个细胞，甚至湮没、取代了个体言说。

这是一个令人毛骨悚然的世界。大家活在老大哥的"爱护"之下，绝对服从国家的一切安排。这就是被异化的乌托邦以及由此派生出的权力。权力的实质在于把人类思想撕得粉碎，然后按照所选择的样子黏合起来。这也许就是我们听闻过的或记忆中的"洗脑"，或如杨绛先生所比喻的"洗澡"。《山河入梦》就尝试着再现"洗脑"乃至"去脑"的过程，温和而粗暴。

三、梦醒之后

末了，作者借郭从年之口讲出来了"乌托邦"自身的裂隙和脆弱。这对话发生在谭功达即将离开花家舍时，郭从年答应解答谭功达任何的疑问。

"那么……"谭功达显得有些踌躇，似乎在掂量着这个问题到底该不该问，"你觉得花家舍的这种制度能够维持多久？"

郭从年的眼神陡然显得有些飘忽。他的静默尽管时间很短，也多少让谭功达感到了他内心的一丝不耐烦。这个问题不经意地触到了郭从年心底的伤痛，那张生动而神采奕奕的脸随之变得灰暗，布满了难以言说的悲伤的阴影……

"老弟，花家舍的制度能够存在多久，不是由我一个人说了算的，也不是随便哪一个人（他用手指了指屋顶）能够做主的。它由基本的人性的原则决定的。"

"什么是'人性的原则'？"

"好奇心的原则。"郭从年以一种忧心忡忡的语调说道,"我在花家舍工作了十二年,这个地方是我一手设计、建立起来的。我所受到的赞誉和攻击一样多。上级领导包括兄弟县的同志们三番五次地批评我,说我搞的不是真正的社会主义,而是带有封建会道门性质的神秘主义。这些压力我都可以置之不理。可是,你拿人的欲望和好奇心有什么办法呢?

"我曾跟你说过,我十二年来反复地阅读同一本书,这就是《天方夜谭》。……我说这本书给了我很大的乐趣,这不假,但它也让我感到害怕。……书中的故事名目繁多,千奇百怪,可所有的故事实际上都是同一个故事,或者说,都有一个完全相同的结局。王子也好,公主也好,或者是商人、哈里发、水手也好,他们每个人都会受到相同的告诫,那就是:有一扇门,无论如何是不能打开的。……

"每一个人尽管都受到严厉的警告,但最后却无一例外地都打开了那扇门。无一例外,你懂吗?恰恰就是这一点,让我感到伤心和绝望。人的欲望和好奇心是永远不会餍足的,从根本上来说,也是无法约束的。有的时候,我在想,即便共产主义实现了,人的所有愿望都能满足,我们的好奇心仍然会受到煎熬。有时,我夜半醒来,就会对自己说:郭从年啊郭从年,你他娘的是在沙上筑城啊!你他娘的筑的这个城原来是海市蜃楼啊!它和我刚刚做过的一个桃花梦到底有多大的区别?

"我预感到,我的事业,兄弟,我也许应该说,我们的事业,将会失败。短则二十年,长则四十年,花家舍人民公社会在一夜之间灰飞烟灭。什么痕迹都不会留下来。……三四十年后的社会,所有的界限都将被拆除;即便是最为肮脏、卑下的行为都会畅行无阻。……世界将按一个全新的程序来运转，它所依据的就是欲念的规则……"①

　　郭从年用家长式、集权式的幕后控制方式建立起了他的乌托邦世界。他是可怕的，也是可敬的。在他的蓝图里，人人幸福，个个高尚。但，一种绝对的自由是根本不存在的。在历史和自然面前人是卑微与渺小的，而人心又是扑朔迷离、不可把握的。从秀米到谭功达，或许我们可以再往前追溯至王观澄、张季元、陆侃，他们一脉相承，心怀改造社会的美好理想，但无一例外皆败北。甚至郭从年，花家舍掌门人，亦强烈预感他的事业——花家舍人民公社必将湮灭。他们都只是普通人，向善向美，由于某种完全无法预料无法言说的命运的原因，被裹挟到时代浪潮当中。然而他们的乌托邦理想注定要失败，因为在当下的现实土壤里，它不具备生长的条件，而且还有着致命的弊端——乌托邦与人性的矛盾。然而，我们决不能就此否定它在整个人类发展史中极其重要的作用。理想的失败是伟大的失败。

　　至此，谭功达终于见识了梦境黑暗的一面，他的桃源梦由此崩塌幻灭。然而，他痛苦地从梦中醒来，却是无路可走。格非的桃花源式乌托邦一次次迷失，其中却透露出格非对人性、历史、存在与社会的独特看法。在小说的写作中，传统文学思考的是如何用"个人"的小故事讲进"时代"的大故事，套用一句精神分析学的术语，是"个人的利比多问题"如何才能寻找到"社会的出路"。而格非则背道而驰。他在写作中探讨的是在巨大的历史变革和社会变革面前，如何退回内心世界，包括情感、欲望、本能。"社会的出路"需要在"个人的利比多"上获得想象性的解决。这是一种对"历史"与"个人"之间复杂联系进行探索的新路径。

　　《山河入梦》的最后，可视为格非对1956年前后至1976年的乌

---

① 格非：《山河入梦》，作家出版社，2007年1月第1版，第332—333页。

托邦理想的理解：

> 没有死刑，没有监狱，没有恐惧，没有贪污腐化，遍地都是紫云英的花朵，它们永不凋谢。长江不再泛滥，连江水都是甜的。日记和私人信件不再受到检查。没有肝硬化，也没有肝腹水。没有与生俱来的罪恶和永无休止的耻辱。没有蛮横愚蠢的官员，也没有战战兢兢的百姓。如果你决定和什么人结婚，再也不会有年龄的限制。
>
> 什么烦恼都不会有了。[①]

乌托邦主义者最终死去，但乌托邦永生。死亡结束了一段乌托邦，但另一段乌托邦却将从此生长。人的本性决定了，乌托邦冲动会随时发作，会一直影响当下的生活。

现实的极度匮乏，催生了乌托邦之理想，山河入梦、众生平等，都正"在路上"。让我们牢记卡尔·波普尔的警世恒言："想在世界上建立天堂的人，都把地球弄成地狱。"

第三节　爱情乌托邦

爱情，是大多数作家都曾经涉猎过的文学母题，这也许是历代文人墨客都无法拒绝的最后的梦想与家园。格非的作品以爱情为主题的不多，或者说，他的作品大多徒有爱情故事的外壳而已，格非也说，"爱情故事处于前台，其他目标附着其上"，所以，我们看到格非小说里的爱情承载着宏大的使命。事实上，无论这个时代如何变迁，社会如何移风易俗，爱情始终是人类最美好的东西，而爱情必须依托在个体身上才能承担社会的重负。当然，在格非这里，爱

[①]　格非：《山河入梦》，作家出版社，2007年1月第1版，第346页。

情故事的背后往往可以解读出存在、历史、真实、社会批判等内涵。事实上，爱情亦是存在的一种。

二十世纪九十年代中期的《欲望的旗帜》便是典型的范例。许多学者和批评家都将这部作品归在社会问题小说之列，而作者自己认为它只不过是一部爱情小说而已。这关于爱的叙说不仅是一种具有永久魅力的对象，亦是追问人的精神存在的一个重要标尺。在这欲望的年代，真挚、纯洁、美好、质朴的爱情无力坚守，无法企及，结果正如小说中的一句话："我知道爱情是怎么回事，在它不可企及的廊柱的阴影下，我只能自惭形秽。"[①] 对张末而言，她永远买不到那条心心念念的背带裤，正如她得不到理想中的爱情。

即便来到了新世纪的"江南三部曲"，格非依然不肯通融，《人面桃花》《山河入梦》《春尽江南》的爱情故事皆以悲剧告终，主人公都是在错过、延宕之后，方能明白心中所爱，而此时，他们却再也无法与爱人重逢晤面，再续前缘了。

《人面桃花》中，少女秀米被革命党人张季元唤醒了情欲，引发了对神秘世界的向往，这些"胡思乱想"的念头与不无荒诞的想法，犹如黑暗中的明灯照亮了这个耽于想象的深闺少女的迷惘人生，使她误打误撞地走上了大同革命的道路。而两人之间深藏的情愫则由于张季元死于非命而告终。

而《山河入梦》里谭功达与姚佩佩的情投意合、惺惺相惜亦是在彼此永远错过之后才被发觉，因此那亡命天涯之际的悲剧性爱情格外令人扼腕。

姚佩佩，一个荒谬而聪慧的女子，她默默爱着年长她二十岁的县长谭功达，这并不是因为谭功达将她从澡堂解救出来。起初的好感源自他那双大手，如父亲般的温暖和安全。渐渐，爱恋的种子悄悄生根发芽，不知不觉中竟然长成大树。在现实生活中，姚佩佩只想逃离，和谭功达一起，"逃到一个荒无人烟的小岛，隐居起来"，

---

① 格非：《欲望的旗帜》，春风文艺出版社，2005年1月第1版，第196页。

"隐姓埋名,过上一辈子"。"她要把小岛的每个角落都种上紫云英。""在阳光下,那大片大片的紫色花朵,犹如铺锦堆秀一般,漫山遍野,一直延伸到遥远的天边。"①然而,世外桃源总是不存在的,人总无法逃离。

之后,姚佩佩沦陷于权力的交易场,被省委秘书长金玉强奸并一怒之下杀了他,受害者变成杀人犯。姚佩佩开始了仓皇的逃亡之旅。她不停地给谭动达写信,告诉他所经过的山川和河流,所经历的风霜雨雪、晨昏朝夕。而收信后的谭功达站在地图前心急如焚,他一刻不停地想象着姚佩佩正遭受的一切,他似乎听到佩佩沉重而哀怨的叹息,没完没了的呢喃低语,他感觉自己甚至能够像精灵一样钻入她的体内,躲藏在她灵魂的深处,感受她的战栗和恐惧。她在逃亡的过程里遇到的山、河、风与雪,进入了谭功达的梦乡,他一刻都离不开姚佩佩,他仿佛和她一起逃亡。冥冥之中,姚佩佩以谭功达所在地为圆心绕了一圈,直至最后被捕。谭功达也因包庇罪和反革命罪入狱,最终在狱中得肝腹水而死。

小说结局令人唏嘘。这些柔弱的人在支撑他们昂贵的理想。他们单纯、善良、固执、不切实际,与社会格格不入。社会乌托邦及爱情乌托邦的理想只能破碎。

紫云英,阳光下无边无际的紫云英。姚佩佩望着花地中矗立着的被一片浮云阴影遮住的孤零零的苦楝树,她在心中许下一个愿,闭上眼睛,默默数数,如果阴影移开,就意味着爱情顺利。等了许久,"它还在那儿。一动不动。而在别的地方,村庄、小河、山坡上,到处都沐浴着灿烂的阳光。苦楝树下那片可怜的小小的紫色花朵,仿佛就是我,永远都在阴影中,永远"②。

不管姚佩佩如何挣扎,紫云英花地中那片浮云的阴影永远不会移走,因为它已镌刻在她的心里。"为什么我的内心一片黑暗,可

---

① 格非:《山河入梦》,作家出版社,2007 年 1 月第 1 版,第 171 页。

② 格非:《山河入梦》,作家出版社,2007 年 1 月第 1 版,第 345 页。

别人的脸上却阳光灿烂？这是姚佩佩的问题，也是我的问题。"①格非如是说。

至于"江南三部曲"的收官之作《春尽江南》，其中的爱情同样是惨淡收场，所有的爱情都无力抵抗生存的压力，也无法解答精神的困惑。在小说中，诗人谭端午与文学女青年秀蓉步入了婚姻与家庭，然而他们的爱情却在时代剧变之时，相左相悖的人生观念之中，逐渐走向末路。直至秀蓉因不治之症而独自远走西藏，在即将被命运宣布出局之际，秀蓉和端午才明白彼此刻骨的牵挂与深沉的爱恋。秀蓉在留给端午的遗信中坦陈了自己的心扉：

> 孩子就交给你了。我曾经很可笑地希望他出人头地。现在已经不这么想了。平平安安的，就好。
>
> 你也一样。平平安安。
>
> 现在，我已经不后悔当初跟你相识。如果你仍然希望我在临别之前，跟你说上最后一句话，我会选择说：
>
> 我爱你。一直。
>
> 假如你还能相信它的话。②

所有的龃龉，所有的伤害，所有的眼泪，最后化作一句依依不舍的"我爱你"，而此时的爱人却只能低头踞守无尽的思念与悲凉。这长篇三部曲写尽了阴差阳错的爱情，其中的主人公们皆是历史浪潮中不合时宜之人，总在错过之后才刻骨铭心地意识到真正的爱情。他们试图努力成为历史的主角，却总是悲情地置身于历史局外人、社会多余人的位置。他们试图抓住人类最后的梦想——爱情，却依然扑了个空——历史在别处，爱情也在别处。这便是人类生存中粗粝、荒寒、冷硬的存在真相。

---

① 格非：《山河入梦》，作家出版社，2007年1月第1版，封底页。

② 格非：《春尽江南》，上海文艺出版社，2011年8月第1版，第369页。

第四节　诗人之死

《春尽江南》的发表，标志着卷帙浩繁的"江南三部曲"的完结，以及格非对中国整个二十世纪的百年书写的结束。"如果说《人面桃花》和《山河入梦》是在试图展示一种革命乌托邦或社会乌托邦的溃败史，探讨了中国二十世纪政治现代性的曲折与吊诡，那么，《春尽江南》则是以审美乌托邦作为精神依托，审视了中国社会进入市场化时代人们所面临的巨大焦虑和失衡。"①换言之，作为这长篇小说三部曲的收官之作，《春尽江南》直接介入当下中国的现实状况，正面强攻日趋物化和异化的社会现实，梳理了中国当代精神史的脉络，并深入探询了时代变迁、人心变化的当下，现代知识分子的灵魂选择与精神疼痛的症结。在《春尽江南》中，人类那悠久的乌托邦情结，终于从宏大的社会历史层面退回至普通个体的精神深处，并逐渐走向了沉寂与消隐。

一、诗人的两难

在这"江南三部曲"最后一部中，《春尽江南》的故事背景依然设定在江南，故事时间与主要人物则都与前两部作品相关联。

江南，那是寄托了人们无限美好遐想的地方，是传统文化意义上的故土。还记得唐代白居易的那首《忆江南》，昔日"江南好"，"日出江花红胜火，春来江水绿如蓝"，这番江南的自然风光、田园美景，以及深厚的人文内涵，让人哪能不忆江南？然而，世事沧桑，今日的江南早已换了另一副模样，今日的江南春景已走向山穷水尽、凋敝枯萎。显然，作为中华文化腹地的标记，"江南"的当

---

① 洪治纲：《乌托邦的凭吊——论格非的长篇小说〈春尽江南〉》，《南方文坛》2012年2期，第78页。

代命运俨然是与家国民族的传统文明的坍塌同构的。

小说有一段极具代表性的描写。某个夜晚，昔日的诗人谭端午与美貌女子绿珠，试图沿着江堤寻找"渔火"，进行一次美妙而诗意的散步时，"他们最终抵达的地方是一个巨大的垃圾填埋场。就在长江堤坝的南岸，垃圾堆成了山，一眼望不到边。没有张网捕鱼的渔民。没有鲜鱼和螃蟹。想象中的渔火，就是从这个垃圾填埋场发出的。通往市区的公路上，运送垃圾的车辆亮着大灯，排起了长队"①。昔日挑着灯笼在江面飘摇的渔船队，变成了今日开着大灯散发臭气的垃圾车队，这一巨大的反差令人既啼笑皆非，又心生悲凉。昔日的宁静、淳朴、美好的家园已经悄然变成了后工业时代的巨大垃圾场，确实是"江南春尽"了。这其中隐喻的正是这部小说的精神主旨，直接指向中国当下的社会现实与知识分子的精神现实。

《春尽江南》的故事结构其实很简单，讲述一对夫妻从相识到结婚，经历了十多年的喧闹烦扰的家庭生活，直至妻子最终病故而结束。其中，还穿插了他们与彼此的家人、朋友、同事乃至情人之间的交往和冲突。然而，就在这日常生活书写中，格非通过特定的环境背景，特殊的人物身份、人生经历与生存体验，以个别人物勾连起整个群体，乃至整个社会，呈现出当代中国日趋沉重的社会现实——宁静诗意的乡村已经消失，严重污染的空气与污浊的河流包围着人们，房地产无处不在地巧取豪夺，金钱物质成为人们追求的惟一目标，欲望与罪恶不断泛滥。

社会现实已经严重失范，尤其在中国传统文化的腹地江南，这种变化与落差更是让人触目惊心，扼腕神伤。格非在小说中设置了两个空间载体：鹤浦边缘的"花家舍"与端午夫妇的唐宁湾新房。这两个载体不仅推动了小说故事情节的发展，而且自身还承载着作

---

① 格非：《春尽江南》，上海文艺出版社，2011 年 8 月第 1 版，第 39 页。

家对现实的猛烈抨击与辛辣讽喻的意味。具体而言，围绕着它们，小说分别铺写了两个意味深长的事件，前者直指理想主义的消亡，后者则宣告了道德人心的彻底沉沦。

先说"花家舍"。那是《人面桃花》里匪帮的桃源圣地，也是《山河入梦》里的"共产主义"式的大同公社，尽管这些实践结果最终皆是事与愿违，但起初都是承载着美好的乌托邦理想的。而在《春尽江南》里，"花家舍"已经全然不能作为一种乌托邦的实践而存在了，"花家舍"摇身变成为一个纸醉金迷、欲念横生的"销金窟"与"温柔乡"，这标志着时代的堕落和乌托邦的湮灭。更令人绝望的是，以徐吉士为首的曾以"启蒙者""救赎者"自居的诗人们，在经历了八十年代的理想主义之后，终于在时代大浪中蜕变为"灵魂出窍"的酒色之徒；而那声势浩大的诗歌研讨会，实质上早已不再探讨理性的形而上层面的问题，而迅速转入了形而下的感官层面的狂欢与放纵。因为诗人们早已明了，"到了今天，诗歌和玩弄它们的人，一起变成了多余的东西。多余的洛尔加。多余的荷尔德林。多余的忧世伤生。多余的房事。多余的肌体分泌物"①。这种精神上的大颓废，直接指向现今时代伦理的彻底坍塌。

再来谈谈端午和家玉那套被租客强占的唐宁湾新房。作为一位两次获得鹤浦市"十佳律师"称号的庞家玉，居然被中介公司成功地骗租了房子。这事件本身就是对社会秩序的一种巨大讽刺。然而，更深刻的反讽意味在于，当庞家玉与租客李春霞正当交涉协商时，租客强词夺理，咄咄逼人。法律在律师手中，尚且发挥不了合理合法的自卫功能，更何况在其他普通百姓处了。最终，端午和家玉通过黑帮"国舅"才成功收回了房子。这是一个残酷的事实：在理性缺失、道德失范、无序混乱的时代，法律只是一纸空文，而只有流氓才是现实中通行无阻的王牌。

---

① 格非：《春尽江南》，上海文艺出版社，2011 年 8 月第 1 版，第 121 页。

二、诗人的心灵选择

我们来看小说中的主要人物。小说主人公谭端午在二十世纪八十年代是一位意气风发的诗人，他与海子、欧阳江河、翟永明等诗人都有往来，有众多的追随者，而他则以诗歌的名义追逐着所谓的爱情。这位诗人还参与了上世纪八十年代末的那场政治风波，而正是这一事件改变了他后来的人生轨迹——经历了任性的自我放逐与离群索居的山间隐居生活后，他对人生态度与价值追求有了新的顿悟："他置身于风暴的中心，同时又处于风暴之外。"①同时他还得出了一个令他震惊的悖论："没有强制，其实根本就谈不上任何自由。"②因此，他选择结束招隐寺的隐居，秉持内心的精神信念，重新回到缭乱无序的时代，他既置身于现实之中，又游离于现实之外，在抵抗中妥协，在妥协中抵抗，仿如时代的局外人，历史的疏离者。而就在这个人生转折点与时代的拐点，他遇到了秀蓉——招隐寺的相遇恰好给他激情入世的八十年代画上了句号，由此开启了他避世的疏离人生。

端午最终进入鹤浦地方志办公室工作，清闲散漫，百无聊赖，无所用心，无所事事，在这个纷繁忙乱的世界，他过着隐士般的生活。端午对此感到心满意足，他心甘情愿地待在这个可有可无，既不重要又有点重要的单位，他有点喜欢这种在社会的角落"正在烂掉"的感觉。"惟一困扰着他的，是一种不真实感，他觉得自己有点像《城堡》中的那个土地测量员。"③这里有许多可以玩味之处。这些曾在八十年代高呼启蒙与解放的诗人，或者说知识分子，在进入九十年代之后，怀揣着局外人的沮丧、消沉与虚无，抱持着昨日梦魇的苦恼、失落与隐忧，遗世独立于一个被边缘化的场域。显

---

① 格非：《春尽江南》，上海文艺出版社，2011 年 8 月第 1 版，第 24 页。

② 同上。

③ 格非：《春尽江南》，上海文艺出版社，2011 年 8 月第 1 版，第 43 页。

然，这是九十年代诗人的出路之一。

小说中，秀蓉虽不写诗，但却是文学爱好者，从八十年代起，尤其是在海子自杀之后，她便一直是诗的追随者，或者献祭者。我们都还记得，在那招隐寺的一夜，她把自己的贞洁献给初次见面的诗人——献给了诗。从某种意义上说，秀蓉有着"诗人"的灵魂和精神气质。

小说开头，招隐寺的相遇改变了秀蓉的人生方向，既是她的童贞的结束与爱情的启蒙，也是她的现实人生与永恒伤痛的开始。秀蓉被迫告别了少女时代关于诗的幻影与憧憬，生生坠入了坚硬的现实世界。秀蓉甚至改名为庞家玉，这名字的改变，表面看似没有特别意义，但实则标志着其自我身份的裂变——从浪漫的理想主义转向积极勇猛的现实主义，从纯真浪漫的文学女青年变为毫无诗意的律师界女强人。她"想把自己变成另一个人。陌生人。把隐身衣，换成刀枪不入的盔甲。一心要走到自己的对立面，去追赶别人的步调"[1]。于是，改名后的家玉毅然告别过去，决然加入世俗的洪流。她把握住了时代的隐秘脉搏，凭借自己全部的智慧与力气，来向世俗证明她的能力、成功以及自我价值。与此同时，她的价值判断标准也转移到功利主义原则上来。这是"诗人"的另一种道路选择。

然而，无论是作为妻子、母亲，还是作为一名成功的律师，家玉并没有扮演好自己的角色。身为妻子，她厌恶自己怯懦的丈夫，常痛斥丈夫的无用与腐烂，甚至偶尔还放纵自己的情欲，背叛家庭与道德伦理；作为母亲，她给予了儿子全部的母爱以及过分的压力，她一次次以彼此的伤害为代价，迫使儿子进入庸俗的现实轨道，服从强大的世俗法则；作为律师，她全力打拼，既坚强又脆弱，她用尽自己全部的聪明才干，付出一切代价，成为世俗眼光中的骄傲。然而，她并不幸福。她在自尊与自卑之间苦苦挣扎，在分

---

[1]　格非：《春尽江南》，上海文艺出版社，2011年8月第1版，第343页。

裂与异化中承受心灵的煎熬,直至最后身心走向崩溃。她的奋斗之路充满了悲剧的力量。可以说,家玉是这个时代悲剧的存在,她以一己之力,以柔弱之躯,检视并承受了社会现实的污浊。然而,家玉却并不是一个根本上的庸俗者,相反,她的内心深处依然有着炽热的爱、正义的善,以及浪漫的诗性情怀。当得知自己身患绝症,她幡然醒悟。她安排好了所有的后事,然后悄然远赴西藏,她希望在那雪域圣地终结自己的人生,让自己的灵魂得以安息。尽管家玉未能抵达心中的圣洁高原,但在夫妻二人最后的生死诀别中,家玉又回到了少女秀蓉的安宁、温婉与超然,过往的重重迷雾也逐渐消散,两颗相爱的灵魂终于紧紧相依,然而,此时彼此已是天人相隔,令人无限感伤。

作家让这位灵魂"诗人"在《海子诗选》和《西藏生死书》的陪伴下,平静地告别了尘世,质本洁来还洁去,一个心高气傲、永不服输的灵魂,终于被这个时代无情地打败了。作家借由家玉这个人物,向当下的异化现实发出尖锐的控诉。家玉是被迫人格分裂的,她既是生活中的强者,又是时代中的弱者,她既努力追随现实法则,又不忘内心的诗性浪漫,她就像一面时代的镜子,不仅照出了社会现实中的各种灵魂,也折射出八十年代以来的时代急剧的变迁。

可以说,谭端午和庞家玉在二十世纪八十年代后的人生道路代表了"诗人"面向时代所做出的两种不同道路选择:一种是激情燃烧过后的逃离——逃离中心,在边缘处兀自腐朽;一种是浪漫激情消散后的积极入世——适应时代的游戏规则,奋力与这个世界周旋。这两种选择其实没有断然隔绝,而且还互为表里。表面上出世的谭端午,为了维系家庭不得不忍受着纷扰的世俗事务;而表面入世的庞家玉,内心却始终向往着诗与远方。当然,他们两个人都失败了。这个小说的处理,也许正是作者格非价值判断与精神追求的体现。其中涉及到格非对"失败"的理解。他曾在访谈中表达:"我认为所有的成功者都是肤浅的，只有失败者肩负着反思的重任。"①

因此，这两个失败者承担起了作家对整个时代的深刻反思。这两个"诗人"虽然败北于俗世生活，但却在失败中埋藏了存在的秘密以及复杂的意蕴寄托。人们只能喟叹，曾经的理想、诗意的年代确实已经结束了。

纵观"江南三部曲"中的主要人物，从陆侃、陆秀米、谭功达、谭端午身上，我们可以清晰辨认出延续的家族精神谱系。在《春尽江南》中，谭端午承袭了其祖辈的精神气质，既耽于幻想，又游离恍惚。他的身份也由先祖的乌托邦革命者、社会政治家过渡到了当下社会的边缘知识分子，小说中探讨的主题也由革命乌托邦、社会乌托邦，逐渐退回到个体的审美乌托邦。然而，诗人谭端午却没有像前两部小说的主人公那样的结局与命运，他始终苟活于世。

让我们回到《春尽江南》的开头，小说插入了 1989 年春天里的"海子之死"，然后顺理成章地将秀蓉带到了诗的"圣徒"海子的追悼会现场，在诗人们伤痛的泪水和朗诵声中，"秀蓉的心中竟然也朦朦胧胧地有了写诗的愿望。"② 这里，格非显然有意夸张和强调了八十年代"诗人之死"的影响与意义，这也将与九十年代后诗人遭遇的精神震荡与心灵选择形成巨大的时代落差。一个为诗与诗人狂热燃烧的时代与一个漠视与摒弃诗的时代同样是确凿的存在，这是十分吊诡的中国现实。

进入九十年代，诗人端午在地方志办公室可谓"躲进小楼成一统，管他冬夏与春秋"。他实际上是看透了世界与社会，失去了激情与热情，每天他宁可沉浸在《新五代史》里触摸历史的繁盛与衰败，而不愿意思考现实的问题与精神的出路。他想躲避时代与社会

---

① 格非、张清华:《如何书写文化与精神意义上的当代——关于〈春尽江南〉的对话》,《南方文坛》2012 年第 2 期, 第 84 页。

② 格非:《春尽江南》, 上海文艺出版社, 2011 年 8 月第 1 版, 第 133 页。

的碾压，但是"家庭的纷争和暴戾，作为社会压力的替罪羊，发生于生活的核心地带，让人无可遁逃。它像粉末和迷雾一样弥漫于所有的空间，令人窒息，可又无法视而不见"[1]。他悲观地以为："这个世界产生了更新的机制，那就是不遗余力地鼓励'坏人'。"[2]人们始终是无法逃避的，端午只好苟且偷生于乱世，无力自拔，唯有"等待死亡，正在成为活下去的基本理由"[3]。他甚至曾有过自杀的念头，他并不惧怕死亡，只是觉得死亡也无法解决心灵的困境，"纵身往下一跃，也就是几秒钟的事。当然，他不会真跳。他觉得无聊透了"[4]。于是，诗人端午选择了"不死"，这是认清了生命虚无之后的另一种大悲观、大绝望，也是诗人的另一种自处之路。他以一种消极的方式反抗着这个诗意荡然无存的时代，守护自己内心的净土。

而小说中，家玉几乎是一个"诗"的献祭者的形象。在她还叫秀蓉的年月，她便是一个热爱诗歌、追求诗歌的懵懂少女。

在小说的开篇，十九岁的秀蓉头枕着一本《聂鲁达诗选》，羞怯又天真地对端午说："现在，我已经是你的人了。"[5]就这样一个单纯幼稚的诗的追求者，在自己十九岁的年华，委身于诗人端午，并幻想着自己收获了爱情。这就是她生命里第一次对"诗"的献祭。她的性、爱情，以及人生，都由"诗"所启蒙并引导，这也奠定了她后半生的人生基调。

当秀蓉变成家玉之后，"秀蓉"所代表的那个浪漫诗意的时代，早已消逝。在艰难的奋斗生活中，尽管家玉看似否决了诗人及诗，然而，她的心灵并未舍弃"诗"的世界，即便她远赴西藏等待生命的终结，随身带的也是《海子诗选》和《西藏生死书》。"诗"依然

---

① 格非：《春尽江南》，上海文艺出版社，2011年8月第1版，第239页。

② 格非：《春尽江南》，上海文艺出版社，2011年8月第1版，第197页。

③ 格非：《春尽江南》，上海文艺出版社，2011年8月第1版，第5页。

④ 格非：《春尽江南》，上海文艺出版社，2011年8月第1版，第244页。

⑤ 格非：《春尽江南》，上海文艺出版社，2011年8月第1版，第3页。

是她参与世界时灵魂的栖身之所。在她身患绝症之时，她选择自己结束自己的生命，以一种有尊严的方式离开人世，保持"诗"的世界的洁净与完整，这实则是家玉以生命实现对"诗"的第二次献祭。她的"死"便是她在这个污浊时代保存"诗人"自我的惟一方式，是她最后的诗意。这也是"诗人"的另一种心灵选择与灵魂归宿。

因此，《春尽江南》中，关于"诗人"的生与死，或许是小说最深层的思考。这些经历过八十年代的知识分子，他们怀抱着难以忘却的记忆，在当下的世俗人间将何以自持、何以自保、何以存在？"诗人之死"与"诗人之不死"或者"诗人之虽生犹死"，则都是当下诗人面对时代巨变的心灵选择。端午和家玉分别用"死"和"不死"两种不同的方式维护了诗的存在。他们的不同选择是实现自己生命诗意的不同途径。至此，格非对于当代中国文化与精神的探寻，才真正落到了实处。

相较而言，《春尽江南》里另一类诗人的人生道路选择则令人感到悲哀。徐吉士是其中的典型代表。在上世纪八十年代，他是富有理想与激情的启蒙诗人，曾经为诗人海子的追悼会四处奔波，但九十年代以后，徐吉士却摇身一变成为时代的弄潮儿，在欲望世界中游刃有余地追名逐利。小说描写了在花家舍召开的诗歌研讨会，形色各异的诗人们以诗歌的名义聚集起来，探讨的却是与诗无关的无聊话题与形而下的欲望放纵、灵魂放逐。知识分子的理想信念与精神追求已经无迹可寻，被彻底消解于物质、利益、欲望之中。这也表明知识分子的角色已经分裂，精神也已经异化。

当我们梳理"江南三部曲"的时候，我们发现其中的精神内核是有延续性与恒定性的，无论是革命乌托邦的演绎，还是社会乌托邦的溃败，抑或审美乌托邦的抵挡，其实最终都难逃失败的命运，至于其中的主要人物，无论是古代乡村知识分子、现代革命者、共产主义实践者，还是当代隐士，他们也都摆脱不了"历史中间物"的宿命。作为启蒙主体的知识分子，在经历了从晚清至今的百年历史后，如何反思现代性逻辑所建构的价值体系？如何在一个理性缺失的时代找寻知识分子安身立命的精神依据？这不仅体现了格非对历史本质的追问，也表达了作家对知识分子精神存在的反思。

我们看到，在"江南三部曲"中，从陆侃、陆秀米、谭功达到谭端午，这整个家族无不存在着乌托邦情结，桃花源、花家舍、风雨长廊、大同公社等设想，正是他们乌托邦理想的实践。甚至从王元庆到绿珠、冯延鹤、家玉，这些人物内心都不同程度地延续着乌托邦的冲动。这是他们内心深处的依托与支撑的力量。几代人都在孜孜不倦地找寻与追求的乌托邦理想，今天看来是那么遥不可及，或不堪一击，最终只能深藏于人的内心，成为永远的秘密。

在"江南三部曲"的前两部，小说主人公怀揣着乌托邦的梦想，如飞蛾扑火般决然投身于理想的社会事业，而到了第三部，在现代化的梦想已经成真的九十年代，乌托邦理想却早已从宏大高蹈的地位坠落于世俗之间，面对喧嚣的时代、坚硬的物质、失范的道德伦理、形形色色的罪恶，乌托邦理想只好黯然退回个体内心，以一种疏离的精神姿态坚守个体内心的诗意与自由，由此抵御社会的异化与侵蚀。这也是守护心中一方净土了。

三、无法栖居的诗意

《春尽江南》从缭乱的时代、无序的现实、堕落的人性中，揭示了一个沉重的真相：时代越发展，社会越进步，人心越涣散，爱意越消失，理性越缺席，传统伦理道德越趋向坍塌。中国人在历经了一个世纪的启蒙与解放后，却在新的时代里沦为被异化的非理性动物。而异化已成为我们这个时代的顽症。诗意、诗性、情怀、浪漫、抒情、乌托邦梦想，已经从现实生活中落幕，溃败而逃。

在小说中，格非不遗余力地展示现代人的精神异化，不断质疑现实伦理的诡异，不断批判欲望化的社会秩序，不断逼近现实的荒诞本质，其实作家的真正目的在于勘探人的存在真相与凭吊人类永恒的乌托邦情怀。

格非延续了"江南三部曲"前两部的精神内核，他始终在追问历史的真相与现实的本质，并进而质询人的存在真相与精神处境的问题。

作家格非有着非常独特的精神气质，他的悲观、忧郁与沉思冥想在其作品中俯拾即是，他对历史的怀疑态度，对存在的深刻反思，融汇在他的作品当中。在《春尽江南》里，格非将欧阳修的"衰世之书"《新五代史》贯穿小说始末，并视之为小说不可或缺的一部分，这可谓用心良苦，画龙点睛。

在小说中，诗人端午由始至终都在阅读欧阳修的这本《新五代史》。在科技发达，物质丰富，现代化进程迅猛的繁华盛世，端午蛰伏苦读这"衰世之书"，这显然充满了隐喻的意味。他对此书情有独钟，并深为其中的乱世人生所喟叹惋惜，端午也正因在这以史鉴今的比照中，深刻体悟到了时代的本质——历史已经轮回，衰世已然来临，无论是我们身处的日渐荒芜贫瘠的现世，还是知识分子悲怆无奈的生存处境，最终也只能悲叹一声"呜呼"。这"'呜呼'一出，什么话都说完了。或者，他什么话都还没说，先要酝酿一下情绪，为那个时代长叹一声"[1]。

在实利主义的时代，乌托邦理想尤其显得无比脆弱与不堪一击。任何乌托邦理想的现实实践注定是徒劳无功的，而作为实践主体的知识分子也终将湮灭于历史长河中。在这样的境遇中，乌托邦理想只能退回个体内心，作为一种精神情怀，一种审美品格留存于世。从这个角度讲，端午对俗世的刻意疏离并不是一种逃避，而是一种知识分子的精神选择——以审美的乌托邦完成了对现实的无声反抗。

---

[1]　格非：《春尽江南》，上海文艺出版社，2011年8月第1版，第372页。

我们知道，端午曾是八十年代的重要诗人，这个诗人的身份标签有着特殊的历史含义。那么，诗人在功利主义的时代占据一个什么位置？或者说，诗，诗意，又处于一个什么境地？又或者说，我们还需不需要诗？我们还能不能诗意地栖居？这是格非留给我们的无尽的思考。

在消费时代，诗歌与资本主义的对立、冲突以及诗歌溃败、诗意消退的事实是确凿无疑的，诗意被物质与欲望所挤压，因此，异化成为了这个时代的顽疾。

《春尽江南》里，诗人端午无力抵挡时代的潮流，所以他只能退守心灵的自由，以艺术与审美来抵抗时代的异化。格非的写作与思考无疑暗合了这一时代的命题——在物质时代的普通人生中，诗意、情怀、乌托邦梦想的存在意义与价值，以及面对时代的异化，人们"诗意地栖居"的可能性问题。

第五节　古老的敌意

从某种意义上说，"江南三部曲"既是一部二十世纪中国社会史，也是一部中国现代知识分子的精神史。三部长篇小说历时性地呈现了复杂的时代轮廓，书写出丰富多变的"中国经验"，完成了对人类乌托邦理想的缅怀，并且关注着知识分子的心灵挣扎与灵魂选择。

《人面桃花》《山河入梦》探索的分别是二十世纪初的革命乌托邦和五六十年代的社会乌托邦，其中勾连着中国人的情感、梦想和精神追求。《春尽江南》则延续了对中国社会内在精神嬗变的思考，然而，在"江南春尽"的时代，人们的乌托邦精神已经式微。从陆秀米到谭功达、谭端午，乃至王元庆、绿珠、冯延鹤等等，乌托邦理想已经严重褪色，精神世界已如一潭死水。这正是江南春已尽，桃源觅无踪。

《春尽江南》描绘的是一个阴暗的时代，一个无序的当下。其中所有的人与事似乎都披着"肮脏的衰衣"，人人都在蝇营狗苟，你争我抢，在虚张声势的浮华背后，实质上是精神的颓败。我们正在物质的安逸富足中变得精神上无处栖身。用绿珠的话来说，"这个世界的贫瘠，正是通过过剩表现出来的"①。

一、时代的失败者

在跨越百年中国历史的"江南三部曲"中，格非描写了一群失败者、落魄者。这里必须谈及格非对"失败"的理解与态度。格非曾在不同场合自述心志："假如作者一定要代表什么人的话，我愿意代表的，或许仅仅是失败者而已。正如我时常强调的那样，文学原本就是失败者的事业。"②格非表明自己就是失败者，他为失败者代言，那是因为他看到了失败者背后的其他价值。格非是崇尚失败的。他和他笔下的谭端午一样，甘于做一个失败者，这也是一种勇气。格非在作品中塑造了一代又一代的失落的知识分子形象。从陆侃、陆秀米、谭功达、谭端午，这些人无不在乌托邦梦想的追求中一败涂地。在欲望化的现实中，乌托邦梦想没有任何的栖居之地。这是格非对乌托邦的判断与态度。所以，格非借家玉之口发出感慨，原来今天的诗歌和玩弄它们的诗人早已是多余的东西。

于是，我们发现，从"江南三部曲"开始，格非近十年的写作意义深远，不仅反映了乌托邦理想在近现代中国的内化过程，而且还呈现出此过程中国人精神世界的复杂变化。而九十年代以来中国现实经验，又恰好提供出一个历史对照的平台。"乌托邦理想"，或称"桃花源理想"切入了中国现实，经由失败的历史实践再退回实

---

① 格非：《春尽江南》，上海文艺出版社，2011年8月第1版，第190页。

② 格非：《我愿意代表失败者》，《文艺报》2011年11月14日，第002版。

践主体的内心世界，乌托邦理想的实践最终幻为虚无。在"江南三部曲"第三部《春尽江南》中，乌托邦理想只能以古典音乐的审美艺术形式抚慰着人们。对格非而言，他那魂牵梦绕的"乌托邦"情结与叙事此时才真正告终，乌托邦思想在百年中国掀起几番风云后，最终完成了其"内化"过程。

可以说，作家格非最终迫于无奈地认同了谭端午，或者冯延鹤式的乌托邦情怀——将乌托邦视为一种内心的梦想，在混乱失范的现实秩序中，恪守内心的自由与自我的完整。在格非看来，作家不仅仅是时代的"书记官"，文学的意义也不仅在于真实地记录、反映现实，而更在于以隐喻的形式传达出对世界的寓言式的看法，基于现实，又超越现实，这也是中国文学传统上的"向内超越"。

二、古老的敌意

曾有学者提出格非的知识分子书写中存在着"古老的敌意"命题，认为，小说的叙事推进都是围绕着一种"古老的敌意"而展开。

那么，当我们溯源时，我们会发现，"古老的敌意"一词最初来自诗人里尔克的《安魂曲》："在日常生活和伟大作品中间／存有一种古老的敌意。"[①] 后来北岛则将之进一步阐发开来："敌意，这是诗意的说法，其实是指某种内在的紧张关系与悖论。"[②] 而小说正是要传达出个体与世界之间某种紧张的关系。因此，"这种'古老的敌意'可以理解为是一种基于传统知识分子精神的怀疑意识与批判意识；一种为曼海姆所描述的不依附于任何阶级阶层的非依附性；一种萨义德指出的'处于几乎永远反对现状的状态'，知识分

[①] ［奥］里尔克:《里尔克诗选》，臧棣编，冯至、陈敬容等译，中国文学出版社，1996年版，第175页。

[②] 北岛:《古老的敌意》，牛津大学出版社（中国）有限公司，2012年版。

子是'特立独行的人';一种被甩出时代中心而逆潮流而行的人生选择。"①

"江南三部曲"中的几代知识分子，他们从舞台的中心流转到社会的边缘，他们从文化的启蒙者还原为社会普通人，他们从精神的高蹈坠入形而下的世俗日常生活，然而，知识分子的乌托邦精神、理想主义本质与浪漫主义情结使他们对纷繁的世俗生活始终抱有一种"古老的敌意"。

这"古老的敌意"是他们与现实关系紧张、敌对的根源。他们既不甘心屈服于现实，又不屑于顺应时势，而且时代不可抗的力量与个体与生俱来的先天缺陷却又注定他们无法摆脱落败的命运，因此，即使他们依然怀揣着乌托邦的秘密和冲动，但在这物质的平庸的时代，谭端午们已无力去实现乌托邦的梦想，只好将其从社会制度层面退回至人的心灵层面，即将其内化为一种生存的理想，恪守内心的自由与平衡。因此，格非小说明显地呈现了一种消极的颓败的诗意，一种东方传统式的颓败诗意。

三、乌托邦的凭吊

格非以小说的方式探索存在的未知世界。但种种乌托邦的实践，最终皆节节败退，走向终结。善与美的目的何以惨淡收场？乌托邦的实践何以给人世带来深重的灾难？这个问题值得深思。陆侃的现代桃花源，张季元的世界大同，王观澄的花家舍，陆秀米的普济学堂，谭功达的梅城蓝图，作为现代乌托邦，在理念上都各有动人之处，然而它们都走向悲剧。文学世界中的乌托邦实践与人类生活中的乌托邦实践都是一般的命运。

应该说，乌托邦主义者都是向善向美的。他们普遍相信有一种

---

① 褚云侠:《"古老的敌意"——谈〈春尽江南〉的知识分子叙事》,《当代作家评论》2014 年第 4 期，第 107 页。

适用于任何人的善和幸福，并希望通过一种强有力手段来推行这种善和幸福。比如，陆侃"要在普济造一条风雨长廊，把村里的每一户人家都连接起来"，"他以为，这样一来，普济人就可免除日晒雨淋之苦了"。① 张季元相信，"在未来的社会中，每个人都是平等的，也是自由的。他想和谁成亲就和谁成亲。只要他愿意，他甚至可以和他的亲妹妹结婚"②。王观澄也在花家舍建造了一座长廊，"这座长廊四通八达，像疏松的蛛网一样与家家户户的院落相接……家家户户的房舍都是一样的，一个小巧玲珑的院子，院中一口水井，两畦菜地。窗户一律开向湖边，就连窗花的款式都一模一样"③。秀米心中的梦想更是大同小异，"她想把普济的人都变成同一个人，穿同样的颜色、样式的衣裳；村里每户人家的房子都一样，大小、格式都一样。村里所有的地不归任何人所有，但同时又属于每一个人。全村的人一起下地干活，一起吃饭，一起熄灯睡觉，每个人的财产都一样多，照到屋子里的阳光一样多，落到每户人家屋顶上的雨雪一样多，每个人的笑容都一样多，甚至就连做的梦都是一样的"。"因为她以为这样一来，世上什么烦恼就都没有了。"④谭功达也奇妙地继承了这种梦想，"没有死刑，没有监狱，没有恐惧，没有贪污腐化，遍地都是紫云英的花朵，它们永不凋谢。……如果你决定和什么人结婚，再也不会有年龄的限制"⑤。所有这些乌托邦设计，都希望把所有的人都变成一样的，不仅生活一样，行动一样，甚至连心中所想都一样，从而使每一个人都享用共同的善和幸福，这幅图景看起来很诱人，却实为空中楼阁，毫无实现的可能。

这里的缘由，固然有人心的局限，但更重要的是，这些乌托邦设计完全偏离了人世的轨道，存在着致命的缺陷。乌托邦被视为理

① 格非：《人面桃花》，春风文艺出版社，2004年9月第1版，第12页。
② 格非：《人面桃花》，春风文艺出版社，2004年9月第1版，第36页。
③ 格非：《人面桃花》，春风文艺出版社，2004年9月第1版，第121页。
④ 格非：《人面桃花》，春风文艺出版社，2004年9月第1版，第201页。
⑤ 格非：《山河入梦》，作家出版社，2007年1月第1版，第346页。

想社会或者完美社会，是基于人内在的追求、自由的天性，是同人的存在紧密相连的。它作为一种信仰，自由是其基本维度。没有自由便没有乌托邦。一切必须从信仰自由开始。虽然乌托邦源于美好的愿望，但乌托邦一旦成为在场，成为一种实践模式，成为一种意识形态，就必然维护现存秩序，无论它是否合乎人性，结果必然导致独裁、专制、极权。因为，"理想""乌托邦"的实质是绝对的普遍主义和平均主义，建设者相信存在着普遍的、永恒的、绝对的真理，这就取消了理想的自由性，忽视了个人的差异性、生活方式的多样性。这就势必使一切变为泡影。

我们知道，人性存在欠缺，世界无法完美，"匮乏"和"缺失"构成人类生存的困境，并且催生了乌托邦梦想。

乌托邦，作为一种精神，它潜隐于人类永恒的梦想中，它是人类对美好、理想、自由境界的渴求。它能够让我们摆脱面对未来的苍白和无力。它通过给人一种对未来的期许，将希望，这种世界最强大的力量传送到人的内心。乌托邦，这个属于未来的梦想宛如遥远天空的星辰，虽然遥不可及，但它那闪烁的光辉却仍然在我们的内心激起浩瀚的遐想。这种未来指向性构成了乌托邦的第一种品格。

乌托邦，作为一种存在，它超越时间，超越空间，永不在场。它是内在于人的生命结构中的精神冲动，是对想象中完美的自由王国的期盼与追求。换言之，它必然是对现实的质疑与颠覆。它不满现实，拒绝现实，即拒绝人的现存状态，马尔库塞称其为"伟大的拒绝"。因此，它的意义不仅在于对未来社会的美好追求，更在于作为现实的"他者"，始终葆有对现实的批判精神。现实批判性是乌托邦的第二品格。

另外，乌托邦虽由想象而生，但一旦被创造出来，它便有了自己的独立自主性，从而成为鲜明的现实对立物。在它与现实的对照中，表现出乌托邦强烈的改天换地的重构愿望。这也就是乌托邦的第三品格——功能指涉性。它既是基于现实的欠缺和罪恶，也是人类对美好存在的渴求，更是人类幻想各种生存可能性的高度自由。简言之，乌托邦是对存在的研究与揭示。因此，格非正是要通过呈现人类的乌托邦图景来反思和揭示人类生存的迷津。

存在，是另一种维度的真实，一种潜在的尚未进入大众意识的真实。对存在的勘探与发现是作家天然的使命。文学应该也必须是人的存在学。"有些作家一生都想超越自己，但很少有人意识到，这种超越仅仅意味着一种'深刻的重复'。"①一个作家的经验方式总是相对固定的，经验内容大约也是有限的，他自然会追求创造与超越，但某些东西却是无法真正超越。某种内核、某种命题，始终是作家需要表达的最根本的意图。显然，格非是一个执着的存在主义者，一个激越的理想主义者，一个严肃的精神劳作者。在他的创作历程中，"存在"是恒定的主题，他用不同的方式表达出对存在的思考和回答。起初，"存在"还是"不存在"，是他乐于追问和描写的母题。相对于人的生存而言，这无疑是一个基础性的问题，是一个超越了现实人生的玄虚的问题，它使格非的世界显得扑朔迷离。然后，格非又试图证明"个体如何存在"。这是对母题的延伸，与此相关的子命题有"时间""记忆""死亡"等。格非找到了进入个体存在的道路。到了九十年代，格非变得坚定而从容。他回到了现实，回到了生存的此岸，更深入地思考人类的生存问题，"个体的精神存在如何实现""梦想和现实如何保持平衡与和谐"，这是一个与现实相关的主题，也是一个与乌托邦相关的主题。

人类永远需要高蹈的乌托邦精神。始终在路上，是乌托邦精神的内在核心。它永不驻足，永不坐实，永远向各种可能性开放。正是它的存在，促使我们反思现实，想象未来。人类的生存一直在路上，但前行需要有梦想。

---

① 格非：《故事的内核和走向》，见《塞壬的歌声》，上海文艺出版社，2001年11月第1版，第34页。

第七章 抒情与诗意：格非的中国故事

前面我们梳理过格非的写作历程，格非在 1994 年写完《欲望的旗帜》之后，直至 2004 年"逼近经典"的《人面桃花》的出现，其间有近十年的沉寂时期。当然，在这期间，格非依然发表了诸如《解决》《月亮花》《马玉兰的生日礼物》《戒指花》等中短篇小说，但他本人后来提及这段写作经历时，格非坦言："九十年代末期的时候，我自己的精神状况遇到一个非常大的危机、遇到一个特别困难的过程，就是突然觉得不想写作。我在九十年代之后那十多年中，我找不到任何想写的愿望。"①甚至对这个阶段的作品持有一种否定的态度："自从一九九四年写完《欲望的旗帜》之后，我差不多有十年的时间没有发表过什么像样的作品了。"②其实，这里的自我否定的真正用意是表达出作家在当时的一种写作焦虑。其中涉及的背景是二十世纪九十年代中期以来的中国现实与时代风貌。作为时代的感受器，作家敏感地感受到世事变迁、时移世易的沧桑与变化，在这样的巨变之下，文学该往何处去？作家的意义又何在？文学该如何记录、讲述进而超越这个世界？这是困扰作家的写作难题。

而且，此时的先锋小说还面临着质疑与否定，"在很多人的眼

---

① 宋宇晟：《文学是带有"冒犯"力量的》，《深圳特区报》2014 年 3 月 18 日，第 B05 版。

② 格非获第二届"21 世纪鼎钧双年文学奖"答谢辞，http：//book.sina.com.cn/news/ c/2005-04-05/3/182583.shtml。

中，'实验小说'似乎已经成了一个危险或可疑的名词。……鉴于变化中的社会形态的纷乱程度超出了很多人的预想，每一个人都在焦虑中重新确定自己在新的社会条件下所处的位置，舆论对于实验小说评价上的差异性和种种误会势所难免"[1]。因此，格非认为，"在这样一个背景下作家所采取的某种程度的调整也是十分自然的，当然，代价也必须付出。不管我们是否愿意承认，实验小说作为一个象征性的存在实际上已经终结。"[2]

对此时的格非而言，无论是先锋激进的形式主义探索，还是现实主义的忠实记录，都无法准确传达他对这日益复杂、日趋纷乱的社会现实的判断与看法。于是，格非失去了写作的动力，他甚至考虑是不是终止写作。他用了将近十年的时间沉淀、思考与调整，他阅读了大量的中国古典小说、历史典籍、思想史著作等，包括《红楼梦》《金瓶梅》《二十四史》以及黄宗羲、顾炎武、王夫之等思想史大家的著作，并且以"废名"作为研究对象，著成《废名的意义》博士论文。格非曾谈及自己博士论文选题的缘由，"我自己的写作一度受西方的小说，尤其是现代小说影响较大，随着写作的深入，重新审视中国的传统文学，寻找汉语叙事新的可能性的愿望也日益迫切。……我渐渐意识到要研究中国现代的抒情小说，废名是不可或缺的。这不仅因为废名的整个创作都根植于中国的诗性叙事传统，而且他明确地把诗歌的意境引入小说，在小说的抒情性方面比沈从文和汪曾祺走得更远。"[3]

这也就是说，格非有意识地接续上了中国传统文学的写作之路，通过重返中国传统文化、文学资源，在潜心阅读与深入研究中，格非觅得了新的写作动力和精神依托，并使得中国文学重新焕发活力与生机。同时，作为文体家的废名，在文体实验、叙事探索

---

① 格非：《十年一日》，见《塞壬的歌声》，上海文艺出版社，2001 年版，第 76 页。
② 同上。
③ 格非：《十年一日》，见《塞壬的歌声》，上海文艺出版社，2001 年版，第 235 页。

上的尝试也给格非带来了直接的写作经验与教训，并提示着格非回归传统的艰难与必要的分寸。有学者认为，"废名首先为格非搭筑了一座通往中国叙事传统的桥梁。"① 这是充分肯定了废名诗化小说对格非写作之途的重要影响与引导作用，格非沿着废名的中国传统叙事之路继续出发，试图从抒情性的角度来定义中国小说传统，并进而创造出属于自己的文学传统。

在沉寂近十年后，正可谓"前度刘郎今又来"。格非的"江南三部曲"第一部《人面桃花》以崭新的中国风格与传统面貌强势回归读者的视野，随后《山河入梦》《春尽江南》《隐身衣》《望春风》等陆续面世，这些作品以高度的文化自觉修复了中国古典小说传统，重现隐匿多年的中国传统叙事，重构了中国文学的审美抒情，重展中国传统典雅朴素的语言魅力，讲述属于中国的故事。

其实，以格非为代表的这一批二十世纪八十年代的先锋作家群体，基本上都是通过阅读和学习西方现代文学作品与理论著作而成长起来的，他们在八十年代末，不仅必须应对先锋形式实验的落寞与萧条，而且还面临着审美主体意义的缺失与文化身份认同的困境。对他们而言，中国古典文化、文学资源都是被束之高阁的传统，而在社会价值失衡，道德伦理滑坡，精神信仰缺失的当下，部分作家将中国古典文学资源翻检出来，作为自身文化认同与文化自信的思想依托，以及应对时代新挑战的武器与手段。这也就是说，向自身古老文化资源汲取养分已经成为当代中国小说摆脱创作困境的一种重要路径，而格非则以他的理论研究与文学实践作为积极的、有益的尝试与再三的自我确证。

此处的"传统"有着丰厚的内涵。传统并非是百世不易的统一僵化的遗产，作为世代相传的思想、文化、精神、道德、艺术等方面的总和，传统需要当下的认知、发掘与呈现，换言之，传统是处

---

① 王增宝：《格非小说转型与中国叙事传统——〈以隐身衣〉为例》，《文艺评论》2016年第8期，第106页。

于变化之中的历史遗产，只有与当下现实对接，并通过当代人创造性的劳动去激发与开启，才能焕发出积极主动的意义。

因此，在九十年代中期以后，格非回溯了中国古典文学传统，并在汲取与借鉴中实现了自己的写作转向，既开拓了文学写作的崭新局面与广阔空间，也展现出了一位成熟的小说家所具备的优秀素养。近年来，格非的小说写作呈现出新的写作姿态与小说风格，从内容到形式，从精神到技艺，从"红楼笔法"到"内在超越"，从时间理念到美学格调，无不体现出对中国古典文学传统的回归。

我们知道，任何作家的创作风格转向并非是突发奇想的，变化的背后必然是深入的思考与长久的积淀。尽管格非的回归传统之作《人面桃花》直至 2004 年才出版，但是他对先锋文学存在的缺陷与不足早有感知，并在 1990 年的一文《小说的十字路口》就进行了反思与预判。他对二十世纪小说写作中传统现实主义与现代主义两者之间的此消彼长与折衷交融有着清晰的看法："传统现实主义小说在经历了它空前繁荣的全盛期以后，今天正面临新的蜕变的可能，一方面，由于它古老的美学理想在读者心中积淀的审美情趣的永久魅力，传统现实主义小说在当今的文坛上仍保持相当的活力；另一方面，它的某些创作原则（如流水时序、全知角度的叙述、戏剧化的情节结构等）已被越来越多的作家和读者扬弃。本世纪初崛起的以新小说为代表的现代主义小说，在某种程度上革新了小说的叙事方式，但时至今日，现代主义小说所暴露的弊端（如晦涩艰深，难以卒读，对小说传统的破坏导致的读者的陌生感等等）也已日益明显。我们无意在传统现实主义小说与现代主义小说之间寻找一条折衷的道路，但是两者融合的趋势已在当代的一些小说大师如安德烈·纪德、海明威、博尔赫斯等人的笔下初露端倪。"①

这是格非对当代西方小说中出现的重要文学现象的分析与判

---

① 格非：《小说的十字路口》，见《塞壬的歌声》，上海文艺出版社，2001 年 11 月第
1 版，第 41—42 页。

断，他还进一步提出："现代主义小说在经历了对传统现实主义小说的反叛之后，又开始了某种意义上的回归。必须指出的是，这种回归是建筑在对传统现实主义及现代主义小说全面考察的基础之上的，并非意味着对过去的简单重复。……但越来越多的作家在传统现实主义和现代主义之间选择一条谨慎的中间道路。"[①] 事实证明，格非的判断是准确的，并且这种折衷的回归之路在目前是可行的，在某种程度上也是切合当代中国小说的写作实际的。

因此，进入二十世纪九十年代，面对中国当代先锋小说被疏离、被冷落的曲高和寡的现状，格非在经历了自我怀疑、矛盾苦痛与冷静沉思之后，寻找到了一种真正属于自己的讲述故事的方式和语言。

可以说，格非的这种写作转向的端倪，早在九十年代初期的《敌人》《边缘》《欲望的旗帜》等作品中可略见一斑，而直至集大成者《人面桃花》的出现才真正确立了"格非的中国故事"。这也正是博尔赫斯所说的，"每一位作家创造了他自己的先驱者"[②]。

在对中与西、传统与现代的文学理论及文学创作的通盘考察之后，格非回归到中国古典文学传统，并且借助西方叙事学理论来阐释中国古典小说的叙事特征，在理论与创作的互文对照中，呈现出作家对回归传统的研究理路与文学实践。因此，格非的作品既有鲜明的现代精神，又洋溢着浓郁的古风流韵，既有先锋的现代小说技艺，又延续着中国诗论传统的诗情与气韵。然而，如何现代，又怎样传统，依然是当下重要的文学命题。

---

① 格非：《小说的十字路口》，见《塞壬的歌声》，上海文艺出版社，2001 年 11 月第 1 版，第 51 页。

② ［阿根廷］博尔赫斯：《卡夫卡及其先驱者》，王永年译，《世界文学》1992 年第 3 期，第 263 页。

第一节　诗人小说家与中国小说传统

一、诗人小说家

　　在中国当代文坛，格非一直是一个特殊的存在。其人其文皆有着特别的气质与精神。学者王侃曾论及："虽然格非是我二十多年来一直关注并持续阅读的作家，但迟至数月前读到《春尽江南》时，我才突然意识到，格非是个诗人。"[①]这个判断必然是与出现在作品首尾的那首《睡莲》相关，此诗作的哀婉与悲切，惆怅与凄清，既营造了古典诗文的典雅意境，又抒发出作家苦心孤诣的情感与思考。

　　确实，格非可以说是一个有着诗人气质的小说家。在个人性格上，格非早年内向孤僻，喜欢独处，沉默寡言，静而多思。在文学写作上，他的大多数小说则带有阴郁沉思的叙事表情，饱含着忧郁伤感的故事情绪，这些以"阴郁"为美学表征的作品背后是作家苦心经营、孜孜以求的小说诗学。在格非这里，其人与其文是气质相仿风格契合的。

　　然而，在梳理与比较中，我们发现，格非早年的小说多有在江南雨季中的"为赋新词强说愁"的忧郁情怀，而后期作品中的"阴郁"则更多是自然而然的积习或风格，并伴有愈来愈浓烈的中年式的沧桑、淳厚和通达。换言之，"阴郁"是格非自觉的诗学努力与审美选择，他试图将忧郁的诗风带入小说写作当中。

　　因此，我们基本可以判定格非是位诗人小说家。按照王侃的观点，中国当代文坛至少存在两类小说家，一类如莫言，关注社会现实问题，追求写作的"社会性"，强调文学的社会功用；另一

---

① 王侃：《诗人小说家与中国文学的大传统——略论格非及其"江南三部曲"》，《东吴学术》2012 年 5 期，第 18 页。

类则如格非，写作的直接动因往往只是某些纯粹的意象、情境或情绪，并不具备直接而鲜明的"社会性"目标，比如"青黄""雨季""鸟群""戒指花""隐身衣""普济村""花家舍""紫云英花地"等，"那些美学片断先于'社会性'击中了格非的内心，在感时伤生中建构起他的写作意图。这是格非与莫言的重要分野，也是对'诗人小说家'进行区分的重要依据"①。当然，这里并不是否定格非小说的"社会性"，恰恰相反，其中蕴含的是超越性的社会价值。这也是"诗人小说家"的基本特质。其实，正是格非的诗人气质，才使得他敏感地把握住了那些零散而孤立的美学意象、美学碎片，并且将这些美学因素铺陈开来，演化出具有超越性意义的文学文本。

格非曾谈到他的小说创作动机的来源："一部小说的动机往往来源于一个简单的比喻。我在写《人面桃花》时，无意中想到了冰。在瓦釜中迅速融化的冰花，就是秀米的过去和未来。这个比喻是我的守护神，它贯穿了写作的始终，决定了语言的节奏和格调，也给我带来了慰藉和信心。那么，什么是《山河入梦》的比喻呢？我想到了阳光下无边无际的紫云英花地。假设，花地中矗立着一棵孤零零的苦楝树；假设，一片浮云的阴影遮住了它。望着这片阴影，姚佩佩在心中许了一个愿，闭上了眼睛。不管姚佩佩如何挣扎，那片阴影永远不会移走，因为它镌刻在她的心里。为什么我的内心一片黑暗，可别人的脸上却阳光灿烂？这是姚佩佩的问题，也是我的问题。"②

对格非而言，一部小说的写作动因往往仅是来源于一个简单的比喻，一个简单的意象，这也表明格非的小说写作有着诗性的诱因。《山河入梦》中姚佩佩暗自以苦楝树和紫云英花地上的阴影来

---

① 王侃：《诗人小说家与中国文学大传统——略论格非及其"江南三部曲"》，《东吴学术》，2012 年 5 期，第 18 页。

② 格非：《山河入梦》，作家出版社，2007 年 1 月第 1 版，封底页。

占卜自己的爱情命运，然而，这片阴影始终没有消失，这是姚佩佩心中永远的阴影。这个美学意象在小说中反复出现，贯穿了始末，格非据此推演出一个爱情与理想的悲剧故事。那姚佩佩与谭功达原本惺惺相惜，情投意合，然而两人却因为种种外因不断错过，直至最后天涯相隔，生死别离，彼此才心灵相通，但两人却再无重逢之日。这正是紫云英花地的阴影的现实印证。

所以，逃亡中的姚佩佩无望地自语："苦楝树下那片可怜的小小的紫色花朵，仿佛就是我，永远都在阴影中，永远。"[1]而格非显然是将自己的思考与情感寄寓于小说人物身上的，这是作家的问题，也是社会的问题。

假如我们按照格非的"诗人小说家"的身份去探讨，那么对作家的创作动因与审美倾向就更易理解与把握。敏感的诗人小说家为某些特定的美学片断所触动、激发，将这些意象、碎片、情绪一一缝合进小说的叙事中，从而传达出自己对世界的看法与体悟。

凡此种种，我们都可以辨认出格非"诗人小说家"的面孔。尽管格非的写作有着哲思的意味与智性的风格，但这些与他的诗人气质毫不违和，甚至我们可以说，"格非只是以诗的方式来写小说，或者说，他把小说写成了诗"[2]。因此，他的小说大多由美学意象而生发，"文有尽而意无穷"，既感时伤生，又写实批判，既文质彬彬，又意蕴悠长，不仅呈现出小说语言、意象、叙事等外在层面的"诗性"特征，而且还以作家敏锐的感受力和先锋的艺术性观照现实与人心，并进而探讨现今人的存在问题，由此完成小说内在层面的"诗性"写作。

当然，格非写作中的美学意象只是诗性的触媒与诱因，实际上不直接构成小说叙事前进的动力。格非小说叙事的动力则有赖于

---

① 格非：《山河入梦》，作家出版社，2007年1月第1版，第345页。

② 王侃：《诗人小说家与中国文学的大传统——略论格非及其"江南三部曲"》，《东吴学术》2012年5期，第19页。

作家匠心独运的张力结构。比如《春尽江南》中，诗人端午的隐士生活与妻子家玉积极入世的拼搏人生，比如《望春风》里，赵礼平的呼风唤雨与赵伯渝的退守人生，小说正是在这些矛盾、对峙、错位、悖论中徐徐推进，推演出作家对世界的隐喻与判断。

因此，尽管格非的写作有着浓厚的古典情怀与诗性的因子，但他却并未凌空虚蹈，也并未与严肃的"社会性""现实性"的命题相脱节。新世纪相继出版的"江南三部曲"，尤其是《人面桃花》和《山河入梦》，小说语言典雅古朴，审美意象画龙点睛，美学意境韵味悠长，诗词典故化入无痕，这些诗性特质都令人不禁发思古之幽情。然而，"江南三部曲"在中国古典韵味与底色中，凭借"乌托邦"理想介入社会革命、社会建设、社会现实，并进而探究人的存在、人类命运与精神困境问题。格非提供了另一种观照社会与现实的文本。

格非曾对文学的"感时伤生"与"感时忧国"的叙事意图有过一番言论："其实，文学中还有一个硬核，我把它称之为对感时伤生、时间的相对性、生死意义等的思考和追问，而不是什么'无病呻吟'。但是，今天这些问题都被偷换掉了。在文学里曾经一度是非常重要的问题，今天好像都不存在了。我不是反对文学的社会性，不是说文学不要表现社会，而是说文学表现的领域应该更大，更加开阔。"[①]此处，我们可以解读出格非为文学的诗性书写正名的意图。文学在本质上是诗意的，可以"感时伤生"，可以"生死玄思"，也可以对时空终极追问，而并不仅仅都是"感时忧国""救国救民"的。格非的创作始终存有这一文学"硬核"。

---

① 格非：《重绘中国当代文学的叙事学图谱》，《探索与争鸣》2007 年 8 期，第 14 页。

二、中国小说的两个传统

格非在对古典文学资源的回顾中，深入思考了中国小说的历史与传统问题。他认为中国小说有两个传统：其一是大传统，即中国古典小说，包括神话传说、诸子"杂家"、志怪小说、唐传奇、宋元话本、明代拟话本、明清章回体等文类；其二是小传统，"指的是从近代开始受到现代性影响的小说传统。从某种意义上说，仔细观察这部分资源对于我们来说显得尤为重要，因为'世界'这个概念强行切入了进来，而且这是一个全新而陌生的'世界'（用陈独秀的话来说，面临巨变的大部分人只知有中国，不知有世界）"[1]。也就是说，这个"小传统"是"现代性"的衍生物，是建立在对"大传统"的批判、确认和改写的基础上的，它既打开了新的世界找到新的出路，但又暗自进行着隐秘的回溯。

时至今日，在世界性的文化空间里，在现代性的文化浪潮中，中国小说的两个传统依然左右着中国作家写作的路径与倾向。中国小说的大传统，即古典小说资源还是顽强地参与到近现代文学以及当代文学的发展变化过程中，并且隐秘地展开一种回溯传统的潮流。文学史上，"鲁迅之于神话，沈从文之于唐传奇，废名之于汉赋、六朝散文和唐人绝句，汪曾祺之于明代的小品，张恨水和张爱玲之于章回体等等"[2]，皆是从中国古典小说中汲取养分，也就是对中国传统的一种再确认与再回溯的过程。格非甚至提出好的小说都是对传统的一种回应，而且这种回应并不是简单地回归与重温，而是兼具对传统的再发现与再创造。

然而，当年现代性启蒙的观念过于深入人心，现今现代性的压力又似乎无孔不入，因此，当代大多数中国作家仍以欧美文学为学

---

[1] 格非：《中国小说的两个传统》，见《博尔赫斯的面孔》，译林出版社，2014年1月第1版，第129—130页。

[2] 格非：《中国小说的两个传统》，见《博尔赫斯的面孔》，译林出版社，2014年1月第1版，第126页。

习效仿的对象，并将加入"世界性合唱"视为中国文学的未来。但是，格非等作家在对中国古典文学遗产的回顾、确认与接纳中找到新的文学出路，开始讲述当代"中国的故事"。

在此，我们还需要强调，格非回归中国传统文学资源的同时，并未放弃先锋的精神与现代小说的功底。正如格非自己所言："我仍然没有放弃对现代主义的探索，现代主义本身就是很复杂的，它还有广阔的空间。""希望能通过对中国传统文学的研究找到突破的灵感，将传统和现代的因素真正融合在一起。"① 所以，我们可以看到，新世纪以来，格非的写作是形式技艺与内容主题水乳交融，"古典"情怀与"先锋"诗意浑然一体，形成了自己独树一帜的写作风格与精神气质。

三、格非所讲述的中国故事

让我们看看格非的中国故事。"江南三部曲"中第一部《人面桃花》原本被命名为"金蝉之谜"，后来出版时才易名为《人面桃花》。该书名即为一典，化用了唐代诗人崔护的《题都城南庄》；书中的理想之地花家舍，则俨然又是东晋诗人陶渊明桃源之典。小说故事情节中更是处处用典，如"喜鹊学诗"的情节自然让人联想到《红楼梦》中的"香菱学诗"；秀米送信至夏庄，偶然发现密探仿姜太公钓鱼之类的情节，显然都是借用了诗词典故来传情达意，使小说通体洋溢着浓郁的古典风情与气韵。

用典之余，我们还能随处可见中国传统的白描式写实手法，往往是以朴素简练的文字描摹故事场景、点染人物形象，却也准确形象，生动鲜明。比如《人面桃花》开篇就是：

---

① 格非、王小王：《用文学的方式记录人类的心灵史：与格非谈他的长篇新作〈山河入梦〉》，《作家》2007年第2期，第4页。

父亲从楼上下来了。

他手里提着一只白藤箱，胳膊上挂着枣木手杖，顺着阁楼的石阶，一步步走到院中。

正是麦收时分，庭院闲寂。寒食时插在门上的杨柳和松枝，已经被太阳晒得干瘪。石山边的一簇西府海棠，也已花败叶茂，落地的残花久未洒扫，被风吹得满地都是。[①]

小说以父亲陆侃的出走为开篇，以古典小说中常见的描摹场景的白描手法引出小说人物父亲陆侃的出场，并以外视点记录父亲的言行，不加烘托不加渲染，寥寥几笔便勾勒出一个不慌不忙、从容冷静的隐士形象，并且带出了麦收季节官宦之家的寥落萧瑟的庭院风景，这也暗合了下文即将到来"山雨欲来风满楼"的基调。

除此之外，古典章回小说常用的草蛇灰线、千里设伏，文白杂糅、朴素典雅的语言风格，等等，都让《人面桃花》极具古典气息。实质上，"江南三部曲"尤其是《人面桃花》对中国古典文学、文化资源的借鉴与摄取，几乎已是学术界的共识，研究者们也轻易地就从中解读出叙事结构、谋篇布局、人物塑造、语言风格等方面的中国传统因子。然而，格非的作品又并非简单而被动地重复或模仿古典小说的形式与技巧，而是将传统文学资源与现代小说技艺错综交融。比如，秀米东渡日本的过程与经历，以及前后性情大变的原因，在文中并未交代，这显然是叙事上的空缺。另外，叙事时间上的中断、跳跃和拼接也是随处可见，这些也是现代小说的惯用手法。

学者张清华高度肯定了格非新世纪以来的创作变化，他将格非的这种开拓性的文学创作转向视为当下一种重要的现象、象征与标记，"他为当代中国贡献了独特的叙事，同时也在某种程度上修复了几近中断的'中国故事'——从观念、结构、写法、语言乃至美感神韵上，在很多微妙的方方面面。在他的手上，一种久远的气脉

---

① 格非:《人面桃花》，春风文艺出版社，2004年9月第1版，第1页。

正在悄然恢复。……新文学以来隐匿许久的中国叙事，在历经了更复杂的西向学步之后，出现了'魂兮归来'的迹象。……某种意义上，他是中国固有传统与现代的双重意义上的知识分子性的自觉传承者"①。

当然，学术界也有个别不同的声音，有观点认为格非这类回归古典小说叙事传统的作品乃是"现代主义小说以更加中国化的面目出现"②，并非是古典小说在当下的逆袭与胜利。我们暂不评说这一论断的准确性，但它至少表明，目前格非的文学成果还未能与中国古典世情小说经典相媲美。事实上，格非选择了将中西两种叙事资源、传统与现代两种文学因素相融合的方式，既不放弃西方现代小说的理念与技巧，也融入中国古典美学气韵。具体说来，"江南三部曲"中三部作品对古典小说叙事传统的处理是各不相同的。

相较而言，《人面桃花》汲取了较多古典小说的叙事技巧与语言风格，其古典气韵也最为突出，而《山河入梦》和《春尽江南》则侧重于整体上的精神意蕴的吸纳与融合。

面对时代的巨变与文学发展的困境，格非这位"诗人小说家"表现出一位优秀成熟的小说家应有的素养，他以诗性的写作照亮"反诗意时代"里人们日益麻木的灵魂，思考人们的生存困境与心灵动向的问题。这其实是小说创作最大的"社会性"价值与意义。

第二节　红楼笔法下的世态人情

格非在文坛沉寂多年后，携"江南三部曲"强势回归读者视

---

① 张清华：《知识，稀有知识，知识分子与中国故事——如何看格非》，《当代作家评论》2014年第4期，第84页。
② 张晓峰：《从〈人面桃花〉看向中国小说叙事传统回归的误区》，《中国现代文学研究丛刊》2011年第12期，第44页。

野，并再次引起了广泛的关注。在《山河入梦》的作品研讨会上，作家莫言直言道："读完以后感觉有一个非常明显的感受，格非是换了一只手来写作。再一个感受就是说这本书确实是继承了《红楼梦》的一部小说……"① 莫言还即兴为此写了一首打油诗："人面桃花犹未谢，山河入梦接踵来。昔日先锋今何在，唯有吾兄步前尘。"② 此处的"前尘"意指中国古典小说的精髓，这也是对先锋与传统"合谋"的一种概括。而同为先锋小说家的孙甘露则更是坦言，他在格非作品中读出的是《红楼梦》。应该说，这些说法准确地把握住了格非写作的变化，我们细读格非新世纪以来的文学写作，从中可以发现，无论是小说的叙事技巧、结构形式、人物塑造、美学属性，还是其详实具象的世情世态，以及深刻的精神内核，都受到了《红楼梦》的巨大影响。

一、世相与人情

从"江南三部曲"始，格非在小说中运用"红楼笔法"写尽了世态、世相、人情、人性、人欲，这类作品俨然有明清世情小说之风范。

那么，所谓世情小说，也称为"人情小说""世情书"，它是以"极摹人情世态之歧，备写悲欢离合之致"为特点的一类古典白话小说。世情小说内容上以描写日常生活、世俗人情为主，语言通俗易懂，形式多用白描勾勒，我们所熟知的《金瓶梅》《红楼梦》乃是其中集大成者。鲁迅曾在《中国小说史略》梳理了明清时期的人情小说，鲁迅称之："诸'世情书'中，《金瓶梅》最有名"③，认为其作者之于世情乃是洞达至极。之后，明清两代的世情小说，记

---

① 王中忱、莫言、陈晓明：《格非〈山河入梦〉研讨会》，渤海大学学报（哲学社会科学版）2007 年第 4 期，第 32 页。

② 同上。

③ 鲁迅：《中国小说史略》，上海古籍出版社，1998 年 1 月版，第 114 页。

人写事，讽刺鞭挞，悲欢离合，世态炎凉，凡此种种，大多脱胎于此。

格非在研读中国古典小说过程中，逐渐发现中国传统叙事的特点与优势所在，继而深受世情小说的艺术影响。他曾说："中国的传统叙事文学描述的大多是世俗经验和人间情怀。"[1]作为世情小说的开山之作，《金瓶梅》是"描摹世态，见其炎凉""描写世情，见其情伪""描述世俗，见其果报"，既立足于现世，又有所超越。而如《红楼梦》这等皇皇巨著，在王国维看来，曹雪芹本意也只不过是描写日常生活的琐事，而其中蕴含的借离合之情，写兴亡之感则是无心插柳的言外之意了。

当然，在格非早期的先锋小说中，形式实验的高蹈自然是脱离了世俗世情，这也是特定的时代与氛围出现的特定的文学探索。直至"江南三部曲"，格非开始让人物性格饱满，让故事引人入胜，让情节跌宕起伏，让情感酣畅淋漓，让叙事平白晓畅。格非在"江南三部曲"并非要讲述近代以来中国的百年历史，而只是"想描述中国近现代一百多年来的历史中的个人"[2]，讲述个人在历史行进中所遭遇的各种人情世故、悲欢离合，讲述属于中国的故事。而，社会生活中个体的现实生存情状及其情感状态等"熟悉琐事"，正是"世情小说"的基本要素。

在"江南三部曲"中，格非承续了中国古典世情小说的传统，他选取的也是"家常日用""熟悉琐事"的叙事内容，写出了个人日常生活、琐屑情绪中的无限烟波。

《春尽江南》是其中的第三部，格非以此作为"江南三部曲"的收官之作。小说的故事并不复杂，以诗人谭端午与律师庞家玉夫妇的日常生活、婚姻危机、矛盾冲突为故事主线，并从各自的经

---

① 格非：《文学的邀约》，清华大学出版社，2010年4月第1版，第63页。

② 《格非谈新作〈春尽江南〉与"三部曲"》，新浪读书，2011年8月20日：http：//book.sina.com.cn

历、职业延伸至诸多的人与事，进而勾连起纷繁的社会现实问题：家庭婚姻，学校教育，伦理道德，犯罪与法律，黑帮与嫖妓，污染与上访，知识分子困境，等等。《春尽江南》描述了世俗的日常生活面貌，刻画了繁复的人情世界，呈现出当代中国日趋沉重的社会现实。

小说中，端午与家玉夫妇完全沉浸于日常生活的琐屑事务中，仅仅孩子的教育问题便是夫妻二人争吵不休的焦点之一。再如，小说中不仅频频出现关于衣食住行、吃穿用度方面的细节描写，而且还加入当下日常生活中常见的大量桥段。例如，家玉与端午商量给儿子的老师送礼。

> 庞家玉提到了几个化妆品的名字。CD。兰蔻。古奇和香奈儿。可她又担心，像鲍老师那样死抱住韩国品牌不放的人，不一定能知道这些化妆品的真正价值。……
>
> 那么，送加油卡又如何呢？鲍老师开着一辆"奇瑞"，送加油卡倒是挺合适的。……
>
> 家玉提出了她的最终方案：去家乐福超市购买三张购物卡，每张卡充值一千五百元。①

从这处平白的描写，我们首先可以窥见当下的社会风尚、教育界风气等，另外，小说中从服装到化妆品，从 UGG 的翻毛皮鞋到兰蔻香水，从红色本田轿车到农夫矿泉水，林林总总的品牌与物品也是现代生活日常。从深层看，这些日常生活表象正是现代社会人的物化和欲望的外露与彰显。而小说中另外的支线，陈守仁、徐吉士等人沽名钓誉、欺世盗名、贪图享乐、仁义尽丧的言行与心理则是现代日常生活与世俗经验中的浮世绘与众生相。

然而，格非的写作意图并非仅仅在于呈现生活日常，重复现

---

① 格非：《春尽江南》，上海文艺出版社，2011 年 8 月第 1 版，第 59 页。

实现象，而是在描摹世俗世界的同时，又蕴含着对现实世界的内在超越。

重世情，写人伦，以人间烟火气息反观、烛照人的生存状态与心灵动向。因此，我们看到格非笔下的人物大多置身于世情困扰与内在超越两者之间。比如，表面上出世的端午始终无法摆脱世俗杂务；而表面入世的家玉却又始终心存"诗与远方"的诗性冲动。因此，端午只能抱持古典音乐的"审美乌托邦"以求内心的超越与平静，而家玉则在生命的最后选择远走西藏，实现自我心灵的救赎。

至此，《春尽江南》的深刻内涵才逐渐展开。"江南"，中国传统文化意义上的精神故乡，她的自然风光、田园美景、世俗伦常、世道人心，都将遭遇消逝沦丧的厄运，真正是"江南春尽"，这恰是当下日益破败的世界的绝妙写照。

十分巧妙的是，《春尽江南》中，在家玉还叫秀蓉的纯真少女时代，她渴望穿上隐身衣，淹没于陌生人之中。然而，直至家玉身患绝症而被命运宣布出局之时，她依然无法找到自己的"隐身衣"，无法逃避这个坚硬的世界。到了2012年，小说《隐身衣》却续接了《春尽江南》的脉脉余韵，继续铺写"描摹世情"又"向内超越"的故事。

与"江南三部曲"相比，《隐身衣》既无关历史的沧桑风云，也放弃了革命的激荡风雷，讲述了一个在北京制作音响"胆机"的手艺人崔子的现代日常故事。作品借这个生活在北京底层的"我"的叙述，散漫地呈现了主人公的个人际遇，并以此反映出世界的无序、混乱与坚硬。

小说中表现了"我"的爱情、亲情与友情诸种人伦关系在功利主义、现实利益面前的彻底溃败与不堪一击。"我"与玉芬相恋结婚，但玉芬却频频出轨，并另攀高枝；"我"与姐姐本是同气连枝，却因房子利益而同根相煎、恩断义绝；"我"与蒋颂平本是患难兄弟，也因利益纠葛，而分道扬镳。在这现代日常生活中，崔子经历了全部的世态炎凉与人情冷暖，这也影射出当下人情全面衰败的薄凉现实。

姐姐崔梨花逼迫"我"尽快从她闲置的公寓房搬走，走投无路的"我"想到了好友蒋颂平。

> 在我被姐姐逼得没办法的时候，脑子里猛然就闪现出蒋颂平那张虚胖的脸来，好像这张脸让我心里有了底。我心一横，就答应了她。想到自己在这个世界混了四十八年，眼见得终于混到了无家可归的地步，心里就有点控制不住的凄凉和厌倦。[1]

然而，当我与蒋颂平表达想暂时借住他的服装厂时，蒋颂平却顾左右而言他，反而问起"我"那已过世六年的母亲是否安好。"我"既吃惊又难过，任凭蒋颂平笨拙而又徒劳地解释，以及冷漠的拒绝。此处的虚妄人情与人间冷暖令人感慨万千，并且俨然是与《红楼梦》《金瓶梅》的世情描写一脉相承。

确切地说，《隐身衣》对于世态、世相、人情、人性的描写，既有赖于作家格非细致入微的日常观察与日常经验，更仰仗于格非阅读古典世情小说的悲凉体验。然而，令人伤感慨叹的是，历经数百年，《金瓶梅》中所呈现的世俗人性、世态人情，与今日之中国现实并无二致，后者甚至更为败坏与沦丧。这岂不是莫大的悲哀？

这世间的友情脆弱、虚假，那么血脉亲情又如何呢？姐姐崔梨花为了独占房子，一方面，哭穷叫苦，逼迫弟弟搬家，另一方面殷勤热心，为弟弟的婚事操心。姐姐给"我"介绍了一个处境可怜的寡妇，并隐瞒了她得过癌症的事实，这一切都是为了尽早把"我"赶走。原来，骨肉亲情也是不堪一击。原来，"亲人之间的感情，其实是一块漂在水面上的薄冰，如果你不用棍子捅它，不用石头砸

---

① 格非：《隐身衣》，人民文学出版社，2012年5月第1版，第47页。

它，它还算是一块冰。可你要是硬要用脚去踩一踩，看看它是否足够坚固，那它是一定会碎的"①。

各种人伦关系正如这漂浮于水面的薄冰，看似坚固，实则脆弱易碎，经不起物质与欲望的轻轻一击。此处真真是"世间冷暖皆自知，人情淡漠凉薄如纸"，而人情虚妄，人情凉薄，这也正是"红楼"真意。

总的来看，新世纪以来，格非的小说在思想内容上与中国古典世情小说的异曲同工之妙已无需赘言了，其实，格非还充分学习与借鉴了中国古典小说的写作技艺。在上文中，我们已经梳理了中国古典小说对于格非"江南三部曲"等后期小说作品的多方面影响。其中，《红楼梦》这一伟大著作对格非作品的巨大的艺术投射尤其不容忽略。格非本人在各种访谈中多次谈及《红楼梦》对于自己文学写作的重要意义，他不断地重读《红楼梦》，在对中国传统文学经典的阅读中建立文化认同、文化自觉与文化自信，并在传统与现代交融的基础上进行文学写作。

二、白描式的写实手法

《红楼梦》中，曹雪芹对故事情节、人物形象、物品物件的准确描写都为人所熟知、赞叹，其中运用的白描手法，朴素而简练，不加渲染与烘托，却成为艺术描写的典范。这类白描式的写实手法也巧妙化用于格非的文学作品中。

《春尽江南》里，家玉身患绝症，她在生命的尽头忍痛离开丈夫与儿子，孤身远走西藏，希望能在心中的圣地等待生命的终结，然而她却无法抵达那神圣的净土，家玉滞留在了成都的普济医院。当丈夫端午隐约察觉出妻子的异常，准备前往成都寻找家玉时，他的内心已有了不祥的预感。

① 格非：《隐身衣》，人民文学出版社，2012 年 5 月第 1 版，第 92 页。

端午从厕所的柜子里拿出了一把黑伞，犹豫了一下，又换了一把花伞。他的眼泪即刻涌出了眼眶。①

　　文中这一简单平白的动作描写，表露出端午内心深处的担忧和悲痛，他甚至唯心地想回避黑伞这样的不祥之物以祈祷妻子的平安。原以为，早已在鸡零狗碎的烦恼人生中消磨殆尽的夫妻情感，此刻却重新在内心泛起，原来这深深的爱恋从未消失。然而，当端午与家玉都意识到这一点时，两人已是阴阳两隔，天各一方。

　　这样的白描勾勒，寥寥几笔却饱含无尽的情意，因此，故事的结局也就令人倍感唏嘘。格非小说中这样朴素简笔之妙比比皆是。

　　再看《望春风》里，赵伯渝与父亲在艰难岁月的相濡以沫，也是令人动容。父亲走了十几里地，带回一碗白米饭和两块肉给儿子。

　　我只吃了小半碗饭，用筷子将那两块肉埋在碗底，装出吃饱的样子，对父亲打了个饱嗝，就上阁楼睡觉去了。父亲央求我再多吃一点，我没搭理他。

　　我站在阁楼的小木窗前，看着父亲坐在灶前的板凳上吃饭。当他吃到我藏在碗底的那两块肉时，我看见他的肩膀剧烈地抖动，开始抹眼泪了。这是我第二次看见父亲流泪。……

　　父亲在灶膛里流泪，我也在阁楼上哭。

　　父亲并不在乎我知道他在哭。

　　我也一样。②

　　小说对此描写并无过多的修饰与渲染，平白如话，却情深动

---

①　格非：《春尽江南》，上海文艺出版社，2011年8月第1版，第347页。

②　格非：《望春风》，译林出版社，2016年7月第1版，第33—34页。

人，既描摹了父子俩生活的艰辛与清贫，也给小说涂抹上一股温情的色调。

三、诗词典故的化用

格非历来惯于在作品中引经据典，对各种中西经典文学资源是信手拈来，佳句天成。这种创作方法必然与格非的文学素养与知识储备有关。大学期间的格非曾苦读西方文学经典，就此打下良好的西方文学基础；大学毕业留校后，格非一则长期寓居校园，始终身处良好的学术研究氛围中；二则大学教师的职业也促使格非重视对经典小说的阅读。因此，长期的博览群书与沉思冥想，直接影响了格非在文学写作中浓厚的书卷味，或者智性气质。

然而，格非并不拘泥于中国古典文学中的诗文、典故，也经常涉猎西方经典作品，如哲学著作、小说、诗歌、名人名言等等。我们以《欲望的旗帜》为例，这部作品中列举、援引了大量西方名作名言。

> 歌德就曾经说过，一切的挣扎、一切的奋斗、一切的呐喊，在上帝的眼中，只不过是永恒的安宁而已。[1]
>
> 正如卡尔维诺所说过的那样：一切都是静默的，暂时的，可替换的，树与石只是树与石。[2]
>
> 他不由得想起了他师兄平时最爱引用的法国作家让·凯罗尔的一句名言：假如我对你说谎，那是因为我想向你证明，假的就是真的。[3]

---

[1] 格非：《欲望的旗帜》，春风文艺出版社，2005 年 1 月第 1 版，第 8 页。

[2] 格非：《欲望的旗帜》，春风文艺出版社，2005 年 1 月第 1 版，第 9 页。

[3] 格非：《欲望的旗帜》，春风文艺出版社，2005 年 1 月第 1 版，第 19 页。

以上种种例证，不胜枚举。对中西文学、文化资源的引经据典都可以在文本中随意觅得。然而，我们发现，这些经典作家著作中的语句在格非作品里并不是被动的装饰物、点缀物，而是主动参与到整部作品的叙事基调的奠定与情感氛围的渲染上，乃至影响、提升整个作品的思想内蕴与精神深度。

格非在创作后期则侧重于对中国古典诗词与典故文献的引用、借用、化用。在小说写作中，引经据典可以曲笔传意，避免直抒胸臆，使得文学作品意蕴悠长，内涵丰富，并具有深层解读的开放性特点。

首先，格非在小说的题名上直接移用中国古典文学经典或典故。比如，《锦瑟》源自李商隐之诗《锦瑟》；《凉州词》脱胎于王之涣的《凉州词》，《人面桃花》化用了唐代诗人崔护之诗《题都城南庄》，《夜郎之行》则与李白的《流夜郎赠辛判官》不无关系，等等。这些或松或紧、或明或暗的联系，成为格非创作上重要的写作资源与灵感启发。

其次，小说文本肌理中浸润着诸多古典的意蕴、情韵和格调，其中诗词、典故的活用、化用，常常是点睛之笔。

《人面桃花》中，秀米出狱后"禁语"，返回普济与旧时的丫鬟喜鹊相依为命。两人先是纸上交谈生活琐事，后来喜鹊便在闲时向秀米学诗，这一情节让人直接联想到《红楼梦》中的"香菱学诗"情节。

而小说中，对古典诗词的直接引用、援引更是比比皆是，既激活了古典诗文中的文化底蕴与情感内涵，又提升了小说的"言有尽而意无穷"的表达效果，使小说散发出浓郁的书卷味和文化气息。《山河入梦》有《唐诗三百首》中的"但见泪痕湿，不知心恨谁"[①]，有苏轼《临江仙》"小舟从此逝，江海寄余生"[②]，亦有

---

① 格非：《山河入梦》，作家出版社，2007 年 1 月第 1 版，第 23 页。

② 格非：《山河入梦》，作家出版社，2007 年 1 月第 1 版，第 95 页。

《红楼梦》里的"开到荼蘼花事了"等等。其中还有一段瞎子戏文，唱的正是主人公谭功达的母亲陆秀米：

> 见过你罗裳金簪，日月高华
> 见过你豆蔻二八俊模样
> 见过你白马高船走东洋
> 见过你宴宾客，见过你办学堂
> 到头来，风云黯淡人去楼空凄惨惨天地无光
> 早知道，闺阁高卧好春景
> 又何必，六出祁山枉断肠
> 如今我，负得盲翁琴和鼓
> 说不尽，空梁燕泥梦一场①

这不俨然就是《红楼梦》里那"疯癫落拓、麻履鹑衣"的跛足道人叨念的《好了歌》吗？小说中对古典诗词、典故的引用，既隐含了作家的言外之意、弦外之音，也形成了格非作品含蓄而厚重的中国传统气质。

四、草蛇灰线的布局

"草蛇灰线"是中国古典小说中常用的谋篇布局的方法，这也是格非小说创作中常见的手法与现象。格非一般以两种方式进行"千里设伏"。其一，以特殊意象、具体物象贯穿故事情节之中。如"六指人""金蝉""瓦釜""冰花"等之于《人面桃花》，紫云英、苦楝树等之于《山河入梦》，招隐寺、"衰世之书"《新五代史》等之于《春尽江南》，隐身衣之于《隐身衣》，等等，这些具有特殊意指的意象在小说中时隐时现，却形成一条若有若无的线索贯穿故

---

① 格非：《山河入梦》，作家出版社，2007年1月第1版，第8页。

事始末，既传情达意，又谋篇布局，从而建构小说叙事的宽度与深度。而且有相当多的马迹蛛丝不仅埋伏于单部作品内部，还伏脉千里，隔空呼应于多部作品内部。比如"花家舍"这个乌托邦空间便是贯穿、联结"江南三部曲"的重要载体与符号。甚至，《春尽江南》中家玉心心念念的"隐身衣"概念，则被格非铺演成另外一部独立的中篇小说《隐身衣》。

其二，乃是借用特定的事件勾连故事前后情节与人物关系。《欲望的旗帜》开篇就是一个莫名其妙的电话。

> 秋末的一天。曾山在睡梦中被突然响起的电话铃声惊醒。他抓起电话，对方却已经挂断了。①

究竟是何人打来电话，此处作家暂且按下不表，这乃是故意埋下伏笔。随后，我们可以轻易发现，关于这个未知电话的叙述散落在小说中的不同部分。

> 她（张末）与父亲从玄武湖回到家中，有些迟疑地给曾山打电话。……十五分钟后，她又一次拿起了电话，依然是占线的声音。她反复拨打着电话……②
> 现在，我们已经知道，那个电话是张末打来的。③

这些相关的描写在《欲望的旗帜》中前后呼应，互为印证互为补充。这种草蛇灰线的伏笔与呼应在"江南三部曲"中发挥得更加淋漓尽致。

再来看《山河入梦》的开篇，格非看似漫不经心地安排了一个

---

① 格非：《欲望的旗帜》，春风文艺出版社，2005年1月第1版，第3页。
② 格非：《欲望的旗帜》，春风文艺出版社，2005年1月第1版，第89页。
③ 格非：《欲望的旗帜》，春风文艺出版社，2005年1月第1版，第99页。

故事情节：谭功达与姚佩佩深夜返城，途中偶遇公安查车。此处看似无意地出现了"案犯"与"界牌"地点，而姚佩佩却不由自主地将自己代入其中。

> "昨天晚上我做了一个梦，"姚佩佩自语道，"梦见阎王爷在清明节派鬼来捉我，为首的小鬼和刚才那人长得一模一样。界牌那个地方遍地丘壑，似乎也是梦中见过。"
>
> 谭功达哈哈大笑道："你没听那人说吗？他们正在奉命追捕一名重要的案犯。"
>
> "他们该不会就是来抓我的吧？"
>
> "你又没犯什么罪，人家抓你做什么？你不要胡思乱想了。"
>
> "你怎么知道我没有犯罪？"[1]

这里似乎是姚佩佩疑神疑鬼，乱语胡言，令人不以为意。但是，直至小说的第四章，开篇埋下的草蛇灰线逐渐显山露水，姚佩佩当时的无心之语却是一语成谶——姚佩佩后来真成了通缉犯，而且逃离梅城的第一站就是界牌。这种伏笔千里的写法在格非小说中随处可见。

五、红楼人物绣像

格非近年的小说写作敛去了"先锋"的锋芒，表现出了明显的向中国传统文学、文化传统靠拢的倾向。在小说人物原型的选取与人物形象塑造方面，格非小说体现出了对中国古典小说名著《红楼梦》的借鉴与继承。

譬如，从宝玉与谭功达，黛玉与秀米、佩佩，甄士隐与陆侃等

---

[1] 格非：《山河入梦》，作家出版社，2007年1月第1版，第20页。

人物形象上，我们可以发现人物之间相似的性格特征、精神气质，以及近乎一致的悲剧性的结局。

《山河入梦》中的主人公谭功达是最为典型的例子，他的言行举止、心理活动、性格特征等都与《红楼梦》中的贾宝玉十分相似。莫言在《山河入梦》研讨会上就坦言："我读的时候产生了一种错觉，就是谭成达就是一种现实的贾宝玉的形象，当然他有他远大的追求和他的理想。但是，在梅城县的官场，他是格格不入的。"[①]

谭功达乃是一县之长，即秀米的次子，他本应是革命的弄潮儿，然而，他的性格弱点、精神气质以及对大同理想的痴迷，导致他最终黯然落幕。

首先，谭功达如宝玉般多情痴情，乃是"情痴情种"。《红楼梦》中反复描摹了贾宝玉对美丽洁净少女的爱慕之情，这里的情又不止于男女情爱，还包含了同情、爱护和尊重之意。《山河入梦》中谭功达对女性的言行态度与贾宝玉如出一辙，他不仅情有独钟心有专属，同时又爱惜着这世间所有美好的女子。他对姚佩佩、白小娴用情之深自不用说，甚至对相亲对象柳芽、花家舍公社的小韶、批斗会上的无名少女等等，他都心存怜惜，柔情万种。

谭功达被迫去相亲，见那素未谋面的姑娘柳芽，"生得娇小、单薄、小头小脑、低眉垂眼，身体像筛糠似的兀自抖个不停"[②]，再加上姑娘旁的老妇人絮絮叨叨，谭功达心里便盘算着尽快脱身。后来又知这姑娘自幼失怙，心里就动了恻隐之心。

> 谭功达认真地打量起面前的这个姑娘来：阳光照在她脸上，皮肤白皙细腻，长长的睫毛遮掩着一双乌黑的大眼睛，模样虽然平常，却也透出一股清秀动人之色，不禁心

① 王中忱、莫言、陈晓明：《格非〈山河入梦〉研讨会》，渤海大学学报（哲学社会科学版）2007年第4期，第32页。
② 格非：《山河入梦》，作家出版社，2007年1月第1版，第34页。

头一热。就算婚事不成，权当萍水相逢，也不可辜负人家的一片心意。①

再看谭功达与白小娴在练功房的初次见面。

谭功达一看她的脸，立刻就吃了一惊，像是被锋利的锥子扎了一下，身体软软的，难以自持。古人说的倾国倾城之貌，虽有夸张之处，也不是完全没有道理。不然，何以我一看到她，身体就摇摇如醉？②

谭功达一见漂亮美好的女子就神魂颠倒，如此的例子不胜枚举，谭功达的泛爱多情神似贾宝玉的行径。他的爱乃是宽泛意义上的对女子，以及世间一切美好的珍惜与爱护。当然，泛爱博爱并不与情有独钟相矛盾。直至终生错过之后，谭功达才知晓自己内心对姚佩佩的深爱，这悲剧性的爱情也就令人无限感伤唏嘘。

第二，谭功达如贾宝玉般"痴"与"呆"。小说借他人眼光写出了主人公谭功达的"似傻如狂"。

先是姚佩佩有所察觉。"佩佩见县长目光痴呆，与那《红楼梦》中着了魔的贾宝玉一个模样，知道他又在犯傻做美梦了……"③

后是汤碧云无意中发现。她煞有介事地告诉姚佩佩："绝对是个花痴。……那天我们去了七个女孩，我们在院子里干活的时候，谭县长也会出来看看，和我们说说话。他有时看看树啦，有时候看看天上的云啦，可眼睛一旦落到哪个女孩身上，立刻就发了呆，渐渐地就沁出一片青光来。"④

---

① 格非：《山河入梦》，作家出版社，2007年1月第1版，第37页。

② 格非：《山河入梦》，作家出版社，2007年1月第1版，第58页。

③ 格非：《山河入梦》，作家出版社，2007年1月第1版，第12页。

④ 格非：《山河入梦》，作家出版社，2007年1月第1版，第74页。

谭功达即使初次见到小韶也是目光迷离，浮想联翩。初次到达花家舍，公社派小韶来接他：

> 她胸前别着一枚毛主席像章，眉眼有几分长得像白小娴，又有几分像姚佩佩。只是不像小娴那么矜持，也全无姚佩佩的阴郁和忧戚。这时，谭功达的心头立刻泛出一丝落寞和忧伤，仿佛每看到一个漂亮的女孩，都会在心里埋下哀伤的种子……那枚毛主席像章的小别针会不会扎到她肉里去？在胡思乱想之际，目光就渐渐地变得飘忽起来，一动不动地看着小韶，发了呆……①

可见，格非笔下的谭县长的"花痴"形象，颇有些贾宝玉的味道。当然，谭功达与贾宝玉的神似更在于两者言行的偏僻乖张，理想与世俗的格格不入。因此，两个不同时代的人物形象，却在情思、抱负与命运层面有着相同的精神印记。此外，我们还可以辨别出，《人面桃花》中冰清玉洁、满腹经纶的秀米，她的清高、倔强、敏感、聪慧，不正是黛玉的品性？再有《山河入梦》那姚佩佩家道中落的身世，博闻强识的才情，高洁自爱的品格，天真率直的性情，悲剧性的命运等，凡此种种又与黛玉何其相似。

应该说，格非新世纪以来的小说写作充分汲取了《红楼梦》《金瓶梅》以及其他古典文学、传统文化的元素，并结合自己的现代小说理念与写作功底，给读者讲述了格非式的"中国故事"。

另外，对世俗、世态、世情、世相的认知与体悟也和明末奇书《金瓶梅》一脉相通。2014年格非的学术新作《雪隐鹭鸶——〈金瓶梅〉的声色与虚无》出版，则明确地提示我们，《金瓶梅》与《红楼梦》深刻影响了格非写作的内在理路。

---

① 格非：《山河入梦》，作家出版社，2007年1月第1版，第268页。

第三节　内在超越的精神向度

格非这位"诗人小说家"继承了中国小说的两个传统，在不放弃西方现代小说的理念、技艺与元素的前提下，注重汲取中国古典文化资源，从而激活了中国古典的审美抒情传统，创造出了新型的"中国式诗意"，并选择了自承儒家传统的内在超越之路。

一、诗意的，思想的

众所周知，格非早在二十世纪八十年代中期便以其迷宫式的先锋写作蜚声文坛，但他却是在新世纪携"江南三部曲"重返文坛之时，收获了更加广泛的赞誉。从"江南三部曲"第一部《人面桃花》开始，到近期的《隐身衣》《望春风》，我们不难发现格非小说作品整体审美风貌的变化，格非的写作也展示了当代文学创作和古典文学资源交流与对话的一种可能性。

确切地说，"'江南三部曲'以来的格非小说展现了中国传统的审美抒情方式，其深层是对审美经验的重构，包括审美主体及形式等"①。也就是说，这些作品表层上是对中国古典文学资源的回归，将古典神韵气象与现代先锋气息结合，重构中国抒情审美传统，呈现出全新的写作样态。然而，从深层来看，这种基于现代主义立场，在审美主体与审美方式层面，汲取中国抒情传统与审美经验的策略可谓中国式诗意的重构，意图也在于解决当年的先锋派遗留的审美主体意义缺失和文化无根的历史问题。

此处要先回溯学者陈晓明在二十世纪九十年代初的著作《无边的挑战》中关于先锋派抒情风格的论断，他认为先锋派的抒情风格呈现出纯粹的美学特点，既脱离了历史的负担，又摆脱了意识形态

---

① 梅兰：《格非小说论》，《文学评论》2016 年第 4 期，第 86 页。

的束缚。这在当时的时代背景下，自然是文学的大进步。然而，事实上，先锋派的审美抒情走的是西方现代"震惊"体验的路子，丝毫没有观照中国"感时伤生"的传统抒情。这也就引发出先锋派文学实践中的重要问题，即审美形式与审美主体的疏离，这也是现代性艺术审美的问题。

显然，格非意识到了这一深层的现代主义的艺术自主性问题。在现代主义那里，将审美形式视为纯粹的语言修辞方式，而将审美形式与审美主体隔离开来，也就是取消了审美主体的自主性与功能性。这种文学实践势必导致小说审美张力与审美经验的缺失，小说主题内容上思想性与社会性的匮乏。

因此，格非立足于中国传统文学、中国文化基础，重构起文学的审美与抒情传统，并试图在审美自主性与现实功利性的矛盾与冲突中寻找平衡点，使得中国当代小说既不偏倚于传统小说的芜杂具象的世情书写，又不损伤现代小说的审美形式。

作为"先锋文学三驾马车"之一，格非作此文学转向，必然与先锋文学在二十世纪九十年代遭遇的困境与危机有关，同时，这也是作家个体精神成长的必然结果。格非选择重回中国传统文化资源汲取养分。他研读中国古典小说与经史典籍，并且对明清世情小说情有独钟，进而重新发现了世俗人情、日常生活等命题的艺术价值与生命力。再借着研究京派作家废名诗化小说的契机，受益于废名小说艺术风格的影响与启发，格非进一步从抒情性的角度来定义中国小说传统，并将中国古典小说大传统与受西方现代性影响的小传统融合，确立了新型的"中国式诗意"，恢复隐匿了多年的中国叙事。

格非深刻意识到自身传统的重要意义，他提出，"好的小说一定是对传统的一种回应"①，而且，"他认为好小说还需要具备对传

---

① 格非：《好的小说一定是对传统的回应》，见白烨（主编）《中国文情报告2007—2008》，社会科学文献出版社，2008年5月版，第158页。

统的再发现和再创造，两者兼备就是伟大的作品"①。这些都说明，任何脱离传统文化语境的意义构建与审美活动，都如无源之水无本之木，难以维系生存，更遑论取得显赫的成果。"江南三部曲"与《隐身衣》《望春风》等作品的成功很大程度得益于作者的这种认识与转变。

新世纪以来，格非小说回归了中国的古典文化、文学传统，摄取了中国古典小说的艺术手法与技巧，建构起以情感为核心内容、以抒情为风格特征的审美主体，并经由日常、世俗、人情的描写完成对当下社会现实的内在超越。

我们看到，格非的小说从形式到内容，从载道到抒情，从结构到叙事，从技巧到风格，处处有着中国古典小说的艺术烙印。比如，周而复始的时间轮回观、草蛇灰线的布局谋篇、文白杂糅的典雅语言、诗词典故的化用、白描写实与借景抒情的手法、书信史料的嵌入、悲凉哀婉的美学格调等等，格非深厚的古典文学修养与传统文化底蕴体现在整个小说文本之中。

格非的鸿篇巨著"江南三部曲"是以这样平白无奇的句子开篇的："父亲从楼上下来了。"②小说开场简洁朴素，却掷地有声，展开了以陆家四代人为代表所谱就的百年中国知识分子精神嬗变史。

除了学习借鉴中国古典文学直白平实的语言风格之外，格非还注重小说语言的含蓄美与抒情性，常借景抒情，意境优美，另外，古典诗词、典籍典故等在文本中不时穿插，文白杂糅，诗意浓厚，从而使小说极具古典气息。

《人面桃花》古典韵味悠长，文中有一段描写张季元把玩宝物瓦釜的语句：

---

① 格非：《好的小说一定是对传统的回应》，见《中国文情报告2007—2008》，社会科学文献出版社，2008年5月版，第158页。

② 格非：《人面桃花》，春风文艺出版社，2004年9月第1版，第1页。

随后，又用指甲弹了弹它的上沿，那瓦釜竟然发出当当的金石之声，有若峻谷古寺的钟磬之音，一圈一圈，像水面的涟漪，慢慢地漾开去，经久不息；又如山风入林，花树摇曳，青竹喧鸣，流水不息。她仿佛看见寺院旷寂，浮云相逐，一时间，竟然百虑俱忘，不知今夕何年。[①]

小说中这样的语言比比皆是，既古朴典雅，又华美精致。格非还直接在文本中引经据典，确实赋予小说一种浓烈的书卷气以及沉潜纯净的古典气质，也提升了作品的思想蕴涵。然而，格非的小说对中国传统的回应并不是简单的重复与模仿，而是融合入现代精神与异质元素的对传统的"再发现"与"再创造"。

格非不仅在小说文本中恰当引入诗词歌赋、经史典籍，同时，还安插了大量的书信、日记、人物简介、墓志铭等等，这种插入体裁减缓了小说的叙事节奏，却强化了小说的倾诉性与抒情性。

《人面桃花》中，革命党人张季元给秀米留下了一本令人发狂的日记，《山河入梦》里姚佩佩亡命天涯时给谭功达寄来绵绵的情思，《春尽江南》的端午在妻子家玉离世后收到电子邮件——遗书。格非的这种书写策略表现出他对小说抒情性传统的回归与重视。

尽管格非回归了中国传统，建构了中国式的诗意及中国审美与抒情方式，但这"诗人小说家"并没有因为重诗意、重抒情，而忽略了小说的思想性与社会性。恰恰相反，在这更淳厚、更宏大的格局与背景下，各种"诗情诗意"与"感时伤生"的情绪的抒发，诸如"冰花""瓦釜""紫云英花地""花家舍""普济""江南"等美学碎片的连缀，共同汇成了"丰富的历史与现实场景"，提供了百年中国精神嬗变的深刻思考。因此，对格非而言，小说的社会性、思想性与诗性三者必须是整合一体的。

[①] 格非：《人面桃花》，春风文艺山版社，2004 年 9 月第 1 版，第 68 页。

二、内在超越的哲学意蕴

由此，我们可以发现，原本醉心于先锋实验、形式探索的格非开始带着中国式的诗意与抒情传统介入社会现实，介入人的精神存在，并且经由世俗、世情、世态、世相的描摹完成了基于中国文化的自我救赎与内在超越。

我们要先简单厘清"内在超越"的内涵与研究理论。按照新儒学的观点，世间有天道，天道高高在上，超越世俗具象。然而，天道既超越又内在，兼具了宗教与道德两者之意味，宗教重超越义，而道德重内在义。在中国儒家价值传统中，中国的超越是向内超越，即超越的境界和人的世界不分离。而在西方基督教价值传统的背景下，西方的超越则是外在超越的，是具体化、人格化的。此处明确区分了两种超越类型与两种研究理路。

在格非这里，中国文学具有一种对现实经验进行超越的功用，这种超越就是基于中国儒家文化与哲学传统的"内在超越"，即，不离世间而超越世间。格非在学术专著《雪隐鹭鸶——〈金瓶梅〉的声色与虚无》中进一步展开论述了"内在超越"的观点，他认为，中国古典小说，尤其是《红楼梦》《金瓶梅》这类世情小说，重视向内在超越，并且经由世俗完成超越——既描写世情世相，又超越了世情世相——《红楼梦》既描摹世态人情，又宣扬禅佛思想；《金瓶梅》对晚明市井生活的大描大绘背后亦弥漫着佛道归宿的超越性的力量。

具体地说，在中国文化传统中，泛神乃至"无神"的宗教事实导致中国没有"上帝之城"，人们缺乏像上帝这样的外在而具体的超越性力量，因此，人们在对抗现实时便无法觅得外在的依托与投靠，而只能向内进行自我玄思与自我修养，从而实现内在超越。

我们以《春尽江南》为例。这部作品聚焦在物欲横流、光怪陆离的当下，描述了普通人的日常生活与情感纠葛，即写世事与人情。小说写尽了时代的喧嚣与纷扰，人心的失守与颓败，然而，端午、家玉、绿珠，乃至王元庆最终皆是以体悟或顿悟的形式完成了各自对尘世的超越。心高气傲永不服输的家玉，在生命的尽头选择奔向心中的圣地，反思自己的人生，最终悟得生命的本真；迷茫无根的女子绿珠则结束了漂泊和寄居，选择做一名普通的幼儿园老师，从安定、踏实、素朴的生活中找到心灵依托。至于诗人端午则始终抱持着出世的态度，冷眼旁观地安于做一个时代的疏离者，在音乐的审美乌托邦中完成了对生活的超拔和对精神的安顿。

再来看《人面桃花》中的乌托邦理想实践者秀米。在历经革命、失败、入狱、出狱之后，秀米缄口不言，自我惩罚。她退回自己最后的庭院，种花草，读闲书，观星象，像一个古代士大夫那样过着隐居的生活。她还学会了种菜、洗衣、绱鞋等作为女人最普通最实在的事。这纷乱而甜蜜的人世，杂乱无章而又各得其所的生活，给她带来深稳的安宁，也使她获得了内心的平静，秀米也就开始了对命运的禅悟。

《隐身衣》也表现出了内在超越的力量。崔子经历了人情衰败，世态炎凉，然而他却并没有走向绝望与虚无，反而觅得一件尘世间的"隐身衣"作为超越性的出路——在"古典音乐乌托邦"的净土中，隐身于世间一隅，怡然自得，超然于世，怜悯地俯瞰人世苦海中的芸芸众生，这正是"内在超越"的本质——超越世间而不脱离世间，"此在"与"彼岸"两个世界不即不离。这也是中国式的智慧。

从本质上说，文学的真正意义并不只在于准确、真实地记录与反映现实，还在于以隐喻的或者寓言的形式超越现实。文学总要提供出一种超现实的力量，这也是文学隽永的魅力所在。关于"内在超越"的思考贯穿于格非的小说写作中。格非曾在讨论时间问题时提出"整体性"的概念："我以为，中国文化对于时间有限性的思考和处理方式，启发了一种整体性的生命哲学：既有对现实时间的享受，亦有对超时间的豁达和自在；既重视现实利益，也重视生命的圆满（而非权宜）；既有建立功业的愿望，也有立德和立言这样的超越意识；既有匡生救世的现实使命，也有'不为无益之事，何以遣有涯之生'的趣味。而具体的文学写作，叙事的思维是整体性的。"[①]

因此，格非的写作对接现实，介入当下，既不回避对时代的阴暗与社会的弊病的如实记录与深刻批判，也不因为现状而决然走向价值虚无与彻底绝望的极端。即是说，格非还是坚持文学写作中的整体性思维，将文学的社会性、现实性、日常性的描述，视为人的整体性生命观照的组成部分而加以展现与考虑。正如世情小说中的世俗、世态、人情、人欲描写，也只是个体整体性生命观照中的部分。因此，格非从中国文化传统中继承了整体性思维与内在超越思维，在整体性概念的统领下，经由日常的世俗世情的描摹完成了中国式的内在超越。

就此而言，格非对中国古典小说叙事传统的回归并不只是借用了叙事技艺的外壳，而且吸纳了中国文化背景下的内在超越的价值取向。自"江南三部曲"以来，格非致力于在大历史背景下，铺写世俗、世情与世事，呈现不离日用常行、人情人性，凡此种种既是描述的对象，又是超越的基础。这种从形式到内在精神的回归与确认使得格非的小说既有深厚的人间情怀又有浓烈的中国传统的诗性力量，这对于格非本人，乃至此前过于倚重西方文学理论与方法的当代作家，无疑是一种有力的反拨，亦是对其自身的一种超越。

当然，格非的小说虽然重构了审美与抒情方式，确立了向内超越的文学理念，但是依然受到一定的质疑。小说中的审美主体在社会中节节败退后的内在超越，在什么程度上能完成对现实的超越与自我的救赎？这样的小说又能在什么程度上参与、介入、反思社会现实？小说如何记录、书写进而超越这个巨变的世界？这是格非的问题，也是文学的问题。

---

① 格非：《文学的邀约》，清华大学出版社，2010 年 4 月第 1 版，第 151 页。

第四节　中西融合的叙事资源

一、现代与古典的遇合

自《人面桃花》以来，格非的小说创作转向了本土资源，从中汲取传统文学养分，呈现出古典文化的流风余韵。此处的变化自然是毋庸置疑的，然而，格非对中国古典小说传统的回归，并不是简单地模仿，或者是全盘地继承，而是在立足于西方现代小说的影响基础上，对中国古典小说传统的"再发现"与"再创造"，是"带着先锋走进传统"。

我们从《人面桃花》获奖时的授奖辞及相关的文学评论中都可以发现评论界对此客观中肯的评价。例如，"他的写作既有鲜明的现代精神，又承续着古典小说传统中的灿烂和斑斓。他的叙事繁复精致，语言华美、典雅，散发着浓厚的书卷气息，这种话语风格所独具的准确和绚丽，既充分展现了汉语的伟大魅力，又及时唤醒了现代人对母语的复杂感情。"[1]

确实如此，格非在面对时代变迁的挑战、外来文化的冲击时，他既不放弃西方现代小说的理念精神与叙事技巧，又将视野重点转向中国古老文化的资源，从而将中西文学资源进行整合与转换，发掘新的文学写作出路。

首先，我们要先明确，在世界文学的大范畴下，中西文学都有着各自存在的意义与价值，而中国文学传统正是在西方文学传统的参照下才得以体认与凸显，也就是说，正是在传统／现代、新／旧、中国／西方的二元对立模式中，传统才成为传统。中国小说的叙事传统也就是在与西方现代小说的比照中，借助西方叙事学理论，从

---

[1]　"华语文学传媒大奖·2004年度杰出成就奖"授奖辞（格非：《人面桃花》），见《新京报》2005年4月9日。

历史上众多的志怪传奇、话本、章回体小说等文本中总结凝练而来的叙事特征或叙事规律。比如：白描手法、草蛇灰线、全知全能叙述视角、外视点叙述、轮回的时间观等等。当然，其中某些叙事特征或叙事规律也并非是中国古典小说的专利，但显然是其最突出的表征。

其次，在对中国传统资源回归时，格非并没有选择苏童式的"老瓶装新酒"，或者莫言式的"大踏步后退"，而是将自身传统资源从理念、精神、技艺方法等方面进行现代转换，这是基于西方现代文学养分，而向中国古典传统的靠近与回归，是中西两种文学资源的有机融合。

在这文学回归过程中，格非虽然强调了经由世态人情完成内在超越的中国古典小说的大传统，但他也并没有忽略建立在对大传统的持续批判与隐性回溯基础上，受西方现代性影响的小传统，格非将传统视为一个始终处于变化与交融之中的可生长的概念。

中国古典小说以写实见长，以实写虚，以含蓄为美，常常通过描写具体的时空、人物、日常物件等，经由故事情节传情达意。格非深谙中国古典小说的精神与特性，并且在考量与研究中发现其局限性，因此，在具体的小说写作中，格非对古典小说叙事传统进行了调整与融合。

事实上，如何继承与转化传统文学资源，如何融合西方现代小说精神与技艺，如何更好地表达现代中国经验，如何扬长避短，如何落到实处，如何现代，又怎样传统，等等，确实是当下文学面临的重要难题。格非以高度的文化自觉，对此展开了积极的尝试与大胆的探索，并建立起自己的"中国式诗意"书写，修复了隐匿许久的中国叙事。

其实，格非在文坛上的独树一帜还在于他的高校学者与文学创作者的双重身份。他在文学创作之外还致力于文学理论研究，并成功地将理论建构与文本实践紧密地对接与联系起来，两者相得益彰、相辅相成。比如,《塞壬的歌声》《博尔赫斯的面孔》《文学的邀约》《雪隐鹭鸶——〈金瓶梅〉的声色与虚无》等学术著作,都可以视为对其文学写作的深入阐释与有力佐证。

对格非而言,文学写作与文学理论研究是相得益彰又互文互动的关系。他将理论研究结论运用于具体的文学实践中,同时,又通过具体的文学实践,检验、论证与建构文学理论成果。当然,格非先锋时期的文学作品与他的学术随笔《塞壬的歌声》《博尔赫斯的面孔》有更多的呼应与对接,而"江南三部曲"以来的作品,其中对中国古典小说叙事传统的回归,包括"红楼笔法""悲悯之心""世俗世情""内在超越"等,皆可以从他的理论著作《雪隐鹭鸶——〈金瓶梅〉的声色与虚无》中找到印证。从不同阶段的研究对象的选择上,我们不难发现格非的兴趣点所在,以及其创作的阶段性变化。换言之,格非选择某个研究对象时,即传达出作家某一阶段的小说理想与追求。

二、传统与先锋的双重内核

我们发现,新世纪以来,先锋小说家的整体创作风格大多由凌空蹈虚转向贴近大地,艺术上也表现出传统与先锋融合的倾向。这是一个有意味的文学现象。在西方现代文学影响下出现的先锋写作如今正迫不及待地逃离西方影响而投入自身传统的怀抱。当然,这种转变依然留存了不变的东西。比如,先锋的精神与品格、西方现代文学的技巧等。

格非的写作当然也处于这一艺术变迁之列。他曾坦承自己在重读了世界文学经典后发现:"所谓的现代主义是值得探讨的,即使像陀思妥耶夫斯基这样的现代主义鼻祖,他的小说也与后来的卡尔维诺的作品有很大不同。从马尔克斯及一些南美作家的传记中,我发现这些作家身上都有从超现实主义向传统写作回归的现象,马尔克斯曾经引用艾略特的话：'一个人从起点出发绕了一大圈一定会回到这个起点。'这给我很大的启发。"[1]

因此，格非回归了中国古典小说叙事传统，扎根于传统资源的土壤从而显得更加气定神闲、朴素沉着。同时，格非又在精神层面保持先锋的艺术品格，并且娴熟运用现代小说叙事手法技巧，比如叙事时间的中断与跳跃、叙事空缺、内外视点并置、内心独白、神秘色彩、梦幻叙事等。

"江南三部曲"第一部《人面桃花》虽然已有浓酽的古风雅韵，但又被包裹在神秘迷离的氛围中，细读来亦能感受到先锋小说神秘、迷惘、梦幻的气质。小说文本在白描写实、诗词典化、草蛇灰线等中巧妙地融入现代小说叙事方式与技巧，比如插入变化的叙事时间，造成叙事时间上的中断、跳跃、拼接，从而使这部小说富有现代感。

《人面桃花》没有采取中国古典小说惯用的以时间顺序结构全篇的手法，而是截取父亲陆侃出走的场景作为开篇，以此拉开故事的帷幕。小说一方面以此顺序推进故事情节的发展，讲述父亲出走后引发的传奇故事，另一方面又间或穿插倒叙，追述父亲的罢官返乡、隐士生活、桃源之梦等等，试图探究父亲发疯及出走的原因。小说中，顺叙、倒叙、插叙三种记叙方法交叉使用，形成了小说叙事时间的跳跃。这显然是西方现代小说的写法。另外，《人面桃花》章节与章节之间的时间跨度较大，其中对秀米如何东渡日本以及秀米在日本的经历设置为空缺，即故事直接跳过人物的这段历史，而从秀米返乡开办普济学堂开始，直接顺序叙述秀米的大同革命实践，这也就造成了小说叙事时间的中断。

变化的叙事时间交错推进故事情节的发展，这在《春尽江南》里依然清晰可辨。《春尽江南》的开篇是在二十世纪八十年代末期

---

[1] 格非：《好的小说一定是对传统的回应》，见《中国文情报告2007—2008》，社会科学文献出版社，2008年5月版，第158页。

"发生了一件席卷全国的大事"之后的仲秋，隐居招隐寺的诗人端午与秀蓉的初次邂逅。随后，在第一章的第二节，小说的叙事时间直接跳跃到了端午与秀蓉结婚育儿之后。接着，在第一章的第六节，叙事时间又跃回了1985年，追述端午大学毕业后的经历。这显然是对西方现代小说的师法。

在后期的小说创作中，格非基本沿用了中国古典小说全知全能的叙事视角，以白描的笔法描摹故事场景，以外视点记录人物言行，冷静铺写推演故事情节发展。但是，在刻画人物形象与性格特点时，格非也常巧妙地将外视点与内视点并置，既有外视点观察下白描式描摹，又有内视点角度的心理独白与意识流动。内外视点相互穿插，互为裨益。

我们来看《山河入梦》里，谭功达与白小娴的第一次见面。作家先是从外视点的角度直接描写谭功达惊艳于白小娴的美貌。"谭功达一看她的脸，立刻就吃了一惊，像是被锋利的锥子扎了一下，身体软软的，难以自持。……谭功达的汗顿时就下来了，心也快跳到了嗓子眼。"[1] 然后，便是小说人物内视点的内心独白："作孽啊作孽，这真是作孽。天哪，太过分了。我的眼睛怎么一刻也舍不得离开她。谁家的孩子？竟能长成这个样子？"[2]

此处，从叙事效果上看，内外视点的描写衔接紧密，互为补充，两者的有机结合将人物的外在言行表现与内在心理活动全部毫无保留地展现出来，使得人物形象更为饱满与立体。当然，从审美接受的角度来看，小说视点的瞬间转换也有可能给读者带来一定的阅读障碍，因此，我们发现，在"江南三部曲"第二部《山河入梦》里，人物的内心独白部分已经被标识为黑体字体，便于读者分辨。

另外，格非的小说还多处融入梦的意象，具有扑朔迷离的悬疑

---

[1]　格非：《山河入梦》，作家出版社，2007年1月第1版，第58页。
[2]　同上。

色彩等，这都是既契合中国传统文化的隐喻意味，又暗指先锋小说的多义性和模糊性。

这些都表明，格非在向中国古典小说叙事传统回归时，并不是对其单纯地摹写与仿效，而是突破古典的内涵，追求中西两种叙事资源的有机结合，吸纳众多新颖的异质因子，注重形成精神意蕴上的古典气质。

用格非自己的话来说，"回归传统写作不等于与先锋写作绝缘[①]"。他的写作是融合了中西文学资源的复杂过程，两种文学资源始终内在地"交叉"影响。即使在先锋时期，格非的文学创作依然有着中国古典小说叙事的血脉；而在回归传统叙事的"江南三部曲"、《望春风》等作品也同样存在着鲜明的西方现代小说的精神。事实上，格非的作品始终难以从某种单一维度中获得有效解释。

在文学创作路上，格非的坚守与创新都是显而易见的。新世纪以来，格非的小说写作汲取了古典资源的养分，呈现出古朴而浓酽的古典风情与气韵，然而，这并不是简单、被动地在文本的外观表层上对中国古典小说的语言、结构、技巧及叙事手法的机械复制与挪用，而是在吸纳了古典文学、文化资源的基础上，"孵化、孕育出一种新的情韵、意境，一种融合了现代观念的'中国式诗意'[②]"。

对此，评论家张清华提出了较全面的阐释："很显然，格非的小说出现了在当代小说中罕见的'诗意'——不只是从形式上，从悲剧性的历史主题中'被解释出来'的，同时也是从小说的内部、从神韵上自行散发出来的。这种诗意不是一般的修辞学和风格学意义上的，而是在结构、文体、哲学和精神信仰意义上的诗意，是在中国传统小说中，特别是《红楼梦》中无处不在的那种诗意。格非

[①] 丁杨、格非：《好的小说一定是对传统的回应》，《中华读书报》2007年2月14日005版。

[②] 王宏图：《古典摹写、文化认同与创造性转化——〈朱雀〉〈北鸢〉与"江南三部曲"的不同书写策略》，《学术月刊》2017.49（07），第117页。

为我们标立了一种隽永的、发散着典范的中国神韵与传统魅力的长篇文体——说得直接点，它是从骨子里和血脉里都流淌着东方诗意的小说。这种小说在新文学诞生以来，确乎已经久违了。"① 这也是格非对中国当代小说发展的重要贡献，他那具有东方诗意的小说，在现代性思考基础上修复与转化了中国古典小说的传统，讲述着中国风格的故事。"这当然不是一个简单的模拟的归附，而是一种融合了现代的一切信息与物质属性的归附，是一种新的创造。"②

细细读来，格非"中国式诗意"的酝酿首先得益于其乌托邦理念在后期小说创作中的核心存在与统领全局，其次，这中国式诗意的实现又与古典小说抒情传统密切相关。于是，古老的精灵复活过来了，重新焕发出生机与活力，建构起古老又新颖、熟悉又陌生的"中国式诗意"。

毋庸置疑，格非在"江南三部曲"以来，凭借着高度的文化自觉与文化自信，从古典资源中汲取各种养分与元素，并用现代小说的理念与技艺重新整合，从而建构起一种新型的"中国式诗意"——既洋溢着现代精神，又显现出对中国传统文化的回望。同时，我们还必须明确，即便我们断定作家在向某一种文学传统或者文学资源靠拢，其实并不仅仅是在强调一种小说艺术与技巧，而更是在强调一种作家的世界观，即作家对世界的寓言式的理解。

---

① 张清华：《春梦，革命，以及永恒的失败与虚无——从精神分析的方向论格非》，见《窄门里的风景》，广东人民出版社，2014年4月，第56页。
② 同上。

第八章 "重返时间的河流"

在 2016 年初，格非在清华大学"人文清华"的讲坛上，发表了题为《重返时间的河流》的关于"文学时空观的演变及其意义"的演讲。其中，格非表层上探讨的是文学的意义，深层里却触及了人的存在本义。格非概括了文学时空观的演变："文学中，特别是叙事文学中，有两个基本的构成要件，一个当然就是时间，另一个是空间。……我们如果把时间比喻为一条河流的话，那么这个空间就是河流上的漂浮物，或者说河两岸的风景。这两个相映成趣，相得益彰。……在传统的文学里面，空间是时间化的，在今天的文学里面，相反，时间是空间化的，当然，空间最后碎片化了。"[①]具体地说，原本空间从属于时间，空间的意义依附于时间的意义，时空水乳交融是文学的意义产生的根本基础。然而，随着时代的变迁，社会的变化，时空观念也发生改变，空间性逐渐取代了时间性，原本从属于时间意义的空间意义逐渐成为占据人们生活主要部分的大量空间碎片，于是，人们也就迷失、沉湎于碎片式的空间性的事物与行为之中，以至于忘记了文学最根本的目的乃是提供确切的意义。格非提示了时间的重要性，"因为只有当我们处在一种有限性的时间里面，我们才会去思考意义"[②]。如果"没有对时间的沉思，没有

[①] 格非：《重返时间的河流——在"人文清华"讲坛上的演讲》，《山花》2016 年第 5 期，第 120—123 页。

[②] 格非：《重返时间的河流——在"人文清华"讲坛上的演讲》，《山花》2016 年第 5 期，第 127 页。

对意义的思考，所有的空间性的事物，不过是一堆绚丽的虚无，一堆绚丽的荒芜"①，我们拥有的也就只能是无意义的空间碎片。此处，格非所观察到的文学时空观演变带来的意义消解问题，确实是当下所有写作者都需要警惕的一种复杂现象。因此，格非提出"重返时间的河流"，即是，让空间重返时间的河流，也让人们重返过去的时间，在时间的长河里复现文学的意义。

格非关于文学时空观的思考充分地体现在他的新作《望春风》里，以"重返时间的河流"之说来提示这部小说正是恰如其分。

《望春风》饱含着作者深沉的归乡情结，深情回望了二十世纪五六十年代至新世纪后江南一处村庄的流变与消失，实质上隐喻了中国乡村当代的命运。小说由乡村各种普通人、日常事入手，以主人公赵伯渝的视角讲述个人、家庭、村庄的命运与遭遇，记录儒里赵村由繁盛内敛至颓败沦陷的衍变过程。小说既是格非对渐渐远逝的故乡最后的深情回望，又是对当下时代变迁、社会巨变中的纷繁与迷幻的驻足与反思，既是对乡村记忆的守护，又是对中国传统的回望，既是对乡村命运的哀歌，也是无处寄放的乡愁。

《望春风》讲述的就是"重返故乡"，小说经由故事层面的人物的"归乡"之旅重返故乡、重温记忆，深入到乡土中国精神层面的乡愁与"还乡"，并进而叩问个体在当下的精神存在。

《望春风》包孕了作家个人心灵史、当代小说写作史，乃至中国乡村当代史的意义。尽管《望春风》有着一以贯之的格非气质与格非经验，其中的笔触与气韵也与"江南三部曲"一脉相承，但《望春风》还是提供出一种写作的新质，标志着格非在小说观念上的一种新调整与新应对。那么，具体地说，格非在实践中郑重提请的"重返时间的河流"命题实质上意味着什么？小说如何"重返时间的河流"？"重返时间的河流"对格非，乃至对中国当代小说意义

---

① 格非：《重返时间的河流——在"人文清华"讲坛的演讲》，《山花》2016年第5期，第125页。

何在？

藉着《望春风》，我们可以从三个层面来解读"重返时间的河流"的内涵。

首先，该命题在实质层面上指向赵伯渝、春琴重返故乡。两人颠沛流离，兜兜转转，最后返回废墟上的便通庵开荒辟野，相濡以沫，默默守护内心的乡村记忆，珍惜这份早年掩埋心间的深情。

其次，通过对故乡人与事的追忆、书写和缅怀，抒写无尽的乡愁与哀歌，并在精神层面重返家园，即是，以书写进行精神还乡，将消逝的四时风物、人际人情的往来、集体意义的传承等纳入文化记忆的维度。

第三个层面的内涵无疑体现出格非兼具小说家与文学理论研究者双重身份与视角下的理论洞察。从某种意义上说，"重返时间的河流"不仅是《望春风》中的核心概念，而且也是格非整体上对当代小说创作某种倾向的理论表述。这也就是格非在"人文清华"讲坛上表达的文学时空观的问题。格非借助本雅明的告诫，阐发了文学时空观与文学的意义之间的密切联系，认为小说必须"重返时间的河流"才能回归文学的意义，才能提供道德训诫。换言之，通过书写、记录正在消逝或已经消逝的故乡赎回故乡的精神意义的写作，其实意指还是在当下人的心灵妥帖的问题，当下人的精神存在的问题。

第一节　故乡的回望

一、重返故乡：守护记忆与反抗遗忘

某种意义上，《望春风》是格非第一部纯粹的乡村长篇小说，是格非以长篇小说的形式直面自己的乡村记忆——那个具有传统文化

意味的村庄，那些曾和他一起生活过的人们，那历经几千年的乡村伦理社会，突然间消失无踪，只剩下了荒原与废墟。于是，格非觉得自己有责任去记录故乡的人与事，"如果不写，用不了多少年，在那片土地上生活的人也许不会知道，长江腹地曾经有过这些村子，有过这些人，这些人和这片土地曾有过这样一种关系"[1]。

正如曹雪芹那样，他写《红楼梦》是因为不想让记忆中美好的女子消失。格非著《望春风》的意图也是如此——江南乡村里的那些人物，有才华、有个性、有温度，他们的形貌举止，一颦一笑，尚在作者的记忆中闪光，他们的一言一语，仍在作者耳边回响，然而突然之间却都面临消逝或湮灭的命运。这是格非所不忍之事，因此，格非说："他们的一生需要得到某种记述或说明。"[2]

这也跟格非的小说观念相吻合。格非曾说："小说的重要功能之一就是反抗遗忘。"[3]在卷帙浩繁的"江南三部曲"之后，格非以《望春风》单纯而强势重返故乡，守护记忆，对故乡作一次告别，对乡村作一个记录。《望春风》是一个回望式的、追忆性的、抒怀的书写，讲述了一个类似奥德赛返乡的故事——"我"的归乡之旅，寄寓着作者对故乡、对乡土中国的无限眷恋，以及对远逝的人与事的深情追忆。

我们知道，格非于1964年出生在江苏镇江丹徒县。毋庸置疑，格非拥有过真实真切的乡村生活经验。格非自己也坦言，《望春风》讲述了上世纪六十年代他在乡村的童年经历，"告别乡村已经很久了，经过充分的记忆沉淀，现在再来讲述反而更合适"[4]。结合这

---

[1] 舒晋瑜、格非：《〈望春风〉的写作，是对乡村作一次告别》，《中华读书报》2016年6月29日，第011版。

[2] 同上。

[3] 格非：《守护记忆，反抗遗忘》，见《第三届"华语文学传媒大奖"专辑》，《当代作家评论》2005年第3期，第37页。

[4] 格非：《与历史片段对话》，见《茅盾文学奖获奖作家五人谈》，《云南教育（视界综合版）》2015年第9期，第36页。

254

一点，不少评论家自然从"为乡村立传"的立意去解读《望春风》，但格非却否定说："写一部乡土小说并不是我的初衷，我也无意为中国乡村立传。在我的意念中，《望春风》是一部关于'故乡'的小说，或者说是一部重返故乡的小说。"①因此，我们把格非的对故乡的回望与追溯，理解为一种对乡村的文学告别仪式，其中包含了作家的精神想象与精神建构——为失乡人立心，并最终获得精神原乡。

在《望春风》里，格非延续了他在写作中一以贯之的对人的存在的精神向度的叩问与思考，但我们在《望春风》里还是感受到一个不同以往的格非——温暖的、伤感的、宽容的、充满温情与期冀的形象。这个世界虽然有动荡与失范，有神秘与未知，有冷漠与苦痛，但人们的内心始终是温柔温暖的，是怀有希望的。这也许就是作家"望春风"的用意吧。

《望春风》以第一人称"我"的口吻讲述了江南乡村往事。故事背景从二十世纪五十年代末开始，紧贴着中国这半个世纪的乡村变化，通过描写江南的儒里赵村从民风淳朴、人心仁厚的往昔逐渐衍变为在时代浪潮中风雨飘摇，急剧重组又分崩离析的历史过程，反映了当代中国历史变迁与社会巨变，由此表达出对国家命运的隐喻。《望春风》由四个章节组成，按照时间线索发展推进故事情节。前两章强调了传统文化与乡村正义对现代政治的消解与同化，后两章则突出现代政治与现代化对传统格局与乡村伦理的打破与解构，权力与资本的媾和对乡村及村民命运的左右与改变，直至现代化将传统文化与乡村社会夷为废墟。

---

① 陈龙、格非：《像〈奥德赛〉那样重返故乡》，《南方日报》2016年7月6日，第A18版。

二、江南旧景：乡村正义与四时风物

格非的乡村叙事从江南乡村儒里赵徐徐展开。儒里赵村乃是江南一个风景秀丽的古老乡村，村里以赵姓居多。小说借"刀笔"赵锡光之口讲史论今，铺垫了儒里赵村的显赫历史。那赵姓一脉原籍是山东琅琊，曾是簪缨世家、高门望族。后于永嘉时迁居至此。"我们的祖先曾出过一个右丞相、六位进士、两任方伯，还有一个武状元。……'就是如今在上海做大官的陈毅，也曾请赵孟舒给他弹过琴呢！'"①格非在小说世界里，通过展现乡村社会里的温暖人情、文化底蕴与桃源胜景，回望与怀想远逝的乡村正义。

小说以一个失怙少年"我"的旁观者视角注视儒里赵村的变迁，这是一个有着传统文化、乡村伦理、乡村正义、温厚人情的时空存在。小说的故事背景设置于激荡变幻的"革命"年代，但却呈现出难能可贵的暖色人间，书写出人与人、父与子之间的温情与柔软。小说对"我"与父亲间的情感写得格外深挚动情，这也更凸显出父亲上吊自杀后"我"的孤苦伶仃与无尽悲戚。《望春风》第一章是《父亲》，其实讲述的是我与父亲的故乡生活。小说开篇写"我"跟父亲去半塘给人相命。小说中寥寥几笔就交代了父亲的职业、温和的性格以及父子间亲昵的关系。

> 腊月二十九，是个晴天，刮着北风。我跟父亲去半塘走差。
>
> ……我渐渐就有些跟不上他。我看见他的身影升到了一个大坡的顶端，然后又一点点地矮下去，矮下去，乃至完全消失。过不多久，父亲又在另一个大坂上一寸一寸地变大、变高。②

---

① 格非：《望春风》，译林出版社，2016年7月第1版，第22页。
② 格非：《望春风》，译林出版社，2016年7月第1版，第1页。

此处描写暗示出父亲在"我"的心目中是高大而沉稳的依靠，同时也埋下一处将来令人伤感唏嘘的伏笔。

> 父亲是个好脾气的人。我不时停下脚步，望着天上的鹰，他一次也没有催促过我。……随后，他忽然冲我眨了眨眼睛，轻轻地拍了拍我的脸，笑着说，如果我在他脸上亲一口的话，他就让我骑在他肩上走一段。父亲的许诺让我有些吃惊（那时我毕竟已经九岁了），但我还是乐意立刻照办。①

父子间的亲昵与深情跃然纸上，这也是文中最为动人的温情描写。某种程度上，这也折射出格非自身观念的变化。在格非的小说中，曾有过迷离的真相、无边的恐怖、强烈的欲望、神秘的宿命、深刻的哲思、错综复杂的情节，但却惟独没有日常生活化的温情脉脉与柔情似水。现在，这人情常态在《望春风》得到淋漓尽致的展现。然而，父亲随后迫于种种顾虑而选择吊死在便通庵的破庙大梁上，"我"便成了失怙的孤儿，其中的悲痛与伤感不言而喻。

> 父亲的遗体运回村来的那天，下着鹅毛大雪。全村的人都站在磨笄山的山顶，看着那口白木棺材，由十八个人抬着，顺着便通庵前的陡峭斜坡，一点点矮下去，矮下去，到了沟底，就看不见了。只有在这个时候，只有在父亲的棺木暂时消失的这个瞬间，我心里才会稍微松快一些：我眼前除了漫天的风雪，什么都没有。可我知道，此刻，那口棺材正从对面的山坡上一点点、一点点地升上来。正因为我暂时看不见它，当它一点点升到沟壑的顶端，突然出

---

① 格非：《望春风》，译林出版社，2016 年 7 月第 1 版，第 2 页。

现在磨笄山的山顶时，才会显得更加惊心刺目。①

面对父亲的突然离世，小说却没有描写"我"的痛哭流涕，或者歇斯底里的外在表现，而是通过注视那"矮下去"又"升上来"的棺木，表露"我"内心的恐惧、逃避、隐痛与悲伤。父亲的离世带来的巨大悲痛，深藏在这个年幼的少年心底，他不愿意相信这个事情，但是那刺目惊心的白色棺木却"一点点、一点点地升上来"，不断地提醒他这是个确凿无疑的事实。更令人感慨的是，对比前文中父亲"矮下去"又"变大变高"的温暖的身影，现在躺在棺木中那冰冷的父亲却是真真切切地"矮"入泥土，而升起来的只能是余生的隐痛了。

《望春风》不仅写出了父子情深，还基于特殊的历史语境下，展现了人性人情的闪光。即便是在"文革"的历史背景下，世界仍是温柔可感、安静平和的。

在儒里赵村，村书记赵德正幼年失怙，无家可归，乃是住在祠堂吃百家饭长大的。"老人们因记挂着这没爹没妈的小可怜，家里有了好吃的，总要匀出一点往祠堂里送。到了刮风下雪的冬天，村里穷人家的孩子也不一定个个都有棉裤穿，赵德正倒是一样都不缺，虽然是旧的，却也足以御寒。"②由此可见，赵德正可谓由善良的村民合力抚养长大，后来机缘巧合做了农会主任，集毕生之力开山造田、建学育人。在赵德正这里，无论是加诸其身的温暖关怀，还是由其传递的善心公心，都足以体现儒里赵村传统的仁义与人情。在德正"误入白虎节堂"，遭人诬陷时，村里的乡亲们，包括德正的政治竞争对手，本能地一致团结对外，奋力保护德正，这"无疑是中国乡村兄弟阋于墙外御其侮的原型再版。这就是小传统

---

① 格非：《望春风》，译林出版社，2016 年 7 月第 1 版，第 95 页。
② 格非：《望春风》，译林出版社，2016 年 7 月第 1 版，第 43 页。

的力量，是乡村的自卫基因"①。这也体现出乡村内部以血缘、宗亲以及各种世俗力量扭结形成的强大的乡村传统力量。在这里，政治斗争与利益争夺，后来也是被传统的容错力与同构性力量所平息。

而"我"在母亲离家、父亲去世之后，更是在村里人的庇荫与照拂下长大，连婚姻大事也是乡邻在四处张罗。另外，还有风骚的王曼卿的有情有义，红头聋了的忠心护主，等等，无不表现出儒里赵村浓厚的人情与温暖。尤其是在政治压力的背景下，这份"人之常情"就更显得弥足珍贵。这乃是千百年渗进血脉的传统乡村社会的伦理道德的留存，这也是动荡年月乡村仍能基本维持完整的根本原因。这也说明，当时的政治时局未能从根本上改变乡村的精神面貌与文化肌理。

因此，当外界因为时局而翻天覆地时，儒里赵村却凭借着村子里稳固的乡村文化结构与人际伦理关系，以及领导者的善良宽厚而暂且偷得平安。

赵孟舒是儒里赵村的饱学之士、文化耆宿。他"自幼学琴，入广陵琴社。与扬州的孙亮祖（绍陶）、南通徐立孙、常熟吴景略、镇江金山寺的枯竹禅师相善，时相过从"②。他有三床传世的古琴，"枕流""停云""碧绮台"，其中"碧绮台"乃是唐琴，在流落民间之前，一直是宫廷重器。赵孟舒甚至曾用这琴为陈毅元帅弹奏。对于赵孟舒的"阳春白雪"，村民们自然是无从欣赏，但却心怀敬仰。在那纷乱的年月里，赵孟舒头顶着儒里赵村惟一的一顶地主帽子，接受了惟一一次批斗。其实，这惟一的一次批斗也是农会主任德正再三恳求他去的。

起初，任凭德正好言相劝，赵孟舒始终一声不吭，末了就是"有死而已"。直至，观前村的周蓉曾劝他随遇而安，赵孟舒才答应前往。

---

① 汪政：《〈望春风〉，故乡是如何死亡的》，《中华读书报》2016年12月14日，第009版。

② 格非：《望春风》，译林出版社，2016年7月第1版，第98页。

赵孟舒既然答应去开会，接下来的事就好办多了。德正考虑到赵孟舒体弱多病，让他走着去朱方镇多有不便，可坐轿子又太过扎眼。最后，他决定让长生推着一辆独轮车，把他送到朱方镇，并嘱咐新珍在后面跟着，一路上好有个照料。他还特意让新珍带上绿豆汤，以防赵孟舒天热中暑。

第二天下午，当赵孟舒坐在长生的独轮车上去朱方镇开会时，沿途的路人无不为之侧目。不时有小年轻与长生夫妇打趣："你们这哪里是去批斗地主啊，分明是给劳模颁奖嘛！你们怎么不在他胸前别一朵大红花？[①]

此处体现出对遗老遗少赵孟舒的尊重、维护、敬仰与人文关怀，则更能说明儒里赵村的人情之暖、人心之善。尽管赵孟舒在这次批斗后还是服毒自杀了，但儒里赵村体现出来的非常态社会背景下的稳定的人伦与人情，实属难能可贵。《望春风》复现了一个真实又熟悉、古朴又安宁的村庄，它斯文犹存，人情尚在，秩序井然，胸怀宽大。当然，在这温厚的人情世界里，也有着寡情薄意，狡黠贪婪，争斗与伤害。这里并不是世外桃源，从乡间鸿儒赵孟舒、美艳妓女王曼卿、立志为民的赵德正、身份不明的怪人唐文宽，以及世事洞悉却难解心结的父亲，《望春风》里的每一个人物都并非完人，都有各自的道德标准与价值判断，都在儒里赵村安然无恙。格非如实地描摹，不强加，不矫饰，也体现了对笔下人物的尊重。

儒里赵村除了浓郁的温情外，还有着深厚的文化底蕴。前面我们谈及的赵孟舒自然是村里的大儒，另外，"刀笔"赵锡光熟知文史知识、通晓天文地理，善观天象，能预知时局变化。在1949年春天，便不失时机地"将碾坊、油坊连同百十亩田地，全都卖给了他'惟一的知己'赵孟舒"[②]。所以，"土改"时，他只被定了个中农，

---

① 格非：《望春风》，译林出版社，2016年7月第1版，第102—103页。
② 格非：《望春风》，译林出版社，2016年7月第1版，第20页。

而那位不谙世事的赵孟舒则戴稳了地主的帽子。

此外，村里的外姓人"老菩萨"唐文宽，虽来历不明，但仁厚知礼，会说书，能讲古，他讲《封神榜》《绿牡丹》，不仅迷住了孩子，也吸引了大人。更神奇的是，唐文宽会说一种令人捧腹大笑的怪话，无人能懂，却无人不笑。直至，他对女知青说出，人们才知道，原来唐文宽说的是标准的英语。那话翻译出来大致如此："一年当中，有三百六十个日日夜夜。这些日子就像一把把刀、一把把剑，又像漫天的霜、漫天的雪，年赶着月，月赶着日，每天都赶着你去死。等到春天结束的那一天，花也败了，人也老了，我们都将归于尘土。这世上，再也没有人知道我们这些人曾经存在过。什么痕迹都不会留下来。"[1] 这话岂是一个乡野小民能道出？我们永远都无法知道儒里赵村隐藏了多少不为人知的秘密。

而"我"的父亲赵云仙，被村民称为"赵大呆子"，虽说在村里只是一个地位低下的算命先生，但实际上，父亲走南闯北，心细如发，世事洞察，深谙人情世故，并且对村中每个人的善恶智愚、天命运数都了如指掌，可谓"人生智者"。父亲带我去"走差"，在"野田里"村头，父亲与"我"分析天命靡常、命运休咎。

> "世上没有什么事是无缘无故的。"父亲说，"风雨雷电、时节更替、祸福寿夭、穷达贵贱，各有原因。……一桩事情的真相和奥妙，通常并不藏在最深的地方，有时就在表面。只不过，一般人视若无睹。"[2]

此处父亲所谈及的，俨然就是因果辩证、人生哲思。再后来，父亲又与我讨论村里人的性格与命理。父亲讲了一番令年幼的"我"费解的话。

---

[1] 格非：《望春风》，译林出版社，2016 年 7 月第 1 版，第 173 页。
[2] 格非：《望春风》，译林出版社，2016 年 7 月第 1 版，第 54 页。

不管在什么地方生活，最重要的是要了解那个地方的人。越详细越好，越客观越好。照我看来，一个人好，也不是说这个人从里到外都好，没有任何缺点；一个人坏，也不是说这个人从头到脚都坏，一无是处。好和坏，除了天生禀赋之外，也与周围环境有关。也就是说，好和坏，不是每个人可以自由决定的。但问题在于，一个人的好和坏，却可以在某些关键的场合，决定另一个人的命运。所以说，了解人，观察人，在任何时候都是头等大事，其余的都是小事。①

　　父亲的这番话显然已经脱离了玄学术数，而是人生的智慧与处世之道了。父亲无疑是个世事洞明、心如明镜的智者，他的言传身教，直接影响了"我"的成长与成熟。

　　以上这些饱学之士、文雅之人正是儒里赵村里的传统文化的象征。除此之外，《望春风》中还铺叙了村里的宅院、花园、名胜古迹以及四时风物等。这也是文化意蕴与文化记忆的重要部分。我们看到，赵孟舒在"蕉雨山房"是以书琴美人作伴。赵锡光的清冷庭院却是春有海棠，夏有绚丽的大烟花。而王曼卿家的花园，那更是有着"经年不败之景，四时不谢之花"。

　　曼卿家的园子，不过是用蔷薇花枝密密匝匝地编织而成的一个篱笆院落。桃、杏、梨、梅，应有尽有；槿、柘、菊、葵，各色俱全；蚕豆、油菜、番茄、架豆，夹畦成行；薄荷、鸡冠、腊梅，依墙而列。花园外，就是一望无际的桑林和麦田，斜斜的坡地一直延伸到菱塘那弯月形的波光水线。②

---

① 格非：《望春风》，译林出版社，2016年7月第1版，第86页。
② 格非：《望春风》，译林出版社，2016年7月第1版，第145—146页。

格非再现了我们既熟悉又陌生，既亲切又遥远的乡村场景。我们重返故乡，重温并守护这宝贵的文化记忆。尽管，社会快速发展，城市化进程席卷而来，但乡村依然承载我们故乡的情结。乡村是中国社会的根基，也决定着中国的未来。

三、乡村的哀歌：故乡之死与颓败书写

我们看到了江南乡村的旧日胜景，然而，胜景之后却是无尽的颓败与失落。《望春风》在《收获》连载发表时引言使用了刘禹锡的"惟兔葵，燕麦动摇于春风"。而在译林出版社出版时，却引用《诗经·小雅·节南山》中的一句："我瞻四方，蹙蹙靡所骋。"实际上，这两者都透露出光景颓败之意，其中必然隐含了作家的写作意图。

历经千百年的传统文化，似乎在一夜之间被政治、权力、资本、市场与现代化所覆盖与瓦解，传统乡村还未抵抗便从物理层面到精神层面彻底分崩离析，坍塌荒芜，乃至成为废墟。人心也就随风飘散了。《望春风》表达了作家对乡村的陷落与颓败的无限伤怀。

格非借小说人物之口道出："其实，故乡的死亡并不是突然发生的。故乡每天都在死去。"[①]事实上，小说中儒里赵村的死亡确是一个渐进的过程。儒里赵在经历了几次政治动荡后逐渐耗尽了乡村的元气，所以，当资本力量袭来时，它再也无法抵挡外力的反复冲击，最终沦陷与崩塌。

小说的第三章俨然就是堂兄赵礼平的时代。以赵礼平为代表的强权社会、资本社会猛烈冲击并迅速取代了乡村文化结构与乡村传统生活，以儒里赵为代表的乡村则在不可抗拒的力量中走向溃败与崩塌。

---

① 格非：《望春风》，译林出版社，2016 年 7 月第 1 版，第 330 页。

在儒里赵村被拆迁一年后的春末，"我"曾返回这片故土——这片拆迁后既未开发又未复耕的荒废之地。

> 下着小雨，我终于站在了这片废墟前。……
>
> 你甚至都不能称它为废墟——犹如一头巨大的动物死后所留下的骸骨，被虫蚁蛀食一空，化为齑粉，让风吹散，仅剩下一片可疑的印记。最后，连这片印记也为荒原和荆棘掩盖，什么都看不见。这片废墟，远离市声，惟有死一般的寂静。[①]

其实，此处的描写源自于格非亲身的经历："现在回想起来，当初之所以决定写这部小说，也许是因为我第一次见到儿时生活的乡村变成一片瓦砾之后所受到的刺激和震撼。当然也有恐惧。虽说早就知道老家要拆迁，而且我也做好了老家被拆迁的心理准备。但是，第一次见到废墟后的那种陌生感和撕裂感，还是让我接受不了。又过了一些年，我回家探亲时，母亲让我带她去村子里转转。奇怪的是，村子虽然被推平了好些年，但当地政府并没有开发这片土地。几年不见，这片废墟中草木茂盛，动物出没，枝条上果实累累。它连废墟都不是，完全变成了一个异质的存在。"[②]

格非的这番现实感怀不仅直接披露了这部小说深层的创作动机，而且将现实场景对接入小说文本当中，作为小说核心"重返时间的河流"的现实基础与诗性想象的依托，并且暗合了古希腊史诗《奥德赛》中"精神还乡"命题。

"我"不安地走在这杂乱丑陋、破碎阴沉的荒野里，耳边似乎还有昨日的人语声，昨日的鸟鸣虫吟，昨日的春风猎猎作响，然

[①] 格非：《望春风》，译林出版社，2016年7月第1版，第327页。

[②] 陈龙、格非：《像〈奥德赛〉那样重返故乡》，《南方日报》2016年7月6日，第A18版。

而，事实上，昨日的一切已荡然无存，故乡已经变成了一片废墟。正是，乡愁今犹在，故乡却已逝。对故乡的怀念已经无处寄放，孤独而漂泊的"我"坠入了无根的恐惧和痛楚之中。

《望春风》描绘了儒里赵村从胜景至废墟的历史变迁，其中深意则在于呈现中国传统文化在半个世纪中的走向，并提示中国乡村的命运趋势，为传统文化唱出一曲挽歌，也传达了作家的，以及中国的乡愁。

第二节　精神还乡

一、乡愁与还乡

从社会的发展进程来看，乡土文明的解构、乡村故土的消逝，在历史意义上恐怕是不可避免且无法挽回的，然而，这并不是否定传统文化与农耕文明，而是对历史进程阶段性的理性认识。从某种意义上来说，对传统文化与乡土乡村的回望与追忆也是对我们人类现在与未来的象征与判断。此处，我们需要一种对于传统与民族精神历程的唯物论的看法。

今天，农耕文明作为"乡土中国"曾经的主导文明形态，早已一去不复返。所幸，人类在不断地失去，也在不断地建构。格非也在访谈里提出："我不是可惜村子不见了。沧海变桑田，历史的变换不是特别奇怪的。"[1]而令格非感觉意外，并且不能接受的是有历史、有文化、有价值的乡村突然终结，以及其中承载的人类精神家园的意义也被人为地忽略与漠视。格非以为，传统乡村与乡村里的人与事是应该被记述与被强调的。

---

[1]　舒晋瑜、格非：《〈望春风〉的写作，是对乡村作一次告别》，《中华读书报》2016年6月29日，第011版。

实际上，在"乡土中国"的历史上，我们生自乡村故土，我们的历史与文化也植根于乡野山川。换言之，无论在亲缘上，还是在精神上，乡土都是我们的故乡与家园。因此，在社会转型期，乡村的溃败和消失是需要反复书写与深入思考的文学主题，从中可以衍生出诸如乡村消失的过程、缘由、影响与后果等问题。对于乡土中国而言，乡村的消失太重大，又太复杂。在这个意义上，当乡村在现代化的冲击与席卷下渐行渐远时，我们经由文学这种艺术形式记录它，重返它，思考它，守护它，竭力维护与延续它最核心的精神与灵魂，这是潜藏于现代人内心深处的永恒的冲动，也是一种带有形而上意义的"乡愁"与"还乡"。

我们结合作家本人的经历来分析。格非少年离乡，对江南这块土地，以及土地上的人与事，风物与风俗，都难以忘怀。他将自己对故乡的怀想、追忆与积淀都寄寓在《望春风》中。他所提及的"重返时间的河流"，意指通过文学的"重返""重现"功能，让记忆中的人与事重返眼前。

我们可以看出，格非对于中国传统文化的认识与把握是十分理性、清晰的。我们也就可以更深入地发掘《望春风》的真正内涵，它并不是一曲简单的、单纯的乡村挽歌，即便有伤感、有怀旧、有颓败，但这些都是人类精神中永恒的存在。它是一道折返之光，折射出对往昔岁月、对故乡人情、对命运经历的观照，也照亮了渺小个体在故土上的生息流转与精神守护。从根本上说，《望春风》是在整体社会文化记忆框架下作家的自主选择与自由组合，其中深沉的归乡情结与厚重的生命积淀，都是作家折返心绪的确证。其中，那浓重的忧伤，正是来自于时间无情的流逝与人在时间长河中的不由自主，以及"重返时间河流"、复归生命原初美好的渺茫希望。可见，"时间"是《望春风》的第一主题。

概括地说，《望春风》讲述了故事层面与精神层面上的"重返故乡"的故事。小说的表层描写了"我"与春琴的坎坷返乡路，内里则是思考人类"精神还乡"的问题。小说的前两章《父亲》与《德正》乃是对故乡生活的描摹。在风景优美、淳朴温情的儒里赵村，"我"平静地度过了"我"的童年、少年与青年阶段，直至二十岁时被命运召唤离乡。后两章《余闻》与《春琴》则是讲述离乡后的生活以及归乡之旅。其中格非还以人物小传的形式补述了小说人物的命运与结局，其实，这些林林总总、神色各异的人物群体都在"离乡"，小说实际上讲述的就是一个居乡   离乡——返乡的故事。而游子是否能成功重返故乡，重返往昔，那则取决于对故乡在物质形式与心理建构上的体认与认同，而这正是现代人乡愁寄放及精神存在的问题。

在六月天气，失去父亲的"我"在大家艳羡的目光中，乘坐一辆满是尘土的长途汽车离开故乡，到南京投奔"我"那二十一年音信全无但魂牵梦萦的母亲。然而，在荒僻的邝桥小镇，我只接到了母亲去世的噩耗与母亲的遗物。

在母亲遗留的书信和物件中，"我"终于透过时间的铁幕看清了母亲忧郁、痛苦、慈祥、哀矜的脸庞，然而，在这世间却已只剩"我"孑然一身。

　　瞻望四方，我终于意识到，自己在这个世界上已是孤身一人。
　　我朝东边看
　　我朝西边看
　　我朝南边看
　　我朝北边看
　　不管朝哪个方向眺望，我在这个世界上已没有亲人。
　　妈妈，妈妈。
　　妈妈，妈妈。
　　妈妈，妈妈。

妈妈，妈妈。①

　　其中的悲伤与沉痛无不令人动容。"我"无措地四处瞻望，连目光都不知该落向何处，从此，"我"成了彻彻底底的孤儿，并开始了真正意义上的无根的漂泊。"我"先在邗桥砖瓦厂的工会图书馆过了一段安静的日子，后来到公司园林科照料花木和草皮，到退休并专职开出租车，车祸后辗转到了青龙山采石场传达室看门，再到距离邗桥四十公里外的龙潭建筑工地上打零工，到上会帮人照看鱼场，最后到达新丰镇中心小学做勤杂工。在这不断地更换工作、不断地迁徙中，"我"的人生绕了一个大圈，"我"就在这冥冥中不断奔向故乡。

　　　　慢慢地，我就发现了一个规律：就好像冥冥之中有
　　人带路似的，我每搬一次家，就会离老家更近一些。所以
　　说，从表面上看，我只不过是在频繁地变更工作，漂泊无
　　着，而实际上，却是以一种我暂时还不明所以的方式，踏
　　上了重返故乡之路。②

　　尽管这重返之路道阻且长，但"我"与春琴最终返回了荒芜的儒里赵村，并在故乡的废墟上重建家园。这显然隐藏着乌托邦意味。

　　在小说中，格非对这一问题的处理显然是包蕴着深意的。首先，故乡的远逝、乡村的消失乃是现代化进程的代价之一，既不必批判与讽刺，更不必沉湎于怀想而不能自拔。在《望春风》中，我们也看到格非对此所持的理性与慎重的态度。小说没有绝对的正面人物或反面人物，表现出人性的复杂性与变化性。他对那纷乱无序

---

① 格非:《望春风》，译林出版社，2016 年 7 月第 1 版，第 260 页。
② 格非:《望春风》，译林出版社，2016 年 7 月第 1 版，第 341 页。

的时代中的同彬、雪兰、小斜眼、龙冬，乃至礼平，即使他们中有的确实经不住道德的考量，也并未加以指责与批判，这是作家对小说人物的尊重，也符合格非在文学写作中秉持的原则。

对格非而言，写作既不是单纯地描摹现实，也不是简单的道德审判与是非评判，"它应该协调自我和他者的关系。所以对我影响最大的是写作本身带给我的思考——我看到的这些就是真相吗？背后还有没有其他的东西？从这个意义上讲，文学是我们社会中一种重要的力量，它带给我们不同的视角，还有平等心"①。格非始终怀着悲悯之心、平等之心与时代、社会及记忆进行对话。

因此，在故乡已沦陷的前提下，故乡已不是一个可以轻易折返的物理空间。而《望春风》中，"我"几经辗转、阴差阳错地返回儒里赵村，在那断墙残垣之上重建起了栖身之所，最终完成了还乡之旅。这里显然不是简单的物理上的回归，而是意指一种精神上的回归与重建。有意思的是，格非曾在几部作品里都引用过古希腊神话《奥德赛》里的比喻，比如，《人面桃花》里秀米在梦见死去的王观澄对她说："每个人的心都是一个小岛，被水围困，与世隔绝。"②《山河入梦》中姚佩佩也曾悲哀地意识到，"每个人的内心都是一片孤立的、被海水围困的小岛，任何一个人的心底都有自己的隐秘，无法触碰"③。在《望春风》中，格非又借沈祖英之口道出："每个人都是海上的孤立小岛，可以互相瞭望，但却无法互相替代。"④作家反复援引同一意象，将小说人物比作古希腊神话里奥德修斯，被围困，被隔绝，幻想着重返故乡——精神与肉体的双重返乡。

这也是格非所表达的"重返时间的河流"，通过文学写作使故

---

① 程曦、格非：《没有文学的人生太可惜》，《新清华》2015年10月9日，第006版。
② 格非：《人面桃花》，春风文艺出版，2004年9月第1版，第100页。
③ 格非：《山河入梦》，作家出版社，2007年1月第1版，第189页。
④ 格非：《望春风》，译林出版社，2016年7月第1版，第299页。

乡回来，使故乡的人与事重现，也就是，重返即重构，精神层面的重构。确切地说，我们永远无法在茅屋、庭院和炊烟的层面回到故乡，只能在意识、精神、心灵层面溯洄从之。于是，格非满怀着哀婉与同情、理解与无奈的心绪试图重建另一种"桃花源"。

因此，在此意义上，我们再来看"我"与春琴在便通庵上开辟的日出而作日落而息的田园生活——实质上是一种乌托邦式的理想。文中的"我"也清醒地意识到这个悲凉事实："我和春琴那苟延残喘的幸福，是建立在一个弱不禁风的偶然性上——大规模轰轰烈烈的拆迁，仅仅是因为政府的财政出现了巨额负债，仅仅是因为我堂哥赵礼平的资金链出现了断裂，才暂时停了下来。巨大的惯性运动，出现了一个微不足道的停顿。就像一个人突然盹着了。我们所有的幸福和安宁，都拜这个停顿所赐。也许用不了多久，便通庵将会在一夜之间化为齑粉，我和春琴将会再度面临无家可归的境地。"①

"我"和春琴的平静与幸福，只是一个短暂而脆弱的"偶然"，而乡村的解体与故乡的消失才是现实强大的惯性与逻辑。

因此，我们只能在对故乡的回望与书写中，默默守护记忆，重返时间的河流，重构精神原乡。这也是作家提出的"重返时间河流"命题的深层内涵。

小说中有一段饱含深情的段落是对此文学命题的确证。"如果说，我的一生可以比作一条滞重的、沉黑而漫长的河流的话，春琴就是其中惟一的秘密。如果说，我那不值一提的人生，与别人的人生有什么细微的不同的话，区别就在于，我始终握有这个秘密，并终于借由命运那慷慨的折返之光，重新回到那条黝亮、深沉的河流之中。"②

同时，此处还传达出格非关于"重返"命题的哲学思考。"重

---

① 格非：《望春风》，译林出版社，2016 年 7 月第 1 版，第 387 页。

② 格非：《望春风》，译林出版社，2016 年 7 月第 1 版，第 379—380 页。

返时间的河流"至少有三层内涵，其一是指在故事层面上"我"与春琴重返故乡的物理事实；其二，意指经由对故乡风物、人际交往等的记忆和书写，在精神层面上重返故乡；其三，则是文学时空观的问题。格非正是以"重返时间的河流"的命题来探究小说的奥秘。作家让"我"重返故乡，书写故乡，并用"元叙事"的手法自觉暴露小说中的一些修饰与删改，从而强调了小说的虚构性，然而，在某个层面上，作家格非与小说人物赵伯渝又具有某种精神同构关系：作为一个失败者，赵伯渝面对故乡的沦陷，以"叙述"重返故乡，重返时间的河流，重建破碎人生的意义；而以"失败者"代表自居的格非，作为小说真正的叙述人，亦是以叙述守护记忆，反抗遗忘。

对格非而言，书写故乡、书写乡村，正是因为终结与消逝。格非曾这样表达："在写《望春风》时，我想到了日本学者柄谷行人说过的一句话：当某一个事物真正终结之时，我们才有资格去追溯它的起源。也许是我真正认识到了故乡的死亡（不管是在实指意义上，还是在象征意义上），才有一种描述它的迫切感和使命感。"[①]也许，格非确实是发现了故乡之死，乡土之逝，于是顿感如芒在背，如鲠在喉，才迫切地承担起重返与追忆的历史重担。

二、另一种"桃花源"

在小说中，格非设计一个圆形结构来隐喻命运的轨迹——"我们的人生在绕了一个大弯之后，在快要走到它尽头的时候，终于回到了最初的出发之地。或者说，纷乱的时间开始了不可思议的回拨，我得以重返时间黑暗的心脏。"[②]确切地说，"我"和春琴各自

---

① 格非、陈龙：《像〈奥德赛〉那样重返故乡》，《南方日报》2016年7月6日，第A18版（有删节；2016年7月9号全文刊于《收获》微信公众号）。
② 格非：《望春风》，译林出版社，2016年7月第1版，第366页。

从儒里赵村出发，经历了颠沛流离的人生之旅后，重返儒里赵，那父亲死亡的便通庵正是我们的归宿地。"我"和春琴在那废墟上暂时过上了"童年时代的生活"，"我们用玻璃瓶改制的油灯来照明，用树叶、茅草和劈柴来生火做饭，用池塘里的水浇地灌园，用井水煮饭泡茶。春琴在屋后挖了一个地窖，用来储存吃不完的瓜果蔬菜。我们通过光影的移动和物候的嬗递，来判断时序的变化"①。甚至，为了铭记故乡，以及故乡里的人与事，"我"开始写作，写下儒里赵的故事。

这依然是带有乌托邦色彩的故事。我们先看两个小说人物——赵德正与高定邦，他们身上或多或少地有着《山河入梦》中县长谭功达的影子。小说中，赵德正五岁便成了孤儿，穷苦出身，宅心仁厚。他因机缘巧合做了村支书、农会主任后，所思所想皆是为村民谋长远的发展与幸福。赵德正一生心心念念要做成的三件大事——其一是开山造田；其二是建学育人；其三，是"死亡"——既包含着宏大的气魄、过人的境界，也蕴含着乌托邦的气息。同时，作为儒里赵村的政治领导人，他有着谭功达般的不切实际、不谙世事以及纯粹的激情。这种乌托邦气质还体现在后来的大队书记高定邦身上。

醉酒的高定邦在回家路上，往金鞭湾里撒了一泡尿，突然心生一个念头：自建排灌站，引长江水入新田。这个设想得到了公社书记支持，但高定邦却在现实实践中遭到了彻底的打击：新田的工地上最终只剩下他自己一人。高定邦不得不悲伤地承认，"如果说所谓的时代是一本大书的话，自己的那一页，不知不觉中已经被人翻过去了"②。

这些人物似乎带有与生俱来的纯粹乌托邦情结，这也延续了格非对乌托邦命题的持续的思考。小说的结尾更是在浓重的感伤中乌

---

① 格非：《望春风》，译林出版社，2016 年 7 月第 1 版，第 366 页。
② 格非：《望春风》，译林出版社，2016 年 7 月第 1 版，第 277 页。

托邦化了。

苍老的我们重返儒里赵村。在荒芜的村头，春琴轻声问"我"：

> 你说，百十年后，这个地方会不会又出现一个大村子？
> 我没有吭气，极力控制住自己的泪水。
> 我朝东边望了望。
> 我朝南边望了望。
> 我朝西边望了望。
> 我朝北边望了望。
> 只有春风在那里吹着。[1]

"我"深深地知道，我们这些老人即使重返故土，开荒辟野，也仅仅是在此等死而已，而不是繁衍后代、重建家园。老人，代表着过去与衰落，又怎能开创新的生活与新的未来？然而，面对充满希望的春琴，"我"强忍泪水，给春琴描绘出一幅美好的乌托邦前景。

> 假如，真的像你说的那样，儒里赵村重新人烟凑集，牛羊满圈，四时清明，丰衣足食，我们两个人，你，还有我，就是这个新村庄的始祖。
> 到了那个时候，大地复苏，万物各得其所。到了那个时候，所有活着和死去的人，都将重返时间的怀抱，各安其分。到了那个时候，我的母亲将会突然出现在明丽的春光里，沿着风渠岸边的千年古道，远远地向我走来。[2]

小说以这绮丽又虚幻的春梦结束了。格非赋予了《望春风》一

---

① 格非：《望春风》，译林出版社，2016 年 7 月第 1 版，第 392 页。
② 格非：《望春风》，译林出版社，2016 年 7 月第 1 版，第 393 页。

个亮色的、温暖的结尾，然而这乌托邦化的结局既是大悲痛，也是大慈悲。在现代文明快速发展的今天，这些古老乡村、乡土中国的遗留物，终将被现代化的齿轮无情碾压，然后消失殆尽。曾经春和景明、生机勃勃的故乡已经不可寻。至于短暂的新生，也必将迎来另一种死亡。然而，《望春风》又暗合了《荒原》的意味，正如格非所谈及的："我们在读 T·S·艾略特《荒原》的时候，往往注意到那些被遗弃土地的荒芜和绝望，而忽略掉作品真正的主题。在我看来，这一主题恰恰是'寻找圣杯'，并期望大地复苏。"①

至此，作家的意图已经昭然若揭。儒里赵村并非是陶渊明式的"桃花源"，格非也并非立意于对乡土中国进行温情赞美，而是试图通过"重返时间的河流"全景式地复现一个江南村落的生存景观，揭示乡村颓败的历史真相，既表达出对乡村的眷恋，也隐喻了中国乡村的命运。他用温情驱散了颓败与荒凉，给予了人们绝望境地中的希望。他以悲悯之心眺望未来，目之所及，不论花开花谢、草木枯荣、人生起伏、繁华衰败，"春风"依旧吹拂着大地，人心也就终归平静的释然。

海德格尔说："诗人的天职是还乡，还乡使故土成为亲近本源之地。"②格非藉着《望春风》小说人物的还乡，还原了一代人的乡土记忆，赋予了一代人的普遍存在意义，同时，也是作家本身对故乡、对童年、对记忆中那些人、对那些形象、声音、色彩的挥别。然而，所有过去的人与事，所有过去的美与善，所有的意义与价值，都将得到延续，而这种信念与希望，则是当代作家书写与追怀的根本。

---

① 陈龙、格非：《像〈奥德赛〉那样重返故乡》，《南方日报》2016 年 7 月 6 日，第 A18 版。
② ［德］海德格尔：《人，诗意地安居》，上海远东出版社，2011 年 5 月第 1 版，第 87 页。

第三节　文学的回声

一、写作的意义

让我们再次回到格非在清华大学人文讲坛的《重返时间的河流》的演讲。格非在演讲中通过对中西文学、艺术历史的梳理与比较，探讨了文学时空观的变化与影响，即，从空间的时间化到时间的空间化的演变，导致了空间的碎片化，使得人们在碎片式的空间性事物与行为中迷失，以至于忘记了文学最根本的最古老的意义，乃是给予答案，给予价值，给予道德训诫。文学也就成了一种简单的娱乐。

应该说，无论是对文学创作，还是对文学研究而言，文学的时空观都是一个核心问题。在传统文学，尤其在叙事文学里，时间与空间是两个基本的构成要素。时空关系水乳交融，空间从属于时间，时间承载着文学的意义。格非曾打了一个比方来说明问题："如果把时间比喻为一条河流的话，那么这个空间就是河流上的漂浮物，或者说河两岸的风景。这两个相映成趣，相得益彰。"[①] 此时，空间的意义附属于时间的意义。

具体来说，由于受史传文学传统与说书艺术的影响，中国传统小说基本上都要经历一个时间的跨度，以线性时间模式串联起各个空间，循序渐进推演故事情节的发展。也就是说，空间在时间长河之中，空间是时间化的。然而，现在时空的位置发生了置换，空间性逐渐压倒了时间性。时间附着于空间，并随着空间的碎片化而变得支离破碎，时间也就不知去向了。然而，用格非的话来说："如果你真的能把时间忘掉，固然挺好，问题就在于，我们忘记不

---

① 格非：《重返时间的河流——在"人文清华"讲坛的演讲》，《山花》2016年第5期，第121页。

掉。我们还是时间的动物，我们只不过是假装忘记了时间，而时间一直在那儿，它从来不停留。"①

时间长河依然流淌，然而，人们看不见时间，迷失于眼前各种令人炫目的空间，成了碎片化空间的俘虏。文学时空观发生了彻底改变，追根究底，其原因还是在于社会本身发生了变化。

对格非而言，他自先锋文学阶段始，就一直在关注时间的命题，思考时间与存在的关系。尤其早期在西方现代主义大师的影响下，他的小说中的时间多为跳跃性的、交错的、空缺的、循环往复的。直至近年，格非特别提示了时间的重要性，多次强调"重返时间的河流"，强调在时间的长河中重现文学的意义。他以为，"没有对时间的沉思，没有对意义的思考，所有的空间性的事物，不过是一堆绚丽的虚无，一堆绚丽的荒芜。如果我们不能够重新回到时间的河流当中去，我们过度地迷恋这些空间的碎片，我们每一个人也会成为这个河流中偶然性的风景，成为一个匆匆的过客。"②

这里也就进一步阐释了格非的文学时空命题——"重返时间的河流"——让空间重返时间的河流，也让人们重返过去的时间，在时间的长河里复现文学的意义。

文学理应是有意义的，它是对世界寓言式的看法。格非认为："文学它最根本的目的是它要提供意义，它要阐述它对这个世界的深刻理解。"③格非还借助了本雅明的结论："本雅明当年告诫我们的，文学作品最后你要告诫我们，你要提供意义，你要提供道德训诫，你要提供劝诫——要对人对己有所指教。"④而今天的作家，大

---

① 格非：《重返时间的河流——在"人文清华"讲坛的演讲》，《山花》2016 年第 5 期，第 125 页。
② 格非：《重返时间的河流——在"人文清华"讲坛的演讲》，《山花》2016 年第 5 期，第 125—126 页。
③ 同①。
④ 格非：《重返时间的河流——在"人文清华"讲坛的演讲》，《山花》2016 年第 5 期，第 121 页。

多被林林总总的文学空间碎片所裹挟，他们自己早已迷失了方向，更遑论在小说中对己对人提供意义与答案。

二、文学的慰藉

由此，我们可以发现，格非在此文学背景下提出"重返时间的河流"，则显得意义重大。学术界对此命题也给予了高度肯定："'重返时间的河流'代表了一种极为严肃的文学道德：它没有在消费化的文学图景中陷入虚无化；又对已经误入歧途的'空间化'倾向提出新的见解。"[①]

可见，"重返时间的河流"的文学命题并不仅仅是某一部小说的核心概念或核心意象，同时也是作家格非对于如何书写文化与精神意义上的当代的某种文学思考与理论洞察。后者则构成了"重返时间的河流"命题的更深层的内涵。这也意味着格非小说观念的崭新设定。如果我们将此文学命题放置在整个中国当代小说的发展历程中，并结合格非曾经的先锋文体实验经历来考察，那么此处对时间性，以及其背后的历史性、传统性的强调与示好，则是意味深长的。这也暗合了格非自"江南三部曲"以来的向中国传统资源回归的写作倾向。

格非在文学实践中试图"重返时间的河流"，即，一则让空间重返时间的河流，复现文学的原初意义；二则是让人们重返过去的时间，在回望、追忆、唤醒中进行文化重建。

我们来回顾格非近几年的小说作品。"江南三部曲"时间跨度涵括了中国近代以来百年历史，在这历史长河中，通过时间中的空间，如花家舍、普济、梅城、鹤浦等串联起中国知识分子的精神史、中国式的乌托邦革命史，乃至中国整个的文化史思想史，其中

---

① 陈培浩：《小说如何"重返时间的河流"——心灵史和小说史视野下的〈望春风〉》，《当代作家评论》2016 年第 6 期，第 122 页。

的意义不言而喻。

《望春风》则设置了一个特殊的独立空间——便通庵。这座古庙是儒里赵村最北的边界，它见证了儒里赵村五十年间由盛而衰的历史变迁。在这半个世纪的时间河流中，它既是父亲的求死之地，又是儿子的新生之所；它曾是荷塘掩映、绿意盎然的古庙，又是破败不堪、摇摇欲坠的废墟。"我"和春琴最后蛰居于此，呵护着那苟延残喘的幸福与安宁。在世界巨大的惯性运动里，在喧嚣的城市文明之外，便通庵漂浮于历史河流中，既隐含了时间的流逝，又沉积了丰富的历史内涵。

某种意义上，在格非整个文学创作历程中，他始终在思考小说"当代性"的问题。即便是《望春风》这样的以"重返时间的河流"为核心命题的回望抒怀式的还乡小说，其中蕴含的依然是作家对自身以及整个当代中国小说的现状与未来的深刻思考。

格非借着"重返时间的河流"，回望历史，追忆过去，在反抗遗忘的同时，也凝视未来；经由"重返时间的河流"，回拨时间，重置文学时空的关系，在时间化的空间中，通过时间的变化展现个体、家庭、社会的命运，以此传达出作家的道德判断与心灵选择，这也就提供了文学古老的意义——文学的道德训诫意义。

格非的写作充分证明了他的文学时空观——重返时间的河流，联结碎片化的空间，文学方能给予世界意义与答案。这也是格非面对当前巨大的历史变局作出文学的回应。

结语　深刻的重复

在二十世纪的中国文坛上，先锋小说曾是一朵耀眼的奇葩，它是值得我们纪念与书写的。它唤起了当代小说文体意识的觉醒，改变了中国文学发展的轨迹。它曾经受了无比的赞誉与肆意的诋毁，它在夹缝中奋力前行，最终以不可阻挡之势，完成了一场轰轰烈烈的"无边的挑战"。

时隔多年，再来论及先锋小说，其实是在谈论一段业已消逝的历史，以及一份渐行渐远的文学遗产。然而，事实上，这段文学历史与艺术遗产却悄然进入了当代小说写作中的每一个环节。先锋小说家当年披荆斩棘筚路蓝缕而开拓的领地正成为今日丰饶辽阔的文学沃土，当年惊世骇俗前卫反叛的文体与技艺也正成为今日深入人心的经验与常识。

尽管没有作家是带着标签写作的，但格非作为一个典型的先锋作家，他代表着先锋小说的高度和难度。已故评论家胡河清曾用"蛇精"这样的字眼来定义格非。在他看来，这个听上去不太雅致的称呼却是对格非最恰当的嘉奖与肯定。"蛇精"代表着神秘和诡谲，但也象征着灵异和持久的生命力。格非的写作不断证实这一点。在发轫之初，格非就以优秀的叙事才能备受关注。他的小说经由"小径分岔的花园"的叙事技巧引领读者走入玄思的迷宫，向读者传递着自己对存在、历史、时间、人性等问题的思考，这种叙事与存在、历史、时间、人性等主题在小说文本中水乳交融，形成了

"有意味的形式"，形成了独具特色的实验文本。这在小说文体史上是具有典范意义的。

二十世纪这一页早已轻轻翻过，先锋小说作为显在的写作潮流已不复存在，但其精神至今仍在延展。往深处看，正如欧仁·尤奈斯库所言："所谓先锋派，就是自由。"先锋，它就是一种前卫的姿态，就是一种变化的方向，就是一种勇敢的抱负。它一次次从主流价值里出走，寻找与开辟新的生长点和创造空间。格非走出了叙事迷宫，重新出发，"试着抛开那些我所迷恋的树石、镜子，以及一切镜中之物"[①]。他开始直面当下，介入现实，思考人的精神存在的问题。这也许是一种逃离，但"逃离，在另一个意义上就是奔向，正如放弃恰恰意味着一种恪守"[②]。在这样的时代，先锋派将变成一种写作意识，一种面对文学说话的勇气，一种面对时代回答的使命。

新世纪以来，格非秉承着先锋的气质与知识分子智性的风格，既倾听内心的声音，遵循纯粹内省式的写作，又立足于坚实的现实大地，深刻思考人类当下的精神疑难问题。他的小说世界既葆有鲜明的现代精神，又洋溢着浓郁的传统气韵，以典雅的语言与抒情性传统营造了一种"中国式诗意"，构建起了自己的"纸上的王国"。

在这三十多年的写作历程中，格非坚持对"存在"进行勘探——存在，以及抵达存在的不同路径，是格非小说中简约而终极的主题——这也可以视为一种"深刻的重复"。

格非选取了乌托邦作为关注历史与存在的切入点。乌托邦，是一种精神及存在，它潜藏于人类的梦想之中，它给人希望，指向未来，拒绝现实，渴望重建，但在现实世界里，种种乌托邦实践终将失败，这是人心的复杂，更是人世的规律使然。乌托邦超越时间，超越空间，但永不在场。只因，始终在路上，才是乌托邦精神的内

---

① 周国平主编：《诗人哲学家》，上海人民出版社，2005 年 8 月第 1 版，第 1 页。

② 格非：《格非文集》，江苏文艺出版社，1996 年 1 月第 1 版，第 1 页。

在核心。格非的写作，深刻地见证了这一点。

在人生的与写作的长河中，格非耐人寻味地提出了"重返时间的河流"的命题，提示我们，小说必须"重返时间的河流"才能回归文学古老的根本的意义，即，给予答案，给予价值，给予道德训诫。文学理应是有意义的，它要阐述出对这个世界的深刻理解。这是格非面对当前巨大的历史变局做出的文学的回应。

多年前，评论家陈晓明说过这样一段话："多年以后，人们可能会意识到，在八九十年代并不红得发紫的格非，应该是 20 世纪存留下来的少数几个最杰出的中国作家之一"，而且他坚持认为，"格非是这个时期最卓越的作家，一个真正意义上的未来大师"。①

称格非为"未来大师"，这自然还需要经过历史的检验。但谁都不能否认，作为这个时代最为严肃的作家之一，格非以他的文学写作以及他的存在本身，始终捍卫着文学的纯粹性。面对世界的喧嚣和市场的炒作，格非总是不卑不亢，无论是写作姿态还是作品本身，都保持着一个知识分子的精神自尊。他在变化的世界面前，一直探索人类精神世界中那不变的核心。他钻研叙事的艺术，创造新的语言地图，调查中国现实，反思中国历史，思索中国人未来的命运，并用自己独特的写作，将这些思索凝固成绚丽的文学记忆——正是通过这种文学记忆，使我们一次又一次地重温了文学的力量。

历史告诉我们，一个真正的伟大作家，他往往既在时代之内又在时代之外。他的写作是具有现实性的，即植根于时代特定的氛围与根基，深入时代的内部，关注时代的问题，回答时代的提问。同时，他的写作视野又是具备某种超越性的，超越于作家所处的时代，抵达历史、未来以及人类某些永恒的追问。格非无疑是时代之子，他的写作从时代的内部涌现，折射出文化精神的沧桑巨变，然而，他又听到了远古之音与未来的召唤，因此格非始终在思考，并且不断调整文化与精神意义上的当代书写。这便是他人所不能企及

---

① 陈晓明：《文学超越》，中国发展出版社，1999 年 3 月第 1 版，第 188 页。

的文学高度和深度。

　　历经多年，格非的写作终于告诉我们，文学既是对自身存在境遇的追问，也是对自己内心焦虑的慰藉；文学可能没有使我们活得更好，但能使我们活得更多。这或许正是我们一直对文学还心怀希望的原因所在吧。

附录　格非创作年表

(1986 年—2016 年)

1986 年

短篇小说《追忆乌攸先生》，原载于《中国》第 2 期（处女作，署名刘勇）。

1987 年

中篇小说《迷舟》，原载于《收获》第 6 期（成名作，始用笔名格非）。

短篇小说《陷阱》，原载于《关东文学》第 8 期。

1988 年

中篇小说《褐色鸟群》，原载于《钟山》第 2 期。

短篇小说《没有人看见草生长》，原载于《关东文学》第 2 期。

中篇小说《青黄》，原载于《收获》第 6 期。

短篇小说《大年》，原载于《上海文学》第 8 期。

散文《一些断想》，发表于《文学角》第 6 期。

电影剧本《死亡与回忆》，发表于《影剧新作》第 2 期。

1989 年

短篇小说《黎明之轨》，原载于《时代文学》第 1 期。

短篇小说《风琴》，原载于《人民文学》第 3 期。

短篇小说《蚌壳》，原载于《北京文学》第 4 期。

短篇小说《夜郎之行》，原载于《钟山》第 6 期。

短篇小说《背景》，原载于《收获》第 6 期。

小说集《迷舟》，由作家出版社出版。

1990 年

长篇小说《敌人》，原载于《收获》第 2 期（长篇小说处女作）。

中篇小说《唿哨》，原载于《时代文学》第 5 期。

1991 年

中篇小说《唿哨》，发表于《小说月报》第 1 期。

长篇小说《敌人》，由花城出版社出版（首版）。

散文《欧美作家对我创作的启迪》，发表于《外国评论》第 1 期。

散文《音乐与回忆》，发表于《音乐爱好者》第 3 期。

1992 年

中篇小说《傻瓜的诗篇》，原载于《钟山》第 5 期。

长篇小说《边缘》，发表于《收获》第 6 期。

散文《靠近纳木错》，发表于《芒种》第 10 期。

小说集《唿哨》，由长江文艺出版社出版。

1993 年

中篇小说《锦瑟》，原载于《花城》第 1 期。

中篇小说《湮灭》，原载于《收获》第 4 期。

短篇小说《疑惧》，原载于《新生界》第 4 期。

短篇小说《公案》，原载于《钟山》第 5 期。

中篇小说《雨季的感觉》，原载于《钟山》第 5 期。

长篇小说《边缘》，由浙江文艺出版社出版。（首版）

长篇小说《边缘》，由台湾远流出版公司出版。

小说集《相遇》，由台湾远流出版公司出版。

1994 年

中篇小说《相遇》，原载于《大家》第 1 期。

中篇小说《武则天》，原载于《江南》第 1 期（收入《格非文集》时改名为《推背图》）。

散文《废墟·仪式》，发表于《作家》第 1 期。

散文《李小林和〈收获〉杂志社》，发表于《当代作家评论》第 2 期。

散文《写作的恩惠》，发表于《当代作家评论》第 3 期。

文论《故事的内核和走向》，发表于《上海文学》第 3 期。

创作谈《〈相遇〉的初衷》，发表于《小说月报》第 5 期。

文论《小说和记忆》，发表于《文学理论研究》第 6 期。

小说集《雨季的感觉》，由新世界出版社出版。

1995 年

短篇小说《初恋》，原载于《花城》第 1 期。

短篇小说《凉州词》，原载于《收获》第 1 期。

短篇小说《去罕达之路》，原载于《佛山文艺》第 5 期。

长篇小说《欲望的旗帜》，发表于《收获》第 5 期。

短篇小说《紫竹院的约会》，原载于《东海》第 11 期。

文论《常规与例外》发表于《中文自学指导》第 1 期。

文论《另一种形式》，发表于《作家》第 7 期。

理论专著《小说艺术面面观》，由江苏文艺出版社出版。

1996 年

短篇小说《镶嵌》，原载于《花城》第 1 期。

中篇小说《半夜鸡叫》，原载于《青年文学》第 5 期。

中篇小说《时间的炼金术》，原载于《钟山》第 5 期。

短篇小说《谜语》，原载于《作家》第 6 期。

短篇小说《窗前》，原载于《作家》第 6 期。

短篇小说《喜悦无限》，原载于《人民文学》第 11 期。

长篇小说《边缘》，由台湾远流出版公司出版。

长篇小说《欲望的旗帜》，由江苏文艺出版社出版（首版）。

文集《格非文集》(三卷《树与石》《眺望》《寂静的声音》，由江苏文艺出版社出版。

散文《瓦卜吉司之夜》，发表于《特区文学》第 1 期。

散文《魔镜》，发表于《天涯》第 1 期。

文论《情欲的发现：读王彪小说〈欲望〉》，发表于《鸭绿江》第 6 期。

文论《长篇小说的文体和结构》，发表于《当代作家评论》第 3 期。

1997 年

短篇小说《解决》，原载于《小说家》第 2 期。

短篇小说《月亮花》，原载于《小说家》第 2 期。

短篇小说《沉默》，原载于《天涯》第 5 期。

中篇小说《赝品》，原载于《收获》第 5 期。

小说集《锦瑟》，由台湾远流出版公司出版。

小说集《時間を渡る鳥たち》，由日本新潮社出版。

散文《十年一日》，发表于《莽原》第 1 期。

散文《1999：小说叙事掠影》，发表于《花城》第 3 期。

散文《作家的局限和自由》，发表于《作家》第 7 期。

评论《夜宴悲音》，发表于《青年文学》第 11 期。

1998 年

短篇小说《让它去》，原载于《钟山》第 3 期。

短篇小说《未来》，原载于《山花》第 4 期。

短篇小说《失踪》，原载于《时代文学》第 4 期。

中篇小说《打秋千》，原载于《收获》第 6 期。

散文《荷兰队是我的一块心病》，发表于《粤海风》第 3 期。

散文《风格合并：无奈的大师们》，发表于《艺术世界》第 3 期。

1999 年

短篇小说《马玉兰的生日礼物》，原载于《作家》第 1 期。

短篇小说《苏醒》，原载于《长城》第 3 期。

小说集《迷舟》，由日本东方书店出版。

散文《似曾相识的精灵》，发表于《天涯》第 1 期。

2000 年

短篇小说《暗示》，原载于《作家》第 1 期。

文论《发展主义观念与文学》，发表于《天涯》第 2 期。

文论《故事·小说和消息》，发表于《当代作家评论》第 2 期。

文论《真实的写作》，发表于《黄河》第 2 期。

文论《故事的消亡》，发表于《莽原》第 3 期。

文论《阅读雷蒙德·卡弗》，发表于《小说界》第 6 期。

文论《霍桑的恐惧与忧愁》，发表于《长城》第 6 期。

随笔《时代与经典》，发表于《作家》第 10 期。

2001 年

评论《列夫·托尔斯泰与〈安娜·卡列尼娜〉》，发表于《作家》第 1 期。

评论《废名的意义》，发表于《文艺理论研究》第 1 期。

评论《阅读雷蒙德·卡弗》，发表于《当代作家评论》第 1 期。

评论《鲁迅和卡夫卡》，发表于《当代作家评论》第 1 期。

评论《加西亚·马尔克斯：回归种子的道路》，发表于《作家》第 2 期。

评论《马尔克斯的辉煌》，发表于《中华工商时报》3 月 14 日。

评论《〈罪与罚〉叙事分析》，发表于《作家》第 3 期。

评论《记忆与对话——李洱小说解读》，发表于《当代作家评论》第 4 期。

评论《包法利夫人》，发表于《作家》第 4 期。

文论《文体与意识形态》，发表于《当代作家评论》第 5 期。

评论《白鲸》，发表于《作家》第 7 期。

评论《卡夫卡的钟摆》，发表于《作家》第 8、9 期。

随笔《白色的寓言》，发表于《读书》第 7 期。

长篇小说《涨潮丛书：欲望的旗帜》，由北岳文艺出版社出版。

长篇小说《敌人》，由中国社会科学出版社出版。

小说集《青黄》，由浙江文艺出版社出版。

小说集《中国当代小说 50 强丛书：傻瓜的诗篇》，由时代文艺出版社出版。

小说集《走向诺贝尔：当代中国小说名家珍藏版·格非卷》，由文化艺术出版社出版。

散文集《格非散文》，由浙江文艺出版社出版。

文论集《塞壬的歌声》，由上海文艺出版社出版。

2002 年

评论《小说讲稿：〈都柏林人〉》，发表于《大家》第 1 期。

散文《金枝玉叶荐王维》，发表于《人民政协报》1 月 29 日。

文论《小说和个人经验》（与丹好合著），发表于《莽原》第 5 期。

文论《经验、真实和想象力：全球化背景中的文学写作》，发表于《视界》第 7 期。

电影评论《伯格曼的微笑》，发表于《读书》第 12 期。

文论集《小说叙事研究》，由清华大学出版社出版。

小说集《迷舟》，由台湾小知堂文化出版社出版。

主编文集《笔锋上的较量》（与戴锦华合作），由新世界出版社
出版。

2003 年

短篇小说《戒指花》，原载于《天涯》第 2 期。

散文《我读〈玫瑰之名〉》，发表于《世界文学》第 2 期。

散文《布努艾尔与超现实主义运动》，发表于《读书》第 4 期。

文论《博尔赫斯的面孔》，发表于《十月》第 1 期。

评论《我看〈西方文学：心灵的历史〉》，发表于《中华读书
报》第 12 期。

选编《废名小说》，由浙江文艺出版社出版。

2004 年

长篇小说《人面桃花》，原载于《作家》第 6 期。

评论《当前文学创作与批评——新的现实与可能：市场化和文
学的功能》，发表于《文学评论》第 1 期。

长篇小说《人面桃花》获《当代》"长篇小说年度奖"，由春风
文艺出版社出版。（首版）

评论集《卡夫卡的钟摆》，由华东师范大学出版社出版。

选集《更多的人死于心碎——我最喜爱的悲情小说》，由新世
界出版社出版。

2005 年

散文《朝向陌生之地》，发表于《青年文学》第 1 期。

评论《〈柏子〉与假定性叙事》，发表于《清华大学学报（哲学社会科学版）》第 1 期。

《中国小说与叙事传统——在苏州大学"小说家讲坛"上的讲演》，发表于《当代作家评论》第 2 期。

《守护记忆，反抗遗忘——格非的受奖辞》，第三届"华语文学传媒大奖"专辑，发表于《当代作家评论》第 3 期。

《重返故乡的想象性的旅途：2004 年度杰出成就奖获奖演说》，发表于《南方都市报》4 月 11 日。

随笔《〈世界〉札记》，发表于《读书》第 6 期。

随笔《一些感受》，发表于《青年文学》第 7 期。

长篇小说《欲望的旗帜》，由春风文艺出版社出版。

选编《影响了我的二十篇小说·中国卷》，由百花文艺出版社出版。

2006 年

中篇小说《不过是垃圾》，原载于《长城》第 1 期。

文论《小说与现实》，发表于《布老虎青春文学》第 1 期。

文论《作者与读者》，发表于《布老虎青春文学》第 2 期。

评论《汉语写作的两个传统》，发表于《当代作家评论》第 2 期。

评论《喜剧与悲剧之间》，发表于《当代作家评论》第 3 期。

文论《故事》，发表于《布老虎青春文学》第 3 期。

文论《结构》，发表于《布老虎青春文学》第 4 期。

散文《一个单纯而好看的故事》，发表于《文汇读书周报》4 月 28 日。

文论《语言》，发表于《布老虎青春文学》第 5 期。

文论《小说的未来》，发表于《布老虎青春文学》第 6 期。

评论《先锋文学之外新的探索》，发表于《小说月刊》第 6 期。

散文《我们时代的弊端：缺乏文学常识》，发表于《小作家选刊》第 7 期。

散文《何谓先锋小说》，发表于《青年文学（上半月版）》第 11 期。

散文《苟富贵，勿相忘》，发表于《意林》第 12 期。

小说集《格非作品精选——跨世纪文丛精华本》，由长江文艺出版社出版。

2007 年

长篇小说《山河入梦》，原载于《作家》第 3 期。

中篇小说《蒙娜丽莎的微笑》，原载于《收获》第 5 期。

散文《现代人的快乐常常充满盲目》，发表于《北京青年报》1 月 29 日。

散文《借宿》，发表于《中学生阅读〈高中版〉》第 2 期。

散文《决定命运的成绩单》，发表于《剑南文学（经典阅读）》第 6 期。

文论《重绘中国当代文学的叙事学图谱》，发表于《探索与争鸣》第 8 期。

评论《20 年后回首"先锋"之路》（与马原、孙甘露合著），发表于《当代文学研究资料与信息》8 月 15 日。

散文《我的启蒙老师》，发表于《基础教育》第 9 期。

长篇小说《山河入梦》，由作家出版社、北京出版社、人人出版股份有限公司出版。（首版）

中篇小说集《不过是垃圾》，由春风文艺出版社出版。

短篇小说集《戒指花》，由春风文艺出版社出版。

2008 年

文论《电影与小说中的场景》，发表于《花城》第 1 期。

散文《师大忆旧》，发表于《收获》第 3 期。

文论《文学的危机和可能》，发表于《文学报》5 月 15 日。

文论《作家与批评家》，发表于《当代作家评论》第 6 期。

文论《格非自述：中国小说的两个传统》，发表于《小说评论》第 6 期。

长篇小说《人面桃花》，由人人出版股份有限公司出版。

《一个人的电影》（与贾樟柯合著），由中信出版社出版。

2009 年

文论《有关中国文学叙事的几点看法》，发表于《文学教育》第 2 期。

文论《作者与准文本》，发表于《花城》第 6 期。

散文《怀念》，发表于《上海文学》第 6 期。

长篇小说《敌人》，由花城出版社出版。

长篇小说《人面桃花》，由作家出版社出版。

作品集《朝云欲寄：格非文学作品精选》，由华东师范大学出版社出版。

2010 年

文论《重塑经验作者》，发表于《渤海大学学报》（哲学社会科学版）第 1 期。

文论《现代文学的终结》，发表于《东吴学术》第 1 期。

评论《主权与话语政治》，发表于《读书》2010 年第 1 期。

文论《陀思妥耶夫斯基与复调》，发表于《花城》第 3 期。

文论《物象中的时间》，发表于《扬子江评论》第 3 期。

散文《我参加的一次笔会》发表于《小说界》第 6 期。

散文《格非：读书一定要存疑》，发表于《北京晨报》8 月 17 日。

散文《文学中的想象力》，《语文教学与研究》第 30 期。

理论专著《文学的邀约》，由清华大学出版社出版。

长篇小说《人面桃花》，由中国工人出版社出版。

中篇小说《蒙娜丽莎的微笑》，由海豚出版社出版。

作品集《格非作品选》，被收入"世界当代华文文学精读文库"，由明报月刊出版社、新加坡青年书局联合出版。

2011 年

长篇小说《春尽江南》，原载于《作家》第 17 期。

散文《乡村教育：人和事》，发表于《百花洲》第 2 期。

随笔《创作谈》，发表于《当代（长篇小说选刊）》第 6 期。

文论《黑暗中的毒花纹》，发表于《文艺争鸣》第 7 期。

文论《叙事性中隐藏深意》发表于《文艺报》7 月 27 日

随笔《我愿意代表失败者》，发表于《文艺报》11 月 14 日。

长篇小说《山河入梦》，由天津人民出版社出版。

长篇小说《春尽江南》，由上海文艺出版社出版（首版）。

中篇小说《隐身衣》由人民文学出版社出版。

2012 年

中篇小说《隐身衣》，原载于《收获》第 3 期。

文论《文学与传统》，发表于《当代作家评论》第 1 期。

文论《"故事、小说和信息"》，发表于《东吴学术》第 1 期。

散文《息夫人》，发表于《小说界》第 4 期。

散文《叔向的担忧》，发表于《小说界》第 4 期。

文论《故事的祛魅和复魅——传统故事、虚构小说与信息叙事》，发表于《名作欣赏》第 4 期。

散文《灌夫骂座》，发表于《小说界》第 5 期。

散文《坑灰未冷》，发表于《小说界》第 5 期。

散文《尼采与音乐》，发表于《小说界》第 6 期。

随笔《师大忆旧》，发表于《视野》第 7 期。

中篇小说《隐身衣》，由人民文学出版社出版。

长篇小说《山河入梦》，由译林出版社出版。

长篇小说《春尽江南》，由麦田出版社出版。

小说集"江南三部曲"——《人面桃花》《山河入梦》《春尽江南》，由上海文艺出版社出版。

2013 年

评论《鹤西》，发表于《小说界》第 2 期。

评论《篡越之耻》，发表于《小说界》第 3 期。

散文《北疆纪行》，发表于《回族文学》第 2 期。

散文《不可知的偶然》，发表于《文苑（经典美文）》第 7 期。

长篇小说《敌人》，由上海文艺出版社出版。

长篇小说《边缘》，由上海文艺出版社出版。

长篇小说《欲望的旗帜》，由上海文艺出版社出版。

中篇小说《隐身衣》，由台湾联合文学出版社出版。

小说集《迷舟》，被收入"中篇小说金库丛书"，由花城出版社出版。

2014 年

评论《雪隐鹭鸶——〈金瓶梅〉的声色与虚无》，发表于《当代中国文学》第 4 期。

文论《文学在读者中寻求认同》，发表于《文艺报》10 月 10 日。

长篇小说《人面桃花》，由湖南文艺出版社出版。

中篇小说《褐色鸟群》，由上海文艺出版社出版。

中篇小说《蒙娜丽莎的微笑》，由上海文艺出版社出版。

中篇小说集《雨季的感觉》，由上海文艺出版社出版。

小说精选集《相遇》，由译林出版社出版。

文论集《雪隐鹭鸶——〈金瓶梅〉的声色与虚无》，由译林出版社、牛津大学出版社出版。

散文集和评论集《博尔赫斯的面孔》，由译林出版社出版。

2015 年

文论《幻想的魔力》，发表于《文艺报》6 月 8 日。

评论《先锋文学的幸与不幸》，发表于《文艺争鸣》第 12 期。

2016 年

长篇小说《望春风》，原载于《当代（长篇小说选刊）》第 6 期。

《重返时间的河流——在"人文清华"讲坛的演讲》，发表于《文汇报》1 月 15 日。

长篇小说《望春风》，由译林出版社出版。（首版）

中篇小说《褐色鸟群》，由人民文学出版社出版。

理论专著《文学的邀请》，由上海文艺出版社出版。

图书在版编目（CIP）数据

格非论／陈斯拉著. -- 北京：作家出版社，2018.6
（中国当代作家论）
ISBN 978-7-5063-9944-9

Ⅰ.①格… Ⅱ.①陈… Ⅲ.①格非-作家评论
Ⅳ.①I206.7

中国版本图书馆 CIP 数据核字（2018）第 051170 号

格非论

总 策 划：吴义勤
主　　编：谢有顺
作　　者：陈斯拉
出版统筹：李宏伟
责任编辑：秦　悦
装帧设计：合和工作室
出版发行：作家出版社
社　　址：北京农展馆南里 10 号　　邮　　编：100125
电话传真：86-10-65930756（出版发行部）
　　　　　 86-10-65004079（总编室）
　　　　　 86-10-65015116（邮购部）
E-mail: zuojia@zuojia.net.cn
http://www.haozuojia.com（作家在线）
印　　刷：中煤（北京）印务有限公司
成品尺寸：152×230
字　　数：242 千
印　　张：19
版　　次：2018 年 6 月第 1 版
印　　次：2018 年 6 月第 1 次印刷
ISBN 978-7-5063-9944-9
定　　价：45.00 元

中国当代作家论

第一辑

阿城论　　杨　肖 著　　定价：39.00 元

昌耀论　　张光昕 著　　定价：46.00 元

格非论　　陈斯拉 著　　定价：45.00 元

贾平凹论　苏沙丽 著　　定价：45.00 元

路遥论　　杨晓帆 著　　定价：45.00 元

王蒙论　　王春林 著　　定价：48.00 元

王小波论　房　伟 著　　定价：45.00 元

严歌苓论　刘　艳 著　　定价：45.00 元

余华论　　刘　旭 著　　定价：46.00 元